铁骑·农耕·交融
——元曲的精神世界

陈建平　著

中国戏剧出版社
CHINA THEATRE PRESS

图书在版编目（CIP）数据

铁骑·农耕·交融 ：元曲的精神世界 / 陈建平著．—
北京：中国戏剧出版社，2022.8
ISBN 978-7-104-05203-6

Ⅰ．①铁… Ⅱ．①陈… Ⅲ．①元曲—文学研究 Ⅳ．
①I207.24

中国版本图书馆CIP数据核字（2022）第050703号

铁骑·农耕·交融——元曲的精神世界

责任编辑：齐　钰
责任印制：冯志强

出版发行：中国戏剧出版社
出 版 人：樊国宾
社　　址：北京市西城区天宁寺前街2号国家音乐产业基地L座
邮　　编：100055
网　　址：www.theatrebook.cn
电　　话：010-63385980（总编室）　010-63381560（发行部）
传　　真：010-63381560

读者服务：010-63381560
邮购地址：北京市西城区天宁寺前街2号国家音乐产业基地L座

印　　刷：北京九州迅驰传媒文化有限公司
开　　本：787mm×1092mm　1/16
印　　张：18.5
字　　数：255千字
版　　次：2022年8月　北京第1版第1次印刷
书　　号：ISBN 978-7-104-05203-6
定　　价：108.00元

中国戏曲学院 National Academy of Chinese Theatre Arts | 中国戏曲学院“十四五”规划教材系列

自序

在中国文学史上，元曲向来是与唐诗、宋词鼎足而立的一种艺术样式，三峰毗连，各美其美。我们大都知道近代著名学者王国维先生曾在《宋元戏曲史》中说过，“唐之诗、宋之词、元之曲，皆所谓一代之文学”。殊不知，早在六百多年前，元人罗宗信就在给周德清《中原音韵》所撰的《序》中这样写道：“世之共称唐诗、宋词、大元乐府，诚哉！”这里，与“唐诗、宋词”“共称”的“大元乐府”指的是元散曲。由此可见，把“大元乐府”与“唐诗”“宋词”相论，已是当时的普遍观念。

但我们今天所说的“元曲”，不仅包含散曲，还包括剧曲。散曲又分小令、带过曲、套曲三类；剧曲指元杂剧。小令主要是体制较为短小的单支曲子，如马致远的【越调·天净沙】《秋思》；带过曲是由两支或三支曲子组成的小型组曲，介于小令和套曲之间，如王实甫的【中吕·十二月过尧民歌】《别情》、钟嗣成的【南吕·骂玉郎过感皇恩采茶歌】《四时佳兴》；套曲是由属于同一宫调的两支以上的曲牌连缀而成的大型组曲，短则三四支，长则一二十支，如关汉卿的【南吕·一枝花】《不伏老》、睢景臣的【般涉调·哨遍】《高祖还乡》。

如果四套或四套以上的曲子，按照一定的规则连缀在一起，讲述一个完整的故事，这就是元杂剧了。元杂剧的剧本，一般由四折组成，外加一个楔子，通称为“四折一楔子”。个别杂剧也偶有五折、六折，甚至有二十多折的。一折相当于散曲的一套（也相当于现代戏剧的一幕），所用曲子的数目多寡不一，少则三四支，多则二十多支。每折所用的宫调不相重复，常见的是第一折用仙吕宫，第二折用南吕宫，第三折用中吕宫，第四折用双调，但变通者也为数不少。一折之中，每支曲子的先后，都是按一定的习惯顺序排列的。

这样看来，从小令到带过曲、套曲，再到剧曲（元杂剧），是一个逐步扩大和延伸的过程。在这一发展过程中，元曲逐渐形成了迥异于传统诗词的风神标韵。它融大雅和大俗于一体，带着北方游牧民族浓郁的民间情调和独特的“蒜酪”味儿，向我们阔步走来。它不再像传统诗教所追求的“温柔敦厚”“怨而不怒”那样，而常常是喷薄而出、一吐为快，甚至是怨而至怒；它对高高在上的皇权不再唯唯诺诺，而是视如敝屣；它似乎也不再汲汲于传统文人“修齐治平”的理想，却对青山绿水环绕的渔樵生活津津乐道；它对“朝为田舍郎，暮登天子堂”的渴望也不再那么强烈，而更愿“绕着利名场，佯做个风狂”；它也不再完全匍匐于“三纲五常”的脚下，而是大胆喊出了“整顿妻纲”的响亮口号；它好像也不把“父母之命、媒妁之言”奉为圭臬，却对“有情人终成眷属”的美好理想满怀憧憬；它对权豪势要的恃强凌弱也不再忍气吞声，而是一路高歌“柔软莫过溪涧水，不平地上也高声”。

这些，都和宋、金、元时期特殊的历史文化环境及文人心态密切相关。

从 1206 年到 1279 年，蒙古铁骑与金朝和南宋的拉锯战一直在持续。其中，1234 年金王朝的灭亡，1276 年南宋王室的投降，对中原士人心灵的剧烈震撼是后人难以想象的。于是，对山陵更替、兴衰成败的感慨和惆怅便常常充盈于元曲之中；于是，对重建中华统绪的努力，即便在高蹈隐居的岁月也不曾完全停止。

从 1238 年的“戊戌选试”到 1314 年的“延祐复科”，元代科举的时行时止以及“复科”后公然的不平等举措，使大量才华满腹的落魄书生只得流连于烟花柳巷，寄情于声歌之末。“同是天涯沦落人”的惺惺相惜，让文人和艺人携起手来，共同谱写了元曲的锦绣篇章。

元朝统治者“以功利诱天下”的基本国策，既带来了元代商业经济的畸形繁荣，也为元杂剧的诞生孕育了温床。士、商地位的戏剧性转换，考验着所有人的“三观”。于是，“人生不愿万户侯，但愿盐利淮西头”成为一时之风向。被迫屈居“四民”之末的文士们，只好借元曲一浇块垒。

全真教这个由金朝文士王重阳创立的北方道教，因其对佛教、儒家思想的广泛吸纳，因其提倡息心养性、返璞归真、抑制昏暴、扶贫救难、敬天爱民等，而广为金、宋、元易代之际的文人士大夫所接受。元好问、姚燧、王恽、胡祗遹、马致远、岳伯川、范康等文人，都与全真教有着或多或少的联系。《黄粱梦》《岳阳楼》《蓝采和》《竹叶舟》等元杂剧中大量涌现的神仙道化剧，就是受全真教影响的直接产物。

元曲的独特风韵当然不仅和上述数端有关，这里，仅是撮其要者而言。总之，宋、金、元易代之际社会秩序和社会地位的急剧变化，以及北方游牧文化与中原农耕文明的强烈碰撞，迫使人们产生了异于往昔的独特体验，对于艺术的审美，从传统的温柔敦厚、中正平和，逐渐转向了恣意宣泄、酣畅淋漓。元曲的风格，实非传统而言的“诗庄、词媚、曲谐”之“谐”字所能概括。嬉笑怒骂有之，正言直述有之；婉丽柔媚有之，大气磅礴有之；醇厚浓烈有之，清新淡雅有之；高雅超拔有之，俚俗不羁有之……不管何种风貌，都是元人内心真性情的流淌。元曲的精神世界，是一片褪去伪饰、坦荡如砥的赤诚天地，是一片葆有人类最初一念之本心的童真世界。走进这个世界，相信你一定会获得与众不同的人生体验！

编写本书的最大愿望就是，希望能用深入浅出、通俗易懂的方式，带领大家走进这片“不一样”的元曲天地，走进七百多年前的这块中华热土，去一起感受这片土地曾经的震颤和曾经生活在这片土地上的人们心灵的颤动，进而汲取我们再次前行的力量。

最后需要补充说明的是，本书所选元散曲均以隋树森编《全元散曲》（中华书局 1964 年版）为底本，所选元杂剧均以王季思主编《全元戏曲》（人民文学出版社 1999 年版）为底本。底本的繁体字均转为现代通行的汉字形体，为保留原貌，一般不做改动，如“哪吒”写作“那吒”，“葫芦”写作“胡芦”，“辗转”写作“展转”，“服侍”写作“伏侍”，“癫狂”写作“颠狂”，“唤作”写作“唤做”，“珍馐”写作“珍羞”，等等，仅对个别标点做适当调整。不足之处，恳请大家批评指正！

本书由中国戏曲学院资助出版，在此特别感谢学院、教务处、戏文系领导和各位同人的大力支持，同时非常感谢中国戏剧出版社的领导和编辑，是他们的辛勤工作，让本书得以顺利出版。

陈建平

2021 年 12 月于北京

目录

第一章
大幕拉开

小引　铁骑与农耕的交融

在中国漫长的历史河流中，元朝是一个特殊的时代，它开启了少数民族统治中华大地的先河。正是蒙古铁骑带来的朴野气息与中原农耕文明的碰撞交流，才催生了有“一代文学”之称的伟大的元曲。

但是，在由“一代天骄”成吉思汗和他的子孙们统治的这个王朝里，由于特殊的历史变故，读书人不仅不是这个时代的宠儿，还几乎沦为了时代的“弃儿”。从天堂到地狱的巨大落差，使元曲作家的精神世界发生了剧烈的震荡。他们没有了传统文人的清高和优越，也丧失了传统的谋生之路，很多人被迫到勾栏杂院里去谋衣食。于是，愁苦、悲叹、抗争、激愤、洒脱、放纵……种种耿耿不平之气，遂酣畅淋漓地倾洒于元曲之中。而元曲之花，恰由此盛放。

那么，这个独特的王朝，究竟为元曲的登场做了什么样的储备呢？在探索元曲的精神世界之前，我们先来揭开这层神秘的面纱吧。

第一节　铁蹄南下统华夷

我们通常所说的“元朝”，当从元世祖忽必烈 1271 年定国号为元算起，到 1368 年元朝灭亡，整个元代大一统的历史，尚不足百年。但要深味元曲，要触摸元曲作家的脉搏与心跳，就得从 1206 年大蒙古国的建立开始谈起。

1. 马背上的王朝

1206 年，在蒙古人的母亲河——斡难河（今鄂嫩河）的源头召开的蒙古族各部落联盟大会上，“识弯弓射大雕”的铁木真被推举为全蒙古的大汗，尊称成吉思汗。从此，直到杰出的君王忽必烈统治时期，蒙古军队的铁蹄就几乎从未停歇过。直到最后在“南人”的驱赶下，被垂垂老矣的倦马“驮”回了苍凉的大漠。

试看这个时间表：

向南，从 1205 年到 1227 年，蒙古发动了对西夏的数次战争，直至西夏最后一位君主投降；从 1211 年到 1234 年，蒙古与金朝展开了二十多年的拉锯战，直至金亡；从 1234 年到 1279 年，蒙宋之间断断续续地进行了长达近半个世纪的战争，直至南宋最后一位小皇帝投海自尽；从 1253 年到 1254 年，忽必烈率军攻灭了大理。

往西，从 1219 年到 1225 年，蒙古先后攻克了花剌子模国、剌夷城、库木、阿哲儿拜占（今阿塞拜疆）、哈马丹等，攻入谷儿只（今格鲁吉亚），旋风般地横扫欧亚草原；从 1230 年到 1241 年，又相继攻占了波斯、不里阿耳、钦察、斡罗思、莫斯科、罗斯托夫、弗拉基米尔公国首府、阿速国、基辅、伽里赤、匈牙利等。中世纪的欧洲各国感受到了来自东方蒙古铁骑的严重威胁。

朝东，1274 年和 1281 年，忽必烈先后两次派兵远征日本。

可见，史家所说，蒙古族是马背上的民族，元王朝是马背上的国家，此言不虚。

2. 江山如画

虽然，经久不息的战乱无疑会给人们留下巨大的心理创伤，但是，蒙古骑兵的南征北战、东征西讨，也给中华大地带来了久违的福音，那就是终于结束了宋、辽、夏、金三百多年的分裂局面，大一统的帝国再次连为一体。元代成了我国历史上疆域最为辽阔的朝代，“北逾阴山，西极流沙，东尽辽左，南越海表”，“东南所至不下汉唐，而西北则过之”（《元史·地理志》）。

这种南北一统的便利，使得元代的文人有了更广阔的活动场域，他们穿行在黄河两岸、大江南北，壮丽的自然风光既滋养了他们的身心，又赋予了元曲别样的风姿。虽然，现实中的他们也许寂寞而忧伤，但如画的江山却抚慰了这些曾经饱尝酸楚的心灵。至少，在瞻仰古迹、观赏风物的那一刻，他们的灵魂还是洒脱不羁、自由翱翔的。这，有许多元代散曲为证。试撷一曲：

双调·沉醉东风

秋景

卢挚

挂绝壁松枯倒倚，落残霞孤鹜齐飞。四围不尽山，一望无穷水。散西风满天秋意。夜静云帆月影低，载我在潇湘画里。

在元代前期著名的散曲作家中，卢挚（约 1241 年至 1245 年间—约 1315 年至 1318 年间）算是官运亨通、仕途顺达的一位了。他年方弱冠，就被忽必烈相中，成为其即位初期就启用的智囊团中的得力干将，直到后来的元成宗朝、元武宗朝，卢挚的官位一路扶摇直上，陆续担任过燕南河北道提刑按察副使、江东道提刑按察副使、陕西提刑按察使、河南路总管、拜集贤学士、岭北湖南道肃政廉访使、翰林学士、翰林承旨等职务。这首小令，就是年近花甲的卢挚在元成宗大德（1297—1307）初年，任岭北湖南道肃政廉访使时所作。

小令仿佛为我们展开了一幅清雅俊朗的秋光图：前五句描黄昏之景，后两句绘静夜之美，二者有机地构成了一幅动静结合、物我交融的画面，含蕴着作者闲适潇洒、陶然忘机的悠悠情怀。

前两句，巧妙地化用了李白《蜀道难》（“枯松倒挂倚绝壁”）和王勃《滕王阁序》（“落霞与孤鹜齐飞”）中的句意，把镜头聚焦在绝壁与枯松、残霞与孤鹜这两组一肃穆一明朗的画面上。

第三句和第四句则把镜头拉向更渺远的天地，绵延不绝的远山和一望无涯的碧水，既扩大了读者的视野，又给前文对比鲜明的画面增添了一抹苍茫的思绪。而“四围不尽山，一望无穷水”这十个字，也不由得让人联想到王实甫的杂剧《西厢记》中，崔莺莺和张君瑞在长亭送别时，那令人黯然神伤的场景：“四围山色中，一鞭残照里”。两下对照，相映成趣，味之不尽。

第五句“散西风满天秋意”，写西风虽无形，秋意却可循，用西风的意象把题旨引向了更深一层的萧瑟境界。曲写至此，告一段落，秋景、秋意，已是浩浩荡荡、扑面而来。

接下来，笔锋一转，澄净的江面上，一面高高的云帆在清朗夜色中悠然前行，而与这恬淡如画的潇湘美景水乳交融的幸运儿，又是谁呢？那就是我卢挚呀！

整支曲子从黄昏写到静夜，从景物写到人物，在时间和空间的交织流动中，营造了一副意象阔大、气韵灵动的潇湘秋景图。

这首小令大约完成于南宋灭亡二十年以后，换言之，南北一统的局面，此时已持续了二十多年。所以，祖籍河南颍川的卢挚，才有机会到潇湘一带做官。想来，作者当时的心境该是宁静的吧！因为，在元代的文人中，卢挚绝对是个难得的幸运儿，官位一路扶摇直上，这首小令就写于作者赴任途中。沿途的潇湘美景，既让像他这样南下的北方人迷恋陶醉，又难免唤起生性敏感的书生对秋风萧瑟、草木摇落的感慨浩叹，这使得作品既承续了诗词的意趣，又不乏散曲的清灵，别有一番风味。

可以说，没有元朝大一统的格局，没有南方明丽山水的滋养，就没有这幅令人如痴如醉的如画诗卷。

3. 这答儿忒富贵

南北一统的局面，不仅拓展了元曲作家的活动空间，还促进了社会经济的发展和城市的繁荣。这一点，从元曲大家关汉卿的【南吕·一枝花】《杭州景》中即可看出：

南吕·一枝花

杭州景

关汉卿

普天下锦绣乡，寰海内风流地。大元朝新附国，亡宋家旧华夷。水秀山奇，一到处堪游戏，这答儿忒富贵。满城中绣幕风帘，一哄地人烟凑集。

【梁州】百十里街衢整齐，万余家楼阁参差，并无半答儿闲田地。松轩竹径，药圃花蹊，茶园稻陌，竹坞梅溪。一陀儿一句诗题，行一步扇面屏帏。西盐场便似一带琼瑶，吴山色千叠翡翠。兀良，望钱塘江万顷玻璃。更有清溪、绿水，画船儿来往闲游戏。浙江亭紧相对，相对着险岭高峰长怪石，堪羡堪题。

【尾】家家掩映渠流水，楼阁峥嵘出翠微，遥望西湖暮山势。看了这壁，觑了那壁，纵有丹青，下不得笔。

关汉卿，是元代最伟大的戏剧家，可惜他的生卒年在史籍中却没有明确的记载。连他是大都人还是解州人、祁州人、燕人，都有争议。不过，他在元大都（今北京）生活过，是毫无疑问的。他大约一直活到了元成宗大德年间（1297—1307）。这篇套曲就是南宋灭亡以后，关汉卿南游杭州时所写。

历来歌咏杭州的名篇佳作，绵延不绝。如白居易的《钱塘湖春行》（“最爱湖东行不足，绿杨阴里白沙堤”）、苏轼的《饮湖上初晴后雨》（“欲把西湖比西子，淡妆浓抹总相宜”）、柳永的《望海潮》（“有三秋桂子，十里荷花”）等。但细细品味，还是关汉卿此曲清新自然，感情充沛，让人在陶醉于古杭州美景的同时，也真切地体会到了作者对山陵更替、朝代兴亡的无限感慨。

套曲一开始，在对“上有天堂，下有苏杭”的杭州给予了“普天下锦绣乡，寰海内风流地”的高度赞美之后，随即指出它是大元王朝的新版图，南宋王朝的旧都城。个中深意，不言而喻，作者对宋王朝的哀思，溢于言表。关汉卿生活在宋末元初，亲身经历了宋亡元兴的历史巨变。因此，他初到杭州，虽是满目繁华，却难掩对历史兴亡的感叹。但是，这种兴亡之叹和作者对秀丽山河的热爱并不矛盾。于是，就有了下面对杭州风物充满赞叹之情的精细描绘。

这里，不仅“水秀山奇”，到处都值得游览观赏，而且富贵无比，人烟稠密。一个“忒”字，脱口而出，那可是发自内心的赞美啊！请看：参差的楼阁、严整的屋宇、幽静的松竹、培育草药的园圃、长满鲜花的小径、纵横交错的稻田、琼瑶般的盐场、翡翠色的吴山、玻璃似的江水、与险岭高峰相对的观潮胜地浙江亭……美不胜收。面对着这些连今天的我们都“艳羡不已”的胜景，难怪作者最后不由得感叹“纵有丹青，下不得笔”，并以此有力地收束了全曲，完美地展现了作为戏剧大师和散曲大家的关汉卿驾驭语言的超凡能力。

和卢挚相比，关汉卿的人生显然并不顺畅，关于他的仕途，史籍中也几乎没有记载。我们只知道，他曾经是大都（今北京）的一个民间创作组织——玉京书会的领袖人物。但这些并不妨碍、也未曾阻碍生性旷达的关汉卿用他健捷的步伐去丈量祖国土地，用他热情的双眼去关注芸芸众生，并且引领了一代元曲的豪放之风，和卢挚一派的清丽明媚，判然有别，共同铸就了元曲的辉煌。

元曲是诞生在大一统的中华大地上的，而大一统局面的得来，无疑与蒙古铁骑的骁勇善战密不可分。以成吉思汗和忽必烈为代表的蒙古统治者，也许并不能，或者不屑于深入理解散曲和杂剧的奥妙，但这恰恰给元曲的成长提供了宽松适宜的空间，使得以汉族知识分子为主的元曲创作群体，在或慷慨悲歌，或浅斟低唱中，尽情地抒发着人生的快意与失落。所以，元曲才不仅吸引了像卢挚那样的达官贵人的目光，也引起了更多的像关汉卿这样的落魄才人的关注，他们用自己的多情笔触，描摹了一幅幅纵情恣意、绚丽多彩的人生画卷。

第二节　一代名相的落寞

元代文人对散曲和杂剧的热衷，并非完全因其是当时社会最为流行的时尚艺术，多半是由于他们内心郁积了太多敏锐的情丝和难言的怅惘。而这些，唯有凭借最能抒发人类幽微曲折情愫的“曲”，才能一吐为快。元代文人这种难以言说、无处倾诉的困窘，早在他们和元统治者遇合的初期，就显露了出来。一代名相耶律楚材心力交瘁的一生，正是这样一个特殊的样板。

1. 而今正好行仁义

耶律楚材（1190—1244），是蒙古王朝第一位著名的诗人。他还是辽太祖耶律阿保机的后人，但这位出生在汉化色彩最为浓郁的金朝皇帝——金章宗时期（1190—1208）的“东丹八世孙”，对辽、金之间的恩怨，显然并不太在意。因为，耶律楚材出生时，他的父祖辈已受过金朝皇帝多年的知遇之恩。而对于金朝，这位契丹贵族的后裔，显然也并未将其当作自己的父母之邦。

所以在 1215 年，金中都（今北京）被蒙古军队攻陷后，身为金朝左右司员外郎的耶律楚材，既没有殉城，也没有逃亡，而是遁入了空门，暗中观察时局的变化。三年后，也就是 1218 年，29 岁的耶律楚材接受了成吉思汗的召见。从此，耶律楚材一直追随在成吉思汗的左右，直到 1227 年成吉思汗去世。

对于耶律楚材的择主而事，许多人感到费解。可是，看到他写的这首题为《送房孙重奴行》的诗歌，你也许能稍微走进这位“东丹八世孙”的内心小宇宙：

汝亦东丹十世孙，家亡国破一身存。而今正好行仁义，勿学轻薄辱我门。

耶律楚材对“仁义”的理解，显然比一般人要通达得多。在他看来，专事一姓，并非高风亮节的唯一标签；择主而事，更能显现一个人的史识与魄力。这种抓住时机、施展抱负的积极入世心态，当与耶律楚材从小耳濡目染的儒家教育息息相关。

耶律楚材虽是契丹人，却是一位不折不扣的儒生。他的父亲耶律履就是一位精通“六经百家之书”的汉化相当彻底的通儒。出生于这样的家庭，难免会受到汉族文化的熏陶。面对金、宋、元交替易代的混乱局面，耶律楚材的审时度势、择主而事，在紧要关头，表现出了一个传统儒生“治国平天下”、建功立业的急切愿望。

2. 学术忠义两无用

满怀儒家治国理想的耶律楚材，选择了元朝，可马背上长大的元朝统治者，却未必就认可了来自中原儒生的施政方略。在充任成吉思汗近臣的十年中，耶律楚材更多是被当作善于占卜的“巫师”和擅长起草文件的“秘书”看待的。这引起了耶律楚材深深的忧虑和失望。他曾经无限期待的明君贤臣的风云际会、“华夷混一”的美好前景，似乎已渐行渐远……他困惑、彷徨，写下了这样的诗句：

用前韵感事二首（其二）

（节选）

学术忠义两无用，道之将丧予忧惶。有意攀龙不得上，徒劳牙角拔犀象。唯思仁义济苍生，岂为珍羞列方丈。

才华满腹，忠义盈胸，有心济世，却无处施展。一生的抱负，难道就这样付之流水？谁又能知道，有多少不甘、不满和愤懑，隐藏在这浅浅的文字背后呢？

身处时代洪流之中的耶律楚材，对于自己为何被闲置，恐怕只能用传统文人的时运不济来解释了：

过云川和刘正叔韵

西域风尘汗漫游，十年辜负旧渔舟。曾观八阵云奔速，亲见三川席卷收。烟锁居延苏子恨，云埋青冢汉家羞。深思篱下西风醉，谁羡班超万里侯。

这首诗作于 1227 年。这一年，成吉思汗离世。耶律楚材开始更深刻地反省自己伴君十年的风云变幻：西域十年，漫漫风尘，形同苏武，却空余遗恨，比之昭君远嫁、班超封侯，更是无限唏嘘。

三千六百五十多个日夜的心血和煎熬啊，都被无情地“辜负”了！那么，是从此远遁避世，还是继续前行？耶律楚材再次选择了“行走”：“犹望道行泽四海，敢辞沙漠久淹留。”（《过燕京和陈秀玉韵五首 · 其二》）

这个落寞的儒生还在翘首期盼着……也许有朝一日，时来运转？

3. 聚散悲欢一梦同

从成吉思汗逝世到窝阔台即位之间的两年，是由拖雷监国，代行汗职的。这期间，耶律楚材的政治才华开始崭露头角。接下来，被元太宗窝阔台委任为中书令后，耶律楚材的治国才能进一步得以施展，直至成为元太宗眼中的“神人”宰相。

窝阔台汗十年（1238 年），耶律楚材还一度迎来了他生命和事业的巅峰。这一年，他主持了一场元朝历史上史无前例的科举考试，甄选了大批汉族儒生进入政府机构。但让耶律楚材没有预料到的是，这一举措，加剧了统治集团内部汉族人和蒙古族人、色目族人等的矛盾。蒙古、色目贵族由此确信，耶律楚材就是汉族百姓和儒生的领袖。

此后，耶律楚材的地位和威信开始慢慢动摇，窝阔台和他的关系也产生了无法弥合的裂缝。终于，在 1244 年，也就是窝阔台离世两年多后，孤立无援的耶律楚材也抑郁而亡。

和成吉思汗、窝阔台之间几十年的恩恩怨怨，在晚年的耶律楚材看来，不过都是南柯一梦。统治集团内部的政治倾轧，常常使他心生悲凉、感慨万分，试看下面这首诗：

还燕京题披云楼和诸士大夫韵

闲上披云第一重，离离禾黍汉家宫。窗开青锁招晴色，帘捲银钩揖晓风。好梦安排诗句里，闲愁分付酒杯中。静思二十年间事，聚散悲欢一梦同。

从燕京陷没到降服蒙古，从成吉思汗到窝阔台，二十多年的伴君生涯，悲欢聚散，如同一梦。文笔自然流畅，不加修饰，是这位清廉诗人一贯的风格。这种发自内心的慨叹，不仅是传统文士怀才不遇的再现，更是有元一代儒生命运的缩影。

其实，和后来的元曲大家，如关汉卿、王实甫、马致远、郑光祖等人相比，耶律楚材要幸运得多。因为，不管怎样，皇帝曾经倚重过这位精通经史、学富五车的宰相诗人，他的施政纲领也一度被认可。而此后的元曲大家，要想走进中央统治的核心区域，则无异于痴人说梦。耶律楚材毕竟还算是做过"梦"的人，而关汉卿辈却连"做梦"的资格都被取消了。因为，自 1238 年的开科取士以后，元朝的科举考试便被废止了，废止时间长达七八十年。于是，才华富赡如关汉卿者，便只能游走在社会的边缘，孤寂地吟唱着独属于文人的心曲。

这，就是由耶律楚材开启的元代文人的噩梦。但"国家不幸诗家幸"，文人的仕进之途虽然被堵塞了，可数千年文明滋养的才情却是无法遏制的。于是，大批高才博识的落魄儒生，发现了元曲这一宣泄情感的绝佳通道，他们的生命光华终于在元曲中得到了绚丽的绽放。

第三节 丘处机的古稀之旅

和耶律楚材大约同时期被成吉思汗征召的文人中，还有一位身份特殊的长者，这就是年逾古稀的长春真人丘处机——后世有名的“全真七子”之一。丘处机以其渊博的学识、豪迈的古君子之风和神秘的“长生不老术”，引起了漠北大汗的仰慕，并三番五次地邀请他北上会晤。全真教亦在此历史性的会面之后，一度成为元代宗教中最耀眼的明星。它不仅“摄取”了大批文人的心神，还对元曲的创作产生了深远的影响。

我们先来看看“凡人”成吉思汗所仰望的“神仙”——丘处机吧。

1. 全真养性，济贫救苦

丘处机（1148—1227），出身寒门，父母早亡，十九岁即投身王重阳创立的全真教门下修行，刻苦攻读。

王重阳本是金初一位满怀抱负却郁郁不得志的儒生，他在年近半百时创立了全真教，提倡全其本真、除情去欲、忍耻含垢、济贫救苦，以达到真性不灭而非生命不死的境界。这种修道方式暗合了传统文人的生活习惯，易于被儒士们接受。

1167 年，王重阳收下了马钰、谭处端、刘处玄、丘处机、王处一、郝大通、孙不二等七大弟子，这些弟子大都是通经达史、能诗会文的落魄士人。王重阳教导他们，既要诵读《道德经》这样的道家经典，也要阅读佛家的《般若心经》、儒家的《孝经》等经典古籍。可见，全真教从诞生之日起，就和儒家思想结缘匪浅。到了金末元初，全真教实已成为逸民遗老的逋逃薮。

丘处机积极响应其师的号召，不仅遍读道家宝藏，对儒书、梵典也是如数家珍，后来成为全真教的第五任掌教。丘处机虽心系全真道教，孜孜不倦，却并非“两耳不闻窗外事”，他对社会政治也有着敏锐的观察力。

早在1188年，也即丘处机刚刚年逾不惑之时，他曾在一月之内，受到金朝皇帝金世宗的两次召见。这两次会见，丘处机向金世宗成功地宣传了自己的治国保民之术。金世宗不仅龙颜大悦，还下令在宫庵中为全真教的创始人王重阳塑像，以作纪念。

就这样，丘处机以自己在政治和社会上的巨大影响力，把全真教乃至整个道教的发展，逐渐推进到了史无前例的鼎盛时期。

2. 我本蓑衣客

全真教在社会上的风行，不仅得益于丘处机这样高瞻远瞩的宗教领袖，更和宋、金、元易代之际，读书人复杂的心理情态密切相关。

当时大批怀有传统儒家报国理想，却饱尝苦难、备受煎熬、忧国忧民的知识分子，在叩问苍天、反思生命的探索中，被全真教性命双修、三教合一的修行宗旨所深深吸引。他们中的大多数也许并未在组织上皈依道教，但在精神上早已将其引为同道。澄心定意、抱元守一、修仁蕴德、扶贫救难……全真教的这些修行方法和古代文人的生活情趣何其相似。元杂剧中大量的神仙道化剧，就是受其影响的直接产物。

试看两首同写渔父形象的词曲。

一首是丘处机的【无俗念】(即【酹江月】)《蓑衣》词：

深溪古岸，到秋来、莎密茸茸无极。拣择修纤归洞府，虚落晴天吹炙。两束丝乾，千条绳就，不假良工织。闲轩亲自，结成渔父装饰。

时伴樵牧嬉游，青山绿水，带雨和烟适。妙绝堪珍幽径晚，披雪冲开芦荻。我本忘名，人皆易号，唤作蓑衣客。佗年功满，化云天上无迹。

有樵牧和青山绿水相伴，纵使孤寂清苦，也不改初衷，终至浑然忘我、修成正果，这是丘处机描摹的全真道士苦修图。但事实上，从1174年开始，丘处机先后在陕西磻溪和陇州龙门山隐居潜修，时间长达十三年之久。这期间，他的生活极为清苦，但仍坚持息心养性、静思默念，潜心研究道学，执着地追寻着心灵的家园和生命的意义。

另一首是元散曲中咏渔父的名篇之一：

正宫·鹦鹉曲

渔父

白贲

侬家鹦鹉洲边住，是个不识字渔父。浪花中一叶扁舟，睡煞江南烟雨。

觉来时满眼青山，抖擞绿蓑归去。算从前错怨天公，甚也有安排我处。

鹦鹉洲边，这位驾着一叶扁舟，在江南烟雨中起伏跌宕的不识字渔父，虽然曾经有过牢骚和愤懑，现如今却是何等闲适洒脱，想睡就睡，要走便走。这位渔父果真不识字吗？倘真如此，又何来那么多的“错怨”？显然，这里并非实指，只不过是作者虚构出来的一个虚幻的世外桃源罢了。而这个虚构的不识字渔父，和丘处机笔下那位与青山绿水相伴的蓑衣客，又是多么神似！

无疑，这种理想化的心灵幻境，已成为“全真家”和“元曲家”生命的依托和心灵的归宿。

3. 不辞岭北三千里

虽然自称蓑衣客，丘处机却并未遗世独立、高蹈远遁。由前述他接受金世宗的召见，已可窥一斑。丘处机在古稀之年不远万里的西域之行，更是将全真道士那种救民于水火之中、“以无为之教，化有为之士”的政治抱负诠释得淋漓尽致。

那是1222年，七十五岁的丘处机经过两年多的长途跋涉，终于到达了成吉思汗所在的雪山行军大营（今阿富汗境内）。

一位七十多岁的老者，甘冒生命的风险，在干戈未息的道路上疲惫地奔波了两年之久。究竟是一种什么样的精神支柱在支撑着这位风烛残年的老人呢？从丘处机离开燕京时写给道友的一首诗，我们或许能揣度一二：

复寄燕京道友

十年兵火万民愁，千万中无一二留。去岁幸逢慈诏下，今春须合冒寒游。
不辞岭北三千里，仍念山东二百州。穷急漏诛残喘在，早教身命得消忧。

诗中提到的“慈诏”，据说是耶律楚材代为草拟的。儒生耶律楚材的文笔确实了得，在他的笔下，成吉思汗对丘处机的评价和仰慕，显得既真实恳切又恭敬得体：

访闻丘师先生，体真履规，博物洽闻，探赜穷理，道冲德著，怀古君子之肃风，抱真上人之雅操。久栖岩谷，藏身隐形。阐祖宗之遗化，坐致有道之士，云集仙迳，莫可称数。自干戈而后，伏知先生犹隐山东旧境，朕心仰怀无已。岂不闻渭水同车、茅庐三顾之事，奈何山川悬阔，有失躬迎之礼。朕但避位侧身，斋戒沐浴，选差近侍官刘仲禄，备轻骑素车，不远数千里，谨邀先生暂屈仙步，不以沙漠悠远为念。或以忧民当世之务，或以恤朕保身之术，朕亲侍仙座，钦惟先生将咳唾之余，但授一言，斯可矣。

无论这封诏书是否为成吉思汗的原意，但这道手诏打动了丘处机，是无可怀疑的。此前，金朝和南宋都曾殷勤地向丘处机递上了橄榄枝，但年事已高、名扬四海的丘真人，已不愿轻易应诏面君了。那为何在拒绝了宋、金之后，他又不远万里奔赴北疆呢？这肯定不是一个心血来潮的选择，也不仅仅是耶律楚材的几句“恭维”所能奏效的，而是审时度势、反复权衡之后，对历史脉搏的精确把握。这也再次展示了这位宗教领袖敏锐、超常的观察力和判断力。他相信，深谋远虑的成吉思汗所代表的民族，一定能将这个干戈四起的纷扰乱世引向太平盛世，实现他拯民救疾的社会抱负。

所以，丘处机才不顾年迈体弱，不管前路多么叵测，“不辞岭北三千里”，毅然决然地踏上了漫漫的理想征程。

不待丘处机洗去旅途的风霜，成吉思汗就迫不及待地召见了这位据说已活了三百多年的“神仙”真人。“长生之药当然是没有的”，这个诚实的回答虽然让满怀期待的可汗大失所望，但胸襟宽阔的成吉思汗还是恰如其分地表达了他对“神仙”真人的尊重和信任。在一个月之中，他先后三次正式召见了丘处机，丘处机也适时地向这位生长于朔漠的君王传达了清净自守、清心寡欲、养性守气、减少屠杀、敬天爱民等玄机妙理。

丘处机的高谈阔论像一阵清风，让这位塞外的君王耳目一新。两位杰出人物的友情也在短暂的会晤中迅速升温，并一直持续到 1227 年 7 月两人相继辞世为止。

如果说，丘处机和成吉思汗的友谊，只是漫长的人类史中的一个偶然，那么全真教在元代得到广大世俗士人的认同，则是一种必然。由于丘处机的弘扬和成吉思汗的重视，由于全真教对息心养性、拯救生灵、抑制昏暴等的提倡，全真教在后来的元代宗教中，长期处于一种特殊的地位，对元代的文人、对元代散曲和杂剧的创作，都产生了深刻的影响。

第四节　上下风靡的北曲

一代文学的兴盛，除了特定时期政治、经济、文化土壤的孕育之外，还与这一时代的审美风尚密切相关。宋、金、元的易代，不仅使社会秩序发生了剧烈的变化，也使人们的审美观念和审美情趣发生了转变。战乱频发和社会地位的改变迫使人们产生了迥异于太平时期的独特的生命体验。对文学的审美，也从传统的“温柔敦厚”，转向了一吐为快、恣意宣泄。元曲的风靡，正是这种社会审美风尚转向的晴雨表。而要追寻元曲的成长轨迹，则不得不从民间绵延不绝的曲子词谈起。

1. 民间曲子词

元曲的缘起，要追溯到隋唐以来北方民间普遍流行的曲子词。我们一般所说的词，除了文人词（晚唐五代词和宋词）外，还包括民间曲子词。什么是曲子词呢？指为了配合乐曲而填写的歌词，又被叫作“曲子”。

词最早发祥于民间，故民间曲子词的出现要比文人词早，只是因其文字记载很少，故往往被人们忽略了。隋唐以来，由于外来音乐的渗入，曲子词开始在民间潜滋暗长。到了南唐后主李煜时，开始“变伶工之词为士大夫之词”，越来越多的文人加入词的创作群体中，词也由此变得愈来愈规整、高雅，而民间曲子词则一直保持着纯朴自然的面貌。

民间曲子词的清新格调吸引了一部分文人的目光，他们在填词时有意模仿民间的情趣与声调。如北宋末年，以滑稽俚俗著称的曹组有一首咏脚的曲子：

红窗迥

春闱期近也，望帝京迢迢，犹在天际。懊恨这一双脚底，一日厮赶上五六十里。争气，扶持我去，转得官归，恁时赏你：穿对朝靴，安排你在轿儿里；更选个、弓样鞋，夜间伴你。

这首词运用口语，诙谐平俗，已和曲接近，显示出由词到曲的演化趋向。但这类词体风格的创作，往往被正统士大夫嗤之以鼻，被其蔑称为“滑稽无赖语”，不仅创作者的清誉会受到影响，就是其子孙也会受到牵连。比如曹组的儿子曹勋，在南宋高宗绍兴年间出使金国时，曾有好事者写了一首小词奚落他，其中就有这么一句：“单于若问君家世，说与教知，便是《红窗迥》底儿。”

由于这种强大的社会舆论，以致有些模仿民间曲子词的创作者连自己的名字都不敢署。南宋文学家吴曾在他的笔记文集《能改斋漫录》中就记载了这样一件事，不知何人改写了南唐词人冯延巳的《长命女·春日宴》词，题名《雨中花》。现摘录这两首词，看看文人词与民间曲子词的差异：

长命女·春日宴

冯延巳

春日宴，绿酒一杯歌一遍。再拜陈三愿：一愿郎君千岁，二愿妾身常健，三愿如同梁上燕，岁岁长相见。

雨中花

无名氏

我有五重深深愿：第一愿、且图久远。二愿恰如雕梁双燕，岁岁后、长相见。三愿薄情相顾恋。第四愿、永不分散。五愿奴哥收因结果，做个大宅院。

吴曾对这两首词的评价判若霄壤，在他看来，前者“典雅丰容”，后者则“鄙恶甚矣”。可以说，这种看法代表了当时主流社会的普遍观点。若抛弃这样的阶级偏见，不难看出，后者道出的恰是民间的心声。口语化的“永不分散”“做个大宅院”等，实实在在就是小民的普遍理想。雅，在这里早已荡然无存；俗，虽浅近却有趣亦有味。词和曲似乎只有一步之遥了。

南宋以降，大批士大夫随着宋室南迁，北方先后成为女真族和蒙古族的统治地界，民间曲子词犹如卸下了重担，少了很多羁绊与束缚，逐渐发展成为成熟的北曲体系。

2.“北音”的介入

除了民间曲子词外，元曲还有另外一个来源，就是北方民族音乐曲调（这种曲调，在古代文献中，常被称为“胡乐”“北音”“虏乐”等）的融入。这种介入，早在唐代就已开始了。《旧唐书·音乐志》记载：“自开元以来，歌者杂用胡夷里巷之曲。”到了宋金时期，女真歌舞在大江南北渐成风靡之势。

北宋末期，随着北宋王朝对燕山一带的收复，一些女真人南下，来到了都城东京（今河南开封），他们带来了一种叫作《臻蓬蓬歌》的女真歌舞。跳舞时，人们的身体随着鼓点和“臻蓬蓬”的歌声有节奏地律动着，尽情地传达着生命的畅快和惬意。这种带有少数民族气息的歌舞令人耳目一新，很快就在东京城流行开来，势头绝不亚于今天流行的广场舞。伴随着这种北方民族歌舞的出现，一些具有北方民族特色的蕃曲曲牌也在大街小巷流传开来。其中，有的曲牌还成为后世北曲中的永久性曲牌，比如【大石调】里的【六国朝】。

不仅北宋都城如此，南宋都城临安（今浙江杭州）也一度流行着女真歌舞。据说南宋孝宗在位期间，临安非常盛行“北音”。人们常常在夜幕来临时，成群结队地聚在一起，吹着【鹧鸪】曲，弹拨着洋琴。其中，有一人身穿黑衣，翩翩起舞，众人拍手和之，其情怡怡，其乐融融。本来，繁重的劳作之余，来点适度的娱乐放松一下，是再正常不过的生命需求了，连孔夫子都认为“一张一弛，文武之道”呢。可是，偏偏就有一些士大夫固执地认为【鹧鸪】歌舞“伤风败俗，不可不惩”，这就是《续资治通鉴》所载，孝宗乾道四年（1168 年）一位大臣的建议。不过，这样的声音，很有点“螳臂当车，自不量力”的味道。

因为，当时的北方，早已是异域歌舞的天下了。南宋著名诗人范成大在《范石湖诗集》中为我们留下了珍贵的一瞥。南宋乾道六年（1170），范成大出使金国。在真定（今河北正定县）一带，他惊讶地看到，这里处处都是带有异域风格的歌舞，于是，他不由得感叹：“虏乐悉变中华！”范成大所见，正是当时北方民众娱乐生活的真实面貌。这种“北音”生命力之强大，辐射面之广泛，连南宋的都城都靡然向风，又岂是一二文臣的“建议”所能扭转得了的呢？

在这股势不可挡的“北风”的席卷下，女真族的流行曲调一度成为中原大地的时代风尚，其中的一部分，更是直接或间接进入了后世的北曲。

3.“新声”的崛起

北曲的成形，最早大约可以追溯到金朝前中期，前述范成大所见，即为例证。但正式的北曲形式，应该出现于金中叶的章宗时期（1190—1208）至金亡（1234 年）的几十年间。其间，董解元《西厢记诸宫调》这样划时代巨作的出现，是一个里程碑式的事件。

诸宫调，是一种集合多个宫调来讲述一个长篇故事的说唱艺术，又叫“说唱诸宫调”，据说是由北宋年间的孔三传所创制。流传至今的完整的诸宫调作品只有一部，就是金章宗时期的下层文人董解元写的《西厢记诸宫调》，一般简称《董西厢》。它用十四个宫调、一百九十三套组曲、洋洋洒洒五万字的宏大篇章，讲述了唐宋以来广为流传的崔莺莺和张生悲欢离合的爱情故事，已经初具后世北曲套曲与北杂剧套曲之雏形，因此，被史家称为“后世北曲之祖”。

我们今天所能看到的标准的北曲小令和套曲，只能追溯到《董西厢》之后、金末元初的一些文人，如元好问、杨果、杜仁杰等人的作品。元好问是金末元初的文坛泰斗，他和杨果、杜仁杰等人都以诗文著称，也有少量散曲传世。金朝末年，上层文人尽管还不太愿意参加诸宫调和院本等的写作，但对于它们的曲调早已耳熟能详。元好问和好友杜仁杰之间就有这样一段佳话。

金哀宗正大四年（1227 年），元好问担任河南内乡县令，当时正隐居于内乡的杜仁杰曾前往依附。杜仁杰博学多才、擅长弹唱。有一天，他用只有两根弦的两仪琴，为元好问弹奏了当时流行的民间北曲曲调【穆护沙】。琴声婉转幽咽，催人泪下。元好问听后，赞不绝口，并写下两首诗，歌咏此事：

杜生绝艺

杜生绝艺两弦弹，穆护沙词不等闲。莫怪曲终双泪落，数声全似古《阳关》。

赠绝艺杜生

迢迢离思入哀弦，非拨非弹有别传。解作江南断肠曲，新声休数李龟年。

可见，【穆护沙】在当时是被当作“新声”看待的。正因为这些民间俚曲的清新格调，才使当时文人对北曲青睐有加。所以，元好问、杨果、杜仁杰等著名文人，偶尔也写写散曲来遣闷抒怀。

北曲“新声”的这一崛起过程，在明代文学家王世贞的曲论著作《曲藻 · 序》中，有这样一段中肯的概括：

自金、元入主中国，所用胡乐，嘈杂凄紧，缓急之间，词不能按，乃更为新声以媚之。

这里提到的“新声”，最鲜活的例子就是上述杜仁杰所弹奏的北曲曲调【穆护沙】。王世贞敏锐地捕捉到了“胡乐”旋律节奏的变化，认为这是促使“新声”崛起的关键，他的这一见解是颇为独到的。

北曲“新声”在当时的风靡，不仅是因为其乐曲的新颖独特，更在于它的“动人以情”。金末元初的文人刘祁（1203—1250）在评价金末的诗歌时，曾将其与当时的俗曲对比，认为当时的诗作“动人心者绝少，不若俗谣俚曲之见真情而反能荡人血气也”（刘祁《归潜志》）。这一评价，确乎一语中的。

元曲能担当起“一代文学”的称号，正与其继承了民间俗曲绝假存真、荡人心魄的“真情”密不可分。

至此，历史的大幕已缓缓拉开，书写文人“真性情”的元曲即将登场。

第二章
伤悼与反思

小引 “壬辰之乱”的剧痛

1232 年，距离太祖完颜阿骨打建国（1115 年）近 120 年的大金，步入了它最为惨淡的岁月。看看这份紧锣密鼓的时刻表吧：

1232 年 3 月，蒙古军队攻下洛阳，逼近金朝后期的都城南京（今河南开封）；

1232 年 4 月，金哀宗以亲王为人质，向蒙古乞和，蒙金之间暂时和议；

1232 年 5 月，金都南京（今河南开封）爆发大瘟疫，持续近两月，死者达 90 多万人；

1232 年 7 月，蒙金和议废止，蒙古军队开始新一轮的围攻；

1232 年 8 月，部分金军将士投降蒙古，金都南京（今河南开封）守卫已经难以抵御蒙古军队的进攻；

1232 年 12 月，金哀宗弃城逃往河南商丘，后来辗转逃到蔡州。

按照中国古代的干支纪年法，1232 年为壬辰年，所以历史上把这次蒙古军队围攻金都南京，金哀宗出逃蔡州的事件，称为“壬辰之乱”。

“壬辰之乱”后不久，金朝的留守官员西面元帅崔立，就发动变乱，投降蒙古，他还纵兵搜索金银珠宝，抢掠妇女，献给蒙古军队。年幼的白朴，就是在这次变乱中与生母失散的。虽然那时的白朴只有七岁，但与生母的失散在他幼小的心灵里留下了永远无法抹去的伤痕。后来，好友王博文在为白朴的词集《天籁集》所作的序言中曾谈及此事：

自幼经丧乱，仓皇失母，便有山川满目之叹，逮亡国，恒郁郁不乐，以故放浪形骸，期于适意。

幸运的是，形同孤儿的白朴竟在这场天伦惨变的浩劫中奇迹般地存活了下来。这要归因于父亲白华的好友元好问的救助。在“壬辰之乱”中，白华随着金哀宗如丧家之犬般仓皇出逃，元好问却和大多数难民一样被困城中，也因此救了白朴。崔立降蒙后，留在金都南京的元好问也沦为了阶下囚。这段梦魇般的岁月，在元好问的诗歌中留下了深深的印痕：

癸巳五月三日北渡三首

道旁僵卧满累囚，过去旃车似水流。红粉哭随回鹘马，为谁一步一回头？
随营木佛贱于柴，大乐编钟满市排。虏掠几何君莫问，大船浑载汴京来。
白骨纵横似乱麻，几年桑梓变龙沙。只知河朔生灵尽，破屋疏烟却数家！

癸巳年，是“壬辰之乱”的次年（1233年）。诗人记下了这年五月，在被押送山东聊城、北渡黄河时的真切见闻：破衣烂衫的囚徒横七竖八地僵卧路旁，满载财物的旃车络绎不绝，被俘北上的佳人泪流满面，累累白骨纵横遍野，残垣断壁触目惊心。这就是金元之交时的元好问用白描似的文字，“画”下的金末战乱难民图。

战乱给人们留下了刻骨铭心的伤痛，但在痛定思痛之后，有人却变得异常冷峻，仿佛一下子大彻大悟了。如金末著名的文学家段克己的《排闷》诗：

> 四海干戈战血腥，头皮留在更须名。病寻药物为闲计，闷引文书作睡程。
> 万事转头慵挂眼，一杯到手最关情。此身定向山间老，我与山英有旧盟。

在满眼尸骨、斑斑血迹中摸摸自己的头颅：脑袋居然尚在，这是多么值得庆幸的事啊！是是非非、纷纷扰扰、功名利禄、富贵荣华，如烟似幻，转头成空。诗的后半段，与元散曲中的隐逸、闲适情调已毫无二致。

战乱的后遗症还远不止此。王朝的更迭是有形而短暂的，可士人心灵的震颤却是无形而长久的。在此后的一百多年间，以金亡为标志的中原文化的断裂，对汉族文士的影响颇大，虽然他们表现各异，或为沉痛，或为超脱，或为戏谑，却无一不指向对人和人的生存价值的深刻反思，甚至成为元代散曲和杂剧的一种"时尚"。

第一节　穷通前定，何用苦张罗

千百年来，传统儒家理论对儒生的思想和行为提出了各种各样的规范，如"不义而富且贵，于我如浮云""君子喻于义，小人喻于利""富贵不能淫，贫贱不能移，威武不能屈"，等等。但在特殊时期，人的趋利避害、好生恶死的本性，却往往会使人违背这些早已了然于胸的伦理准则，做出各种各样的选择。"壬辰之乱"对儒士来说，就是这样一块灵魂的试金石。

在 1232 年，金朝后期的国都南京（今河南开封）城破之前，有人选择了悲壮的以身殉国，如耶律楚材的兄长耶律善才，"自投于内东城濠中水而殁"

（元好问《龙虎卫上将军耶律公墓志铭》）；有人选择了通权达变，择主而事；有人在苟全性命后，不再入仕，以“遗民”自居。金元之际有着“北方文雄”之称的元好问（1190—1257），就属于后者。

元好问是一位不折不扣的儒者。虽然，在大难临头之际，他并没有以身殉道，甚至在金将崔立反叛投降后，还一度接受了“伪职”，被封为“左右司员外郎”，但他始终没有忘记一个儒生的历史责任感。所以，他才会在金亡之际，不顾自己官微言轻，为了守城和拯救生灵而积极奔走，为了保护人才而大声疾呼；他才会在晚年，为了修史而焚膏继晷、惨淡经营。不过，在经历了一连串的挫折之后，他的内心也未尝没有产生过功名富贵不啻黄粱一梦的念头。如这首元初颇负盛名的曲作：

双调·骤雨打新荷

元好问

绿叶阴浓，遍池塘水阁，偏趁凉多。海榴初绽，妖艳喷香罗。老燕携雏弄语，有高柳鸣蝉相和。骤雨过，珍珠乱糁，打遍新荷。

人生有几，念良辰美景，一梦初过。穷通前定，何用苦张罗。命友邀宾玩赏，对芳樽浅酌低歌。且酩酊，任他两轮日月，来往如梭。

元好问为一代文宗，文章独步天下三十年，诗文多为后世称道。他生活的时代，正是散曲形成和确立的前夜，词与曲混杂在一起，雌雄莫辨。这首《双调·骤雨打新荷》乍一看，很有点“词”的味道。前半曲红绿相映，动静结合，有声有色地勾勒了一幅多姿多彩的盛夏风景图。看得出，作者对生活是充满热爱之情的。后半曲对景抒情，似乎很享受这种对酒当歌、浅斟低唱的岁月。

然而，一句“穷通前定，何用苦张罗”，还是“不小心”流露了对仕途的不满和倦怠之意。从这里，似乎能揣摩出些许元好问入元后，不再出仕的幽微心曲。作者在这里抒发的命运前定、及时行乐的思想，可以说，开启了元代散曲讴歌隐逸生活的先河。

第二节　南朝旧曲，司马泪痕多

“壬辰之乱”的次年（1233 年），元好问曾给时任元太宗窝阔台之宰相的耶律楚材写了一封言辞恳切的书信，这就是著名的《癸巳岁寄中书耶律公书》。信中，元好问诚恳地提出请求，希望耶律楚材从新朝利益出发，考虑人才的储备，并列出了一个需要加以特殊保护的五十多人的名录。

在这份长长的名录中，有一位叫杨果（1197—1269）的秀士。这位杨果在金哀宗正大元年（1224 年）中过进士，是金末元初以廉洁干练闻名一时的重臣，诗、词、曲都有作品传世。《元史》说他“工文章，尤长于乐府”。在散曲方面，他给我们留下了十一首小令和五个套曲。

金亡时，杨果年近不惑，入元后，他担任过北京宣抚使、参知政事、怀孟路总管等职，是个典型的一半在金一半在元的士人。和许多身处金元易代之际的传统文人一样，杨果在为元朝统治者效力的同时，内心想必也是纠结万分的，看看他写的这首小令吧：

越调·小桃红

采莲人和采莲歌

杨果

采莲人和采莲歌，柳外兰舟过，不管鸳鸯梦惊破。夜如何？有人独上江楼卧。伤心莫唱，南朝旧曲，司马泪痕多。

采莲曲原是乐府旧题，多用来歌咏爱情。杨果虽沿用了旧题，却没有写爱情，而是委婉地表达了对金亡的感慨。

采莲姑娘们的歌声越是欢快，她们乘坐的兰舟越是轻盈，就越是反衬出独上江楼者的落寞与沉重。起初，被惊破好梦的鸳鸯，引起的只是对情人的思念。可接下来，在独自登楼的惆怅中，故土、故国却成了挥之不去的思念。

“南朝旧曲”是指南朝陈后主作的乐曲《玉树后庭花》，“司马泪痕多”化自白居易《琵琶行》中的“座中泣下谁最多，江州司马青衫湿”。两者引发的都是感伤的愁绪。由情人到故土，再到故国，情感的疆域一步步扩大。杨果在这种精心营造的构思里，巧妙地寄托了他对金亡最深沉的哀思。

第三节　千古是非心，一夕渔樵话

和元好问、杨果相比，“壬辰之乱”时仅有七岁的白朴（1226—1306以后），似乎无需对亡金表达太多的怀念和哀悼之情，在新朝出仕好像也没有太多的心理障碍。但主要生活在大蒙古国时期和元代初期的白朴，却一再拒绝别人的举荐，终身未仕。

个中缘由，前文已略有述及，因为白朴的母亲在“壬辰之乱”中不知所终。而于白朴有着救命之恩的元好问，对白朴的影响也不可小觑。

劫难后，白朴由元好问携带着逃出金都南京（今河南开封），北渡黄河。途中，小白朴不幸感染了时疫，不省人事。元好问不分昼夜地一连抱持了白朴六天，直到看到臂弯里的孩子的额头上冒出了粒粒微汗，他才长长地舒了一口气。在元好问的悉心照料下，白朴终于捡回了一条小命。此后，有很长一段时间，白朴都生活在元好问的身边，直到 1237 年和父亲白华团聚，白朴才离开了元好问。

白朴自小聪慧，喜好读书。元好问很欣赏他的才华：“元白通家旧，诸郎独汝贤。”（王博文《天籁集·序》）因此，对他的培养格外尽心，不仅传授给他读书问学的知识，还教给他为人处世的道理，使幼年的白朴受到了良好的教育。

虽然元好问的关怀使白朴感受到了世间的温情，但与母亲的失散却让他终生无法释怀。所以，当元世祖中统二年（1261 年），中书右丞相史天泽向朝廷举荐白朴时，他毫不犹豫地逊谢了。孩提时期的亲身经历对人一生的影响是巨大的，“壬辰之乱”后，白朴再也没有见过母亲，这让成年后的他如何再为掳去母亲的元廷效力？又怎么可能与那些曾经杀害自己亲人的蒙古人做同僚？

惨痛的经历，让白朴做出了不再参与政治的选择，但心灵的伤痕是难以平复的，在他的作品中，就时常流露出沧桑之感和山川之叹。如下面这首小令：

仙吕·寄生草

饮

白朴

长醉后方何碍，不醒时有甚思。糟腌两个功名字，醅渰千古兴亡事，曲埋万丈虹霓志。不达时皆笑屈原非，但知音尽说陶潜是。

这首小令貌似在劝人饮酒：君不见醉饮的诸多妙处吗？什么功名利禄、什么兴亡陵替、什么虹霓壮志，所有的牵挂、搅扰，都可以被酒淹没、埋葬，真可谓“一醉解千愁”。所以，他才会嘲笑屈原的不识时务，什么“举世皆浊我独清，众人皆醉我独醒”，倒不如像陶渊明那样“采菊东篱下，悠然见南山”。兴亡也好，壮志也罢，不过都是一枕黄粱、槐荫梦境罢了。

可是，白朴真的放下了这些“牵绊”吗？他真的像孔融、刘伶、阮籍、嵇康那样嗜酒风流吗？据白朴自己说，他“饮量素悭，不知其趣”（白朴《水龙吟·序》）。可见，这是一个并不贪杯的人。但这样的人还偏要大倡纵酒，偏要表白自己长醉梦中、无忧无虑，恐怕就不是滑稽，而是另有“隐曲”了。人的一生，毕竟清醒时多，酒醉时少。醉梦中可以无“碍”无“思”，那醒来之后呢？这才是作者的真正心态吧，这也正是令白朴矛盾痛苦的心病所在。明乎此，才算真正找到了破解元曲“密码”的钥匙。

如果说，【仙吕·寄生草】《饮》在旷达下面深藏着白朴压抑不住的酸楚和沉痛，那么，下面这支曲子似乎要超脱得多：

双调·庆东原

白朴

忘忧草，含笑花，劝君闻早冠宜挂。那里也能言陆贾，那里也良谋子牙，那里也豪气张华？千古是非心，一夕渔樵话。

开篇用“忘忧草”与“含笑花”起兴，这是一种远远超越了醉酒或长睡的人生境界。“冠宜挂”就是“挂冠”，也就是辞官归里的意思。白朴大概也意识到杯中物终究是无济于事的，所以，这里他不再“劝饮”，而索性劝人尽早“离职”。看看当年那能言善辩的陆贾、足智多谋的姜尚、豪气干云的张华吧，如今他们都去哪里了呢？千古是非，不过都变成了渔樵的一夕闲话罢了。这里的白朴，颇有些世外高人、仙风道骨的味道。

这两首散曲，看似都否定了人生在世的积极奋进，别有一番旷达超脱的意趣，而骨子里却尽是痛语。这就是历经劫难后的白朴独特的价值选择，他表面上一直在与这个时代抗争着，但这种抗争并非对传统的真正反叛，相反，是反思后对传统的回归与依恋。

看懂了这一点，我们才能真正走进元代白朴的内心：他有条件做官却放弃不做，这不是一种“矫情”，而是一种有所不为的坚守。

第四节　屈原清死由他恁

与白朴不同，出生在金亡近二十年后的马致远（约 1250—1321 至 1234 年秋季间），可能是元代一流的曲家中，向元王朝最多表白心意、希望得到任用的一位。

这不难理解，马致远出生在大都（今北京），夷夏大防比较淡漠，没有像元好问、白朴那样的遗民情绪和乱世伤痛。所以，青年时期的他曾向最高统治者积极献诗，希图被破格任用。他晚年曾在一首散曲【黄钟 · 女冠子】中追忆“且念鲰生自年幼，写诗曾献上龙楼”，当是实情。

可才华满腹的马致远，却没有白朴那样显赫的家世，不仅没人举荐，自己孜孜以求的最好结果，也不过是人到中年，才到杭州担任了江浙行省务官这样小小的吏员。

从满腔热情到一再受挫，使得马致远对世道险恶有着远比白朴冷峻得多的清醒认识，如这首【双调 · 拨不断】：

酒杯深，故人心，相逢且莫推辞饮。君若歌时我慢斟，屈原清死由他恁。醉和醒争甚？

屈原和陶渊明在元代曲家的心目中，形象迥异：屈原总是被嘲笑和否定，而陶渊明则被奉为精神楷模。和前文白朴的“不达时皆笑屈原非”相比，马致远的语气要尖刻得多。“由他恁”是“随他去”的意思，轻蔑、鄙薄之意跃然纸上。千百年来，屈原的“路漫漫其修远兮，吾将上下而求索”，已然成了激励中华民族百折不挠、奋勇前行的精神象征。对于屈原的清流赴死，人们多报以无限痛惜的哀婉之情。可马致远居然说出“要死随他去”的“刻薄”之言。因为，在他看来，醉和醒，有什么区别吗？倒不如“醉还醒，醒而醉”（马致远【双调·庆东原】《叹世》）！

马致远不是没有过“佐国心，拿云手”的政治抱负，只是，在经过了二十年的漂泊生涯之后，他早已看透了人世间的荣辱成败。所以，他的言辞才会更加恣肆豪纵、无拘无束。看看他是怎么看待功名的吧：

双调·蟾宫曲

叹世（其二）

马致远

咸阳百二山河，两字功名，几阵干戈。项废东吴，刘兴西蜀，梦说南柯。韩信功兀的般证果，蒯通言那里是风魔？成也萧何，败也萧何；醉了由他！

想当年，刘邦与项羽争霸，风云几多变幻。曾经为刘邦平定天下立下了汗马功劳的韩信，最终不还是落得个惨死的下场吗？而且，举荐韩信的是萧何，设计陷害韩信的也是萧何。这些是非恩怨，都已随风消逝，不过是一场梦幻罢了，不如葫芦提一醉方休。

如果说，白朴的功名观还有一丝欲说还休的矛盾与痛苦，那么，经历过宦海浮沉、不再抱有政治幻想的马致远，显然要超然、决绝得多。在这种倔强、执着的人生态度里，是元代文人对自我人格范型的坚持和重塑。

第五节　滑稽的盛典

元代迟迟不开科举，是众所周知的。好不容易开考后，考试与录取的诸多不公，又让汉族儒生备感失望。于是，民间诗社、书会的种种赛事活动，就颇有点模拟科考的意味。这种活动在散曲创作中有个鲜活的例子。

根据钟嗣成《录鬼簿》的记载，元代扬州的曲家曾经以“高祖还乡”为题，举办过一场散曲大赛。最后，独占鳌头的是扬州人睢景臣所作的【般涉调·哨遍】《高祖还乡》。

高祖还乡的故事，在司马迁《史记·高祖本纪》中有记载，是说汉高祖刘邦平定天下后，在公元前 195 年，回了一趟老家沛县。高祖在沛县逗留了十多天，把父老乡亲都叫来饮酒作乐，他还一边击筑（古代一种有弦索的乐器），一边高唱自己写的《大风歌》:“大风起兮云飞扬，威加海内兮归故乡，安得猛士兮守四方!”场面很是热闹、欢畅。这一题材在元代很流行，白朴写过杂剧《高祖归庄》，张国宾也有杂剧《歌大风高祖还乡》，可惜都没有流传下来。只有睢景臣的这套散曲《高祖还乡》传唱至今。

睢景臣的生卒年不详，我们只知道，他在大德七年（1303 年）从扬州前往杭州，与《录鬼簿》的作者钟嗣成结识，和钟嗣成似乎为同辈，大概卒于至顺元年（1330 年）以前。他曾写过《屈原投江》《莺莺牡丹记》《千里投人》

三本杂剧，可惜都失传了。现存三首套曲，以《高祖还乡》最为有名。《录鬼簿》赞它“制作新奇，诸公皆出其下”。

那么，套曲《高祖还乡》到底有何“新奇”之处，使得它能在同题材的元曲中独具一格、脱颖而出呢？

在探寻这个谜底之前，我们先来看看什么是套曲。套曲是把同一宫调中的若干支曲子连缀在一起来叙事抒情的，没有说白，如果加上说白，和元杂剧就很像了。套曲【般涉调·哨遍】《高祖还乡》就是用了八支同属【般涉调】的曲子，来演述高祖还乡的盛大场面。

先看第一支曲子：

【哨遍】社长排门告示，但有的差使无推故，这差使不寻俗。一壁厢纳草也根，一边又要差夫，索应付。又言是车驾，都说是銮舆，今日还乡故。王乡老执定瓦台盘，赵忙郎抱着酒胡芦。新刷来的头巾，恰糨来的绸衫，畅好是妆么大户。

首先出场的是社长，他大概是一边敲着锣，一边挨家挨户地大声吆喝着。他在说什么呢？好像是清扫道路、征发夫役之类的差使，还有什么车驾、銮舆、还乡之类的，并反复强调今天的差使非同寻常，不可推脱。你看，王乡老、赵忙郎，这些平日里有些头脸的家伙，今天也都打扮一新，戴着刷干净的新头巾，穿着刚糨好的绸衫，装模作样地等着迎接“车驾”。好一派紧张、忙碌的可笑景象！

这些通俗、浅近，带着浓浓的乡土气息的语言，完全是一个庄稼老汉的口吻。他不知道这些人忙忙碌碌的究竟要干啥，不明白今天要迎接的是什么人物。但“车驾”和“銮舆”是皇帝乘坐的车子，是用来代指皇帝的，稍有点学识的人大概都知道，可一般的民众并不知情。整首套曲就是用这样的庄稼汉的视角来描述的。这就迥异于传统文人的表达方式。

在文人主导的传统文学中，帝王大多是神圣庄严的。叙写皇帝衣锦还乡的场面，也多半庄重严肃，而绝不敢戏谑讽刺。但散曲则不同，它虽然也是文人创作的，却把俗和雅发展到了极致。就像这套《高祖还乡》，独辟蹊径地选择了一个老农的视角，不无揶揄地复现了汉高祖还乡的铺张场面。

请看接下来的三支曲子：

【耍孩儿】瞎王留引定火乔男女，胡踢蹬吹笛擂鼓。见一彪人马到庄门，匹头里几面旗舒。一面旗白胡阑套住个迎霜兔，一面旗红曲连打着个毕月乌。一面旗鸡学舞，一面旗狗生双翅，一面旗蛇缠葫芦。

【五煞】红漆了叉，银铮了斧，甜瓜苦瓜黄金镀。明晃晃马镫枪尖上挑，白雪雪鹅毛扇上铺。这几个乔人物，拿着些不曾见的器仗，穿着些大作怪的衣服。

【四煞】辕条上都是马，套顶上不见驴。黄罗伞柄天生曲。车前八个天曹判，车后若干递送夫。更几个多娇女，一般穿着，一样妆梳。

首先走来了乐队。带领乐队的是王留，他引着一伙“乔男女”，吹笛擂鼓地去迎接“车驾”。接着，来到村口的，是扛着几面大旗的队伍。那些旗子上画的尽是些稀奇古怪的图案，什么白兔啦，乌鸦啦，学跳舞的鸡啦，生出双翅的狗啦，缠在葫芦上的蛇啦。老汉不知道，这些可是皇帝出行的标配：月旗、日旗、舞凤旗、飞虎旗、蟠龙戏珠旗。

老汉才不管这些呢，只觉得这些人、这些物，奇怪极了。这不，又走来了一帮穿着花花绿绿的制服的人，举着些唬人的玩意儿：漆成红色的叉子，镀成银色的斧头，貌似甜瓜、苦瓜的金锤；枪尖上挑着明晃晃的马镫，扇子上铺满白花花的鹅毛。这些本为壮大皇家气势的排场，在“没见过世面”的乡民眼中，竟成了“大作怪”的东西。

在这长长的仪仗队后面，就是由好多马匹拉着的车驾了，车前车后簇拥

第三章
怀古与咏史

小引　一壮一少的投海义举

1279 年 3 月 19 日，在中国的南海边，一个叫崖山的地方，一位四十三岁的壮士，眼看着敌军逼近、回天无力，绝望中他毅然背负起一个年仅八岁的男童，怀抱着他为之奋斗了一生的理想，纵身一跃，跳进了波涛滚滚的大海。海水瞬间就吞噬了这一壮一少的身影，他们身后，成千上万的随行军民亦纷纷效仿。那一刻，风云为之变色，沧海为之呜咽！

这位壮士就是南宋最后一个左丞相陆秀夫——著名的“宋末三杰”（另两位是文天祥、张世杰）之一，那个男童正是南宋的末代皇帝赵昺。这一战，史称“崖山海战”。

就在这一战的前夕，著名的民族英雄文天祥在被押赴崖山的船中，为了抗拒元军统帅张弘范逼迫他写信招降固守崖山的张世杰、陆秀夫等人的命令，写下了那首震烁千古的七言律诗《过零丁洋》：

辛苦遭逢起一经，干戈寥落四周星。山河破碎风飘絮，身世浮沉雨打萍。

惶恐滩头说惶恐，零丁洋里叹零丁。人生自古谁无死？留取丹心照汗青。

文天祥写下这首诗，是以此明志，以示自己绝不屈服、绝不背叛祖国的赤胆忠心。其大义凛然之高昂气概辉耀史册，至今仍令人感佩不已。据说，当元军统帅张弘范看到这首诗的时候，也忍不住连连称赞："好人！好诗！"

然而，任何伟大的个人，在历史老人的面前都是渺小而无助的。当蒙古铁骑势如破竹，一路狂飙般地滚滚南下之际，大宋王朝的灭亡已只是个时间早晚的问题，崖山海战只不过是为它画上了一个悲壮的休止符罢了。此后，元王朝真正进入了"天下一家"（《元史·世祖一》）的时期。

虽然，南宋臣民的精神依托——小皇帝赵昺，在一夜之间魂销魄散，但千百年来在这片土地上萦绕不绝的正统儒家思想却不会轻易消散。尤其是那些喝着传统伦理道德的乳汁长大的汉族文人们，更是常常借题发挥，借歌咏历史上的兴衰成败，来一浇自己胸中之块垒。元曲中这种咏史感伤的情绪不仅普遍存在，上至达官贵人，下到落魄寒士，而且持续时间之长久，也颇耐人寻味，直到元末倪瓒、汤式的散曲中，还一直绵绵不绝。

第一节　魂牵梦萦是故国

元世祖忽必烈在尚未登基的金莲川藩府时期，就敏锐地意识到要吸收先进的汉文化来治理中原，为此，他曾广泛延揽四方文学之士。在1260年的即位诏书中，忽必烈宣称自己"每存仁爱之念，博施济众"，继续推行汉法，实施文治，并破格重用大儒、贤士。像胡祗遹、王恽、姚燧、卢挚、徐琰、赵孟頫等一批鸿儒硕学，就是元世祖时期被启用的汉族文士。可这些位居要职的达官显宦，对元朝统治者似乎并未发自内心地感恩戴德，在他们的酬唱吟和中，经常流露出一如刘因、倪瓒等高蹈隐士，一如白朴、关汉卿、纪君祥等才人作家那样对山陵更替、江山易主的感慨和惆怅。

1. 风流故家今何在

卢挚，这位文章可与姚燧比肩、诗歌堪与刘因齐名的元初著名作家，给今人留下了一百多首小令，其中尤以“怀古”题材为多。如《金陵怀古》《长沙怀古》《洛阳怀古》《夷门怀古》《咸阳怀古》等，无不袒露了作者对兴亡更迭、盛衰无常的慨叹。试看元世祖至元后期，时任江东建康道提刑按察司副使的卢挚，登上金陵台城，凭墙远眺，思绪万千，写下的这首怀古佳作：

双调·蟾宫曲

金陵怀古

记当年六代豪夸，甚江令归来，玉树无花？商女歌声，台城畅望，淮水烟沙。问江左风流故家，但夕阳衰草寒鸦。隐映残霞，寥落归帆，呜咽鸣笳。

金陵，就是今天的江苏省南京市，这里曾是三国时的吴国和东晋、宋、齐、梁、陈等六朝的都城。这六个朝代都曾在历史的舞台上竞相夸耀过自己的豪奢，其中最后一个朝代——陈朝的亡国之君陈后主更甚。陈后主不理朝政，整日饮宴后宫，制作艳词，荒嬉无度。这位帝王虽不善治国，却擅长词赋，他创作的《玉树后庭花》就是一例。只是，这首诗历来被认为是亡国之音。

而今，这一切都已如流水落花不复见，就连那“隔江犹唱后庭花”的商女，也已是“笑渐不闻声渐悄”，更别提什么金陵故旧、王谢大家了。眼前只剩下茫茫烟水、萋萋衰草、残霞孤帆，耳边只听得寒鸦哀鸣、胡笳呜咽……

胡笳本是边疆少数民族的乐器，可中原的六朝古都竟传来了胡笳的“呜咽”声，个中隐曲，就只能“别与知味者道”了。如前所述，卢挚贵为元世祖、元成宗、元武宗三朝的元老，恩宠自非一般寒士可比，但作为一个汉族儒生，他内心深处的河山之感、黍离之悲，又何尝不魂牵梦萦般地时常萦系在心头？何况当时距离南宋灭亡不过数年而已。想来，彼时的卢挚，未必就真切地听到了胡笳的声音，但那又何妨？这正是此曲之妙。元人胸中之块垒，可见一斑。

2. 砺带山河俱尘埃

如果说由于身份地位所限，卢挚的怀古之叹表达得还比较含蓄纡徐，那么，与卢挚差不多同时期、被忽必烈称为“不召之臣”的大儒刘因（1249—1293），在抒发古今兴亡、沧桑变易的意绪时，则要通透洒脱得多。下面这首小令即为一例：

黄钟·人月圆

茫茫大块烘炉里，何物不寒灰？古今多少，荒烟废垒，老树遗台。太行如砺，黄河如带，等是尘埃。不须更叹，花开花落，春去春来。

刘因生于金亡之后十五年，他的父亲刘述是个不忘金室的遗民。刘因受其父影响，在诗文中经常流露出恋金的感情。他对宋亡的态度，则经历了一个先是肯定元对中国的统一，后又对宋亡哀叹不已的转变过程。这些可能也是他后来拒不仕元的原因之一。作为一个主动退避的隐士和不懈追求圣贤境界的儒生，刘因对人生与万物的理解，自然不同于为元政权奉献了一生的卢挚，而流露出更多超脱和通达的情趣。

这首小令落笔不俗，开篇就是浩渺无边的茫茫宇宙，把人们的思绪引入到一种大气磅礴的境界。紧接着笔锋一转，这一切在历史的风沙里终将化为灰烬。既然如此，宋、金的灭亡和无数废弃的兵垒、遗台又有何两样，它们终将成为历史的遗迹。即便壮阔如黄河，巍峨如太行，在苍茫宇宙里，也不过就像微不足道的衣带和磨刀石一样。这样一来，对于花开花谢、春去春来，似乎更没有叹息的必要了。

刘因辞官后，一直未离开过故乡容城（今河北徐水区），却在诗文中不时称自己为“客寓”。是词不达意吗？当然不是。既然江山已然易“主”，自己岂不就成了“客”了。忽必烈虽然表面上推行汉法，骨子里却并无发自内心的隆师重道之意。聪慧如刘因，岂能不明就里？所以，他才选择了高蹈避世、深居简出。如此，这里的“客”，实则是一个精神上的流浪者。在【黄钟 · 人月圆】这首小令的背后，其实蕴含着和显宦卢挚一样浓得化不开的民族意识。

3. 伤心莫问前朝事

倪瓒（1301—1374），这位元代杰出的画家，绘画史上著名的“元四家”之一，也有一首意味深长的怀古散曲【黄钟 · 人月圆】流传至今：

伤心莫问前朝事，重上越王台。鹧鸪啼处，东风草绿，残照花开。
怅然孤啸，青山故国，乔木苍苔。当时明月，依依素影，何处飞来？

此曲前半部分，从中唐窦巩的《南游感兴》诗自然化出，而了不见痕迹。窦巩原诗为：“伤心欲问前朝事，惟见江流去不回。日暮东风春草绿，鹧鸪飞上越王台。”由“欲”而“莫”，一字之差，绝望和无奈之情溢满纸面。“前朝”何谓？或曰南宋，或曰元朝。其实又何必坐实。让倪瓒“伤心”的，大概不仅仅是吴越争霸那段气壮山河的历史吧。曾经的风云变幻、盛衰无常，哪一段历史不会勾起怀古者的万千感慨呢？

倪瓒，生在元代中期，卒在明代初年。明太祖朱元璋曾召他进京供职，他坚辞不赴。但这并非说他就是心恋元朝的遗民，因为，倪瓒似乎也并不那么愿意与元代统治者合作。早在至正（1341—1368）初年，他就散尽家产，浪迹五湖，行踪不定，被时人誉为“神仙中人”（《录鬼簿续编》）。让倪瓒遁世高蹈的缘由何在？这首小令也许给出了答案。

站在勾践曾经在此“十年生聚，十年教训”、立志灭吴兴国的越王台上，倪瓒不由得怅然长啸。青山依旧在，故国何处寻？但听得鹧鸪声声，“不如归去”，但见得残阳默默，草绿花红，真是“无情最是台城柳，依旧烟笼十里堤”啊。更无情的是，曾经光照故国的明月，为何也无端飞来，撩人神伤呢？

从“残照”直到“明月”，看来，倪瓒已在此伫立良久。是什么让他依依不舍、徘徊不去呢？还是那和许许多多元代汉族知识分子并无二致、一样深沉的民族情怀啊！

从卢挚到刘因，再到倪瓒，这些身份各异、人生迥别的文人，为何会反反复复地在元代流行的散曲艺术中，不约而同地抒发着他们对故国家园的眷眷深情呢？只有一个解释，那就是文化上的同根共祖。这是流淌在一代代中华儿女精神血脉里的集体无意识的质素，任你高鼻深眉，任你蛮音杂陈，任你强侵肆掠，都无法改变。

第二节　惊心动魄的宴会

关汉卿是元代首屈一指的杂剧作家，也是中国戏曲史上数一数二的杰出人才。另外，根据元人钟嗣成《录鬼簿》的记载，我们还知道他曾经供职于太医院。至于他是否也有着像鲁迅先生一样弃医从文的经历，则不得而知。但纵观关汉卿现存的杂剧，不难发现，他对现实的关注是那样深沉而热切；即便是在其为数不多的历史剧中，也打上了鲜明的元代烙印。也许，他是想用这种“悬壶济世”的独特方式来普度众生吧。

三国戏《关大王单刀会》（以下简称《单刀会》）就流露了关汉卿的这种心曲。《单刀会》是关汉卿历史剧的代表作。关羽单刀赴会的故事，在《三国志》和平话《三分事略》中都有记载。《三国志》客观记录了鲁肃索取荆州的大义凛然，谴责了刘备的贪而不义；平话《三分事略》则以民间“尊刘”的立场，渲染了关羽的英武和震慑力。显然，关汉卿吸收了平话的民间立场，又融入了自己对历史和人生的看法，改写了一千多年前的这段历史故事。

较之《窦娥冤》的扣人心弦、波澜起伏，这部杂剧的情节单一得甚至有点乏味。但是，其中的一些经典唱段却一直传唱不衰。像《训子》《刀会》，就是数百年来，还基本上按照关汉卿的原作在舞台上常演的两个折子戏。那么，究竟是什么样的魅力，使得不同时代的广大民众，对故事情节并不曲折的《单刀会》产生了如此强烈的共鸣呢？我们一起来看看关汉卿讲述了一场怎样惊心动魄的宴会吧！

1. 万夫不当之勇

宴会的主人是东吴的鲁肃。这位东道主一出场就得意洋洋地宣讲了他索取荆州的三条锦囊妙计：

今据长江形势，第一计：趁今日孙、刘结亲，已为唇齿，就江下排宴设乐，修一书以贺近退曹兵，玄德称主于汉中，赞其功美，邀请关公江下赴会为庆，此人必无所疑；若渡江赴宴，就于饮酒席中间，以礼索取荆州，如还，此为万全之计；倘若不还，第二计：将江上应有战船，尽行拘收，不放关公渡江回去，淹留日久。自知中计，默然有悔，诚心献还；更不与呵，第三计：壁衣内暗藏甲士，酒酣之际，击金钟为号，伏兵尽举，擒住关公，囚于江下。

——《单刀会》第一折

由智取到软禁，再到武力要挟，可谓步步为营、思虑周全，俨然是布下了天罗地网。索取荆州，简直如探囊取物般手到擒来。纵然如此，鲁肃竟还底气不足，还要去请东吴耆宿乔国老来商议商议。所以，第一折的主唱竟然不是关羽，而是德高望重、饱经世乱的乔玄。

乔玄一出场，就对天下大事充满忧虑：

老夫乔公是也。想三分鼎足已定：曹操占了中原；孙仲谋占了江东；刘玄德占了西蜀。想玄德未济时，曾向俺东吴家借荆州为本，至今未还。鲁子敬常有索取之心，沉疑未发；今日令人来请老夫，不知有甚事，须索走一遭去。我想汉家天下，谁想变乱到此也呵！（唱）

【仙吕·点绛唇】俺本是汉国臣僚，汉皇软弱；兴心闹，惹起那五处兵刀，并董卓，诛袁绍。

——《单刀会》第一折

这番简洁的说唱中，竟一连出现了三个“汉”字，乔公的立场已是不言而喻。而不经意间，关汉卿以汉家为正统的心理期盼也悄然流露。

果不其然，一听鲁肃要索取荆州，乔公就断然否决，并一一列数刘关张三兄弟的丰功伟绩：

（末唱）【油葫芦】你道“他弟兄虽多兵将少”，（云）大夫、你知博望烧屯那一事么？

（鲁云）小官不知，老相公试说只。

（末唱）赤紧的将夏侯惇先困了。（云）这隔江斗智你知么？

（鲁云）隔江斗智，小官知便知道，不得详细，老相公试说只。

（末唱）则他那周瑜、蒋干是布衣交，那一个股肱臣诸葛施韬略，亏杀那苦肉计黄盖添粮草。（云）赤壁鏖兵，那场好厮杀也！

（鲁云）小官知道。老相公再说一遍只。

（末云）烧折弓弩如残苇，燎尽旗幡似乱柴。半明半暗花腔鼓，横着扑着伏兽牌。带鞍带辔烧死马，有袍有铠死尸骸。哀哉百万曹军败，个个难逃水火灾！（唱）那军多半向火内烧，三停在水上漂。若不是天交有道伐无道，这其间吴国尽属曹。

——《单刀会》第一折

博望烧屯、隔江斗智、赤壁鏖兵，是三国时有名的战役。听完乔国老绘声绘色的讲述，鲁肃的内心想必也是怦怦直跳。虽然他表面上还是振振有词，似乎胜券在握："俺这里有雄兵百万，战将千员，量他到的那里""我料关云长年迈，虽勇无能"（第一折），但在乔玄看来，以关云长的"万夫不当之勇"，鲁肃想要回荆州，简直不啻是痴人说梦：

【鹊踏枝】他诛文丑逞粗躁，刺颜良显英豪。他去那百万军中，他将那首级轻枭。

【金盏儿】他上阵处赤力力三绺美髯飘，雄赳赳一丈虎躯摇，恰便似六丁神簇捧定一个活神道。那敌军若是见了，唬得他七魄散、五魂消。（云）你若和他厮杀呵，（唱）你则索多披上几副甲，剩穿上几层袍。便有百万军，挡不住他不剌剌千里追风骑；你便有千员将，闪不过明明偃月三停刀。

——《单刀会》第一折

身处百万雄兵之中，却如入无人之境，美髯长飘，虎躯轻摇，敌军首级，瞬间就"信手拈来"，任你千军万马，也阻挡不住他的来去自如。在乔公眼中，关羽简直就是战无不胜的"战神"。

鲁肃听罢，还想"卖弄"他的三条妙计，乔公立马又搬出了关羽灞桥挑袍的典故：

【赚煞】曹丞相将送路酒手中擎，饯行礼盘中托，没乱煞侄儿和嫂嫂。曹孟德心多能做小，关云长善与人交。早来到灞陵桥，险唬杀许褚、张辽；他勒着追风骑，轻轮动偃月刀。曹操有千般计较，则落的一场谈笑。（云）关云长道："丞相勿罪！某不下马了也。"（唱）他把那刀尖儿斜挑锦征袍。

——《单刀会》第一折

轻描淡写中，勒马横刀、气势恢宏的一代英豪形象，早已是跃然纸面。

尽管乔公讲得栩栩如生，可在从未目睹过关羽神威的鲁肃看来，却依然无法全信。为了稳妥起见，鲁肃决定再去请教著名的贤士司马徽。

于是，主唱的接力棒，顺理成章地交给了"水鉴先生"司马徽。

2. 提起来魂魄悠悠

第二折，依然没有关羽的戏份，出场的是一位优哉游哉、赛过活神仙的道士：

【正宫·端正好】本是个钓鳌人，到做了扶犁叟；笑英布、彭越、韩侯。我如今紧抄定两只拿云手，再不出麻袍袖。

【滚绣球】我则待要聚村叟，会诗友，受用的活鱼新酒，问甚么瓦钵瓷瓯。推台不换盏，高歌自掴手；任从他阴晴昏昼，醉时节衲被蒙头。我向这矮窗睡彻三竿日，端的是傲煞人间万户侯，自在优游。

——《单刀会》第二折

谁能想到这位睡觉睡到自然醒、傲煞人间万户侯的老农，竟会是一位学问渊博、见识超群的天下名士？不错，他正是曾为刘备举荐过诸葛亮和庞统，而今正在江下结庵修行的道士司马徽。

这两支曲子流露的对隐逸生涯的仰慕之情，在元曲中并不少见，但在关汉卿的作品中却极为罕见。关汉卿给人的印象，好像总有一股勇往直前的冲劲儿、绝不向邪恶低头的倔劲儿，面对磨难似乎从没有手足无措的时候。但这里，借隐士司马徽之口，传达了对高抄起经纶大手、诗友聚会、谈笑自如、优游自在的隐居生活的向往，又何尝不是这位“硬汉”潜意识深处的真心流露？对诗酒悠游、林泉隐逸的憧憬，大概是元代文人为了捍卫尊严而给自己预留的最后一块阵地，即便如“斗士”关汉卿，也不能免“俗”。所以，深谙戏曲舞台三昧的关汉卿，才会在这里特意为人物安排了这么两段看似游离了剧情的曲词。

波澜不惊的日子也有起风的时候。这不，中大夫鲁肃特意登门邀约赴宴了，但听说同席的还有寿亭侯关云长时，司马徽的头就摇得像拨浪鼓似的了：

若有关公，贫道风疾举发，去不的！去不的！

——《单刀会》第二折

鲁肃不解：先生和关公也算故交了，不过是陪一杯酒的事，为何力辞不往？提起往事，老道似乎还心有余悸：

（末唱）【滚绣球】大夫，你着我筵前劝几瓯，那汉劣性怎肯道折了半筹？

（鲁云）将酒央人，终无恶意。

（末唱）你便休题安排着酒肉，他怒时节目前见鲜血交流。你为汉上九座州，我为筵前一醉酒，（云）大夫，你和贫道，（唱）咱两个都落不的完全尸首。

（鲁云）先生是客，怕做甚么？

（末唱）我做伴客的少不的和你同病同忧。

（鲁云）我有三条计索取荆州。

（末唱）只为你千年勋业三条计，我可甚“一醉能消万古愁”，提起来魂魄悠悠。

——《单刀会》第二折

关羽的劣性勇猛，竟让见多识广的司马徽提起来就“魂魄悠悠”，那该是一种怎样强大的气场啊！如果说这还只是粗笔勾勒、“虚张声势”，那再近前看看关大王的雄姿吧：

【滚绣球】他尊前有一句言，筵前带二分酒，他酒性躁不中撩斗，你则绽口儿休提着索取荆州。（鲁云）我便索荆州有何妨？（末云）他听的你索取荆州呵，（唱）他圆睁开丹凤眸，轻舒出捉将手；他将那卧蚕眉紧皱，五蕴山烈火难收。他若是玉山低趄，你安排着走；他若是宝剑离匣，你则准备着头。枉送了你那八十一座军州！

——《单刀会》第二折

一句话不入耳，他便怒目圆睁、长臂轻舒、卧蚕眉紧皱、烈火难收；他若是抽出宝剑，你就等着低头送死！这样的超凡气势，怎不让“水鉴先生”提起来就“魂魄悠悠”？可在鲁肃眼中，这不过一介武夫而已，只要我先下手，量他插翅也难逃。

这话却让司马徽哑然失笑：“量你怎生近的那关云长？”看来，你是不知关云长五兄弟的威猛了：

【滚绣球】有一个黄汉升猛似彪；有一个赵子龙胆大如斗；有一个马孟起，他是个杀人的领袖；有一个莽张飞，虎牢关力战了十八路诸侯，骑一匹毕月乌，使一条丈八矛，他在那当阳坂有如雷吼，喝退了曹丞相一百万铁甲貔貅，他瞅一瞅漫天尘土桥先断，喝一声拍岸惊涛水逆流。那一伙怎肯干休！

——《单刀会》第二折

黄汉升、赵子龙、马孟起、张翼德，一个个英勇善战、所向披靡。这可都是关羽的生死之交。你抓住关羽不放，岂不是引火烧身？

鲁肃听完，仍试图婉言相邀，一同赴宴，却被司马徽非常干脆地拒绝了：

【尾声】我则怕刀尖儿触抹着轻刳了你手，树叶儿提防打破我头。关云长千里独行觅二友，匹马单刀镇九州，人似巴山越岭彪，马跨翻江混海兽。轻举龙泉杀车胄，怒扯昆吾坏文丑；麾盖下颜良剑标了首，蔡阳英雄立取头。这一个躲是非的先生决应了口，那一个杀人的云长，（云）稽首。（唱）我更怕他下不得手！

——《单刀会》第二折

是老道胆小怕事吗，掉片树叶都怕打破头？绝非如此，只因关云长千里独行觅二友，匹马单刀镇九州，扯昆吾坏文丑，斩颜良杀蔡阳，一桩桩一件件，哪一件不让人惊心动魄、血脉偾张？

所以，听到最后，本来是胜算满满的鲁肃，“也怕上来了”（第二折），但他又不甘心就此罢手，不得已，还是硬着头皮，向关羽发出了赴宴的邀请函。

3. 豪气有三千丈

经过乔玄、司马徽再三渲染的主人公关羽，终于在第三折粉墨登场了。且看，在历数了从楚汉争锋到三国鼎立的艰辛历程之后，关羽不由得万分感慨：

【尧民歌】一年三谒卧龙冈，却又早鼎分三足汉家邦。俺哥哥称孤道寡世无双，我关某匹马单刀镇荆襄。长江，今经几战场，却正是后浪催前浪。

——《单刀会》第三折

历史与现实，自然与人事，相互激荡，搅人肺肠，一下子就把你带进了苍茫开阔的境地。这还不算，东吴来下请书的黄文，与关羽打过一次照面后，竟吓出了一身冷汗：

我出的这门来。看了关公英雄一个神道相。鲁子敬，我替你愁哩！小将是黄文，特来请关公。髯长一尺八，面如挣枣红。青龙偃月刀，九九八十斤。脖子里着一下，那里寻黄文？来便吃筵席，不来豆腐酒吃三钟。

——《单刀会》第三折

关公的威仪在小将黄文的衬托下更加英姿勃发。接到请书，关羽不假思索地就做出了赴宴的决定。儿子关平还想阻拦，关羽却早已是了然于胸、踌躇满志：

【石榴花】两朝相隔汉阳江，上写着道“鲁肃请云长”。安排筵宴不寻常，休想道“画堂别是风光”。那里有凤凰杯满捧琼花酿，他安排着巴豆、砒霜！玳筵前摆列着英雄将，休想肯“开宴出红妆”。

【斗鹌鹑】安排下打凤牢龙，准备着天罗地网；也不是待客筵席，则是个杀人、杀人的战场。若说那重意诚心更休想，全不怕后人讲。既然谨谨相邀，我则索亲身便往。

——《单刀会》第三折

鲁肃表面上是请我赴宴，其实早就安排了巴豆、砒霜。虽然明知这是一个杀人的战场，可人家既然谨谨相邀，那我就亲身前往！明知山有虎，偏向虎山行，绝不能让人小瞧了蜀汉！这种气概不是鲁莽，而是悲壮。古往今来的英雄，大概都会被情势所逼吧。

关平又担心鲁肃足智多谋、兵多将广，怕父亲中了圈套。关羽则信心满怀地驳斥他：

【上小楼】你道他“兵多将广，人强马壮”；大丈夫敢勇当先，一人拚命，万夫难当。（平云）许来大江面，俺接应的人，可怎生接应？（正末唱）你道是隔着江，起战场，急难亲傍；我着那厮鞠躬躬送我到船上。

——《单刀会》第三折

凭着我“一人拚命，万夫难当”的勇气，还怕他鲁肃不毕恭毕敬地把我送到船上？

为了打消儿子的疑虑，关羽又把私出许昌的经历亲口讲述了一番：

【快活三】小可如我携亲侄访冀王，引阿嫂觅刘皇，灞陵桥上气昂昂，侧坐在雕鞍上。

【鲍老儿】俺也曾挝鼓三通斩蔡阳，血溅在沙场上。刀挑征袍出许昌，险唬杀曹丞相。向单刀会上，对两班文武，小可如三月襄阳。

——《单刀会》第三折

灞陵辞曹在乔玄口中就已提及，这次经由关羽的自述，别有一种睥睨一切、傲视群雄的恢宏气概。

关平还想以“他那里雄赳赳排着战场”加以阻拦，关羽应对得更直接：

【剔银灯】遮莫他雄赳赳排着战场，威凛凛兵屯虎帐，大将军智在孙、吴上。马如龙，人似金刚；不是我十分强，硬主张，但提起厮杀呵磨拳擦掌。

【蔓菁菜】他便有快对付能征将，排戈戟，列旗枪，对仗，我是三国英雄汉云长，端的是豪气有三千丈。

——《单刀会》第三折

即便东吴马如蛟龙，人似金刚，个个能征快战，在我这“豪气有三千丈”的三国英雄关云长面前，又算得了什么？

有父如斯，关平还有什么可担心的呢？

这样，外有国老、贤士的造势，内有孝子的烘托，关羽的文韬武略、智勇过人、雄姿勃发，已然是呼之欲出。

4. 这单刀会似赛村社

一叶小舟，载着关羽和周仓，劈波斩浪，疾驶在大江之上。船头屹立如山的关羽看着浩浩江水，激情满怀：

【双调·新水令】大江东去浪千叠，引着这数十人驾着这小舟一叶。又不比九重龙凤阙，可正是千丈虎狼穴。大丈夫心别，我觑这单刀会似赛村社。

【驻马听】水涌山叠，年少周郎何处也？不觉的灰飞烟灭，可怜黄盖转伤嗟。破曹的樯橹一时绝，鏖兵的江水犹然热，好教我情惨切！（带云）这也不是江水，（唱）二十年流不尽的英雄血！

——《单刀会》第四折

这两支曲子熔铸了苏东坡《念奴娇·赤壁怀古》的词语和意境，但经过关汉卿的妙手点染，更觉悲壮、惨烈。江面如此阔大，波涛如此澎湃，关羽却只“引着这数十人驾着这小舟一叶”，两相映衬，冲天豪气，尽寓其中。非凡的人自有非凡的想法，别人把这单刀会当作“千丈虎狼穴”，关羽却觉得和乡民们的迎神赛社并无二致。

长江流水奔腾不息，峥嵘岁月一去不返。一个“热”字，仿佛又把人带到了当年赤壁鏖战、万箭齐发、旌旗蔽日的惨烈场景之中。想到此，难怪关羽会百感交集、仰天长叹：这哪里是江水，这分明是“二十年流不尽的英雄血”啊！

这是一个壮志未遂者的感慨：江山依旧，事业未成，拱卫蜀汉河山的大业依然艰巨。这才是关羽慨然独赴“千丈虎狼穴”的力量源泉啊！

小船很快来到了江下，主客相见，握手寒暄。在礼节性地称赞了一番关羽的文武全才之后，鲁肃迅速拨转话头，直言关羽“仁义礼智俱足，惜乎止少个‘信’字，欠缺未完”，接着又“低情曲意”地提出：“暂取荆州，以为救民之急；待仓廪丰盈，然后再献与将军掌领。”

这番狡诈之词，哪里蒙蔽得了心如明镜的关羽，他一下就戳穿了鲁肃的“西洋镜”：

（正末云）你请我吃筵席来那，是索荆州来？

（正末唱）【庆东原】你把我真心儿待，将筵宴设，你这般攀今览古，分甚枝叶？我跟前使不着你“之乎者也”“诗云子曰”，早该豁口截舌！有意说孙、刘，你休目下番成吴、越！

——《单刀会》第四折

一面嘲讽鲁肃的“之乎者也”“诗云子曰”，一面警告他不要让唇齿相依的孙刘联盟，变成势不两立的敌对阵势。

鲁肃当然不会轻易败下阵来，他又摆出了一套“傲物轻信”“人无信不立”的大道理。关羽听了，立即理直气壮地予以回击：

【沉醉东风】想着俺汉高皇图王霸业，汉光武秉正除邪，汉王允将董卓诛，汉皇叔把温侯灭，俺哥哥合情受汉家基业。则你这东吴国的孙权，和俺刘家却是甚枝叶？请你个不克己先生自说！

——《单刀会》第四折

一连五个“汉”字，义正词严，振聋发聩，在当时应该不啻是一串惊雷吧！这番刘姓才是正统、“俺哥哥合情受汉家基业”的宣言，压倒了所有关于“仁义礼智信”的说教，竟让有着“三寸不烂舌”的鲁肃哑口无言。“礼索荆州”的第一计显然破灭了。

“文”取不行，还有“武”取。鲁肃早就把这个待客的宴席，布置成了内藏甲士、外有重兵的杀人战场。可在关汉卿如椽巨笔的“运筹帷幄”之下，如今战战兢兢、如履薄冰的似乎并非是“单刀赴会”的关羽，而是原本咄咄逼人的东道主鲁肃。试看这极富戏剧性的一幕：

（甲士拥上科）

（鲁云）埋伏了者。

（正末击案，怒云）有埋伏也无埋伏？

（鲁云）并无埋伏。

（正末云）若有埋伏，一剑挥之两段！（做击案科）

（鲁云）你击碎菱花？

（正末云）我特来破镜！

——《单刀会》第四折

鲁肃明明暗中埋伏了甲士，可关羽一声怒喝，他竟颠三倒四、语无伦次：“并无埋伏。”看到关羽击案，鲁肃纵未魂飞魄散，想必也是心惊肉跳：“你击碎菱花？”关羽毫不含糊：“我特来破镜！”“镜”与“子敬”的“敬”同音，一语双关。鲁肃岂有不明之理？

所以，当关羽威严地提出“好生的送我到船上者，我和你慢慢的相别”（第四折）时，惊魂未定的鲁肃只说出了一句：“你去了倒是一场伶俐。”（“伶俐”是干净利落之意）

于是，关羽在东吴众臣“紫袍银带”，却又灰心丧气、强打精神的列队“欢送”中，昂昂然踏上了前来迎接他的蜀汉战船：

【离亭宴带歇指煞】我则见紫袍银带公人列，晚天凉风冷芦花谢，我心中喜悦。昏惨惨晚霞收，冷飕飕江风起，急飐飐云帆扯。承管待、承管待，多承谢、多承谢。唤梢公慢者，缆解开岸边龙，船分开波中浪，棹搅碎江心月。正欢娱有甚进退，且谈笑不分明夜。说与你两件事先生记者：百忙里称不了老兄心，急切里倒不了俺汉家节。

——《单刀会》第四折

晚风习习，芦花飞谢，映衬的是胜利者的喜悦；昏惨惨的晚霞、冷飕飕的江风、急飐飐的云帆，烘托的是英雄扬长而去的豪迈；“承管待、承管待，多承谢、多承谢”，叠句的连用，是对“竹篮打水一场空”的鲁肃的有力嘲讽。最后一句“百忙里称不了老兄心，急切里倒不了俺汉家节”，既是对鲁肃失策的再次嘲讽，又何尝不是关汉卿内心正统情结的强烈映射！

如此，我们便理解了关汉卿寄寓在此剧中的“难言之隐”。关汉卿选取了与自己同姓的前辈汉将关羽，来抒发对历史与现实的感慨，很难说他没有以关羽自况的用意。再联系有关关汉卿籍贯为解州的说法，而解州又恰为名将关羽的故乡；再者，汉卿汉卿，本来就有“汉之卿相”的意思，那么，关汉卿的文化心态里一定印上了“忠于汉室”的深刻烙印吧。这样一来，我们也就理解了关汉卿的创作初衷，以及剧中“汉”这个字为何频频出现了。

可以说，不以情节取胜的《单刀会》，是凝结了作家全部生命激情而汇聚成的一部超越时空的交响曲。这，也正是它跻身于元曲经典的原因所在吧！

第三节　白朴的黍离之叹

唐明皇与杨贵妃的爱情故事，一直是中唐以后的文人们津津乐道的一个题材，也是中国老百姓耳熟能详的古代帝妃传奇。早在唐代，白居易就已写出了千古名诗《长恨歌》，陈鸿还写了小说《长恨歌传》；金代，有无名氏的院本

《击梧桐》；元代，有王伯成的诸宫调《天宝遗事》等。此外，元人关汉卿的《唐明皇哭香囊》、庾天锡的《杨太真霓裳怨》、岳伯川的《罗公远梦断杨贵妃》等，都是事关李、杨情缘的杂剧。但这些同题材的杂剧，只有白朴的《唐明皇秋夜梧桐雨》（以下简称《梧桐雨》）传唱至今。

这，实非偶然。

那么，在白朴——这位幼年曾经经历了金末“壬辰之乱”巨变的元代前期杂剧大家的笔下，李隆基和杨玉环的爱情传奇又被赋予了一种什么样的面貌呢？且看下文分解。

1. 长生殿七夕盟誓

白朴并非白居易的后代，但就像金末元初的大文豪元好问赠给白朴的一首诗中所言：“元白通家旧，诸郎独汝贤”，诗中借用唐代元稹与白居易的亲密关系喻指元好问与白华（白朴之父）两家的世交。白朴的内心深处，大概也是以自己能与大诗人白居易同姓而感到自豪的吧。这从白朴传世的两部杂剧名作都与白居易的诗歌有关可以看出。其中，《梧桐雨》就是基于白居易的《长恨歌》，再加上其他史料编织而成的。

但不同于五百年前的白居易，也有别于四百年后的洪昇（以传奇《长生殿》闻名），白朴虽然也描写了李隆基对杨玉环的一往情深，却并未着力赞誉他们二人对爱情的忠贞不渝，或一味谴责李隆基的耽于享乐、昏庸误国。引起白朴强烈共鸣的，是美好的东西一旦逝去就永远无法复得的寂寞和哀伤，是盛衰荣枯无法预料和把握的幻灭和无助，是从繁华极盛到萧条零落的失落和悲凉。

所以，对于这一大家耳熟能详的故事，白朴似乎无意去精心剪裁。剧中对父纳子媳的宫闱丑闻、对杨玉环与安禄山的私情等，都毫不避讳。

杂剧第一折演绎的本是《长恨歌》中“七月七日长生殿，夜半无人私语时”的经典故事。可在“七夕”这个中国古老的“情人节”，大唐贵妃杨玉环心心系念的“情人”到底是谁呢？听听她的自我告白吧：

近日，边庭送一蕃将来，名安禄山。此人猾黠，能奉承人意，又能胡旋舞，圣人赐与妾为义子，出入宫掖。不期我哥哥杨国忠看出破绽，奏准天子，封他为渔阳节度使，送上边庭。妾心中怀想，不能再见，好是烦恼人也。今日是七月七夕，牛女相会，人间乞巧令节。已曾分付宫娥，排设乞巧筵在长生殿，妾身乞巧一番。

——《梧桐雨》第一折

连哥哥杨国忠都看出了妹妹与安禄山的“破绽”，“一心只想着贵妃”的唐明皇却丝毫不察。他眼中的贵妃总是那样的千娇百媚：

【天下乐】……一个晕庞儿画不就，描不成。行的一步步娇，生的一件件撑，一声声似柳外莺。

——《梧桐雨》第一折

所以，唐明皇刚一下“班”，就忙不迭地赶来与心爱的人共度乞巧佳节。当然，也不会忘了带来“情人节”的特殊礼物——金钗一对，钿盒一枚：

【金盏儿】我着绛纱蒙，翠盘盛，两般礼物堪人敬，趁着这新秋节令赐卿卿。七宝金钗盟厚意，百花钿盒表深情。这金钗儿教你高耸耸头上顶，这钿盒儿把你另巍巍手中擎。

——《梧桐雨》第一折

深情厚谊，可见一斑。有此三千宠爱在一身，杨玉环生复何憾？可此时此刻，望着天上一年一度相会、永不相负的牛郎织女，恩宠无限的贵妃也难免感慨万千：

妾蒙主上恩宠无比，但恐春老花残，主上恩移宠衰，使妾有龙阳泣鱼之悲，班姬题扇之怨，奈何！

——《梧桐雨》第一折

李隆基的回答还是颇为暖心的：

【赚煞尾】长如一双钿盒盛，休似两股金钗另，愿世世姻缘注定。在天呵做鸳鸯常比并，在地呵做连理枝生。月澄澄银汉无声，说尽千秋万古情。咱各办着志诚，你道谁为显证，有今夜度天河相见女牛星。

——《梧桐雨》第一折

沉浸在爱河中的人，很少会怀疑这样的海誓山盟。何况此时的李隆基，像极了一位诚挚满怀的痴情种，看看他的真情流露吧：

【醉中天】我把你半亸的肩儿凭，他把个百媚脸儿擎。正是金阙西厢叩玉扃，悄悄回廊静。靠着这招彩凤、舞青鸾、金井梧桐树影，虽无人窃听，也索悄声儿海誓山盟。

——《梧桐雨》第一折

白朴为我们描摹了一幅多么充满诗意的画卷啊：月色莹莹，碧天澄净，树影婆娑，环佩叮咚，情人相偎，情话呢喃……此时此刻，是独属于李隆基和杨玉环的二人世界。

誓言总是美好的，现实却是残酷的。

2. 沉香亭乐极生悲

第二折是对《长恨歌》中“渔阳鼙鼓动地来，惊破霓裳羽衣曲”的戏剧化演绎。

这绝对是一场空前绝后、世界顶级的皇家舞会。舞会是在一个天高气爽的初秋之夜，于沉香亭举办的：

【中吕·粉蝶儿】天淡云闲，列长空数行征雁。御园中夏景初残。柳添黄，荷减翠，秋莲脱瓣。坐近幽阑，喷清香玉簪花绽。

——《梧桐雨》第二折

夏有夏的浓烈，秋有秋的静美。此时，虽是柳叶转黄、莲花凋谢，但云淡风轻，征雁长鸣，玉簪沁脾，倒也别有一番风味。

何况，此时的沉香亭中，又汇集了黄翻绰、花奴、郑观音等全国一流的音乐家，还特邀了善吹玉笛的贤王、善弹锦瑟的宁王、善奏玉箫的梅妃等皇亲贵胄，更有精通音律的唐明皇和舞姿超群的杨贵妃联袂主持。此等豪华阵容，几曾得见？一时间，众乐齐发，霓裳舞起，声震宫苑，响彻云霄。看着这一幕，唐明皇岂能不龙颜大悦：

【鲍老儿】双撮得泥金衫袖挽，把月殿里霓裳按。郑观音琵琶准备弹，早搭上鲛绡襻。贤王玉笛，花奴羯鼓，韵美声繁。寿宁锦瑟，梅妃玉箫，嘹亮循环。

——《梧桐雨》第二折

然而，欢会，在人们的心理感觉中，总是短暂而稍纵即逝的。所以，当丞相李林甫“不识时务”地来报军情时，正陶醉于欢歌笑语中的唐明皇，忍不住大发雷霆：

【剔银灯】止不过奏说边庭上造反，也合看空便，觑迟疾紧慢。等不的俺筵上笙歌散，可不气丕丕冒突天颜！那些个齐管仲郑子产，敢待做假忠孝龙逢比干。

——《梧桐雨》第二折

当年那位励精图治、开创了“开元盛世”的英明君王早已不见踪影，直到听说贼兵已破潼关，而且很快就到长安了，唐明皇竟还在谴责群臣：

【满庭芳】你文武两班，空列些乌靴象简，金紫罗襕；内中没个英雄汉，扫荡尘寰。惯纵的个无徒禄山，没揣的撞过潼关，先败了哥舒翰。疑怪昨宵向晚，不见烽火报平安。

——《梧桐雨》第二折

联想到白朴的父亲在金都失陷之际，曾随着皇帝仓皇离京，而白朴的母亲却在战乱中不知所终，没人知道，这些过往会在年幼的白朴心中留下什么样的伤痕！一句“内中没个英雄汉，扫荡尘寰”，掩饰不住的是白朴对国破家亡的黍离之叹。

万般无奈之下，唐明皇只好带着“六宫嫔御，诸王百官”，和心爱的妃子被迫离开“九重城阙烟尘生”的长安，“千乘万骑西南行”了：

【普天乐】恨无穷，愁无限。争奈仓促之际，避不得蓦岭登山。銮驾迁，成都盼。更那堪浐水西飞雁，一声声送上雕鞍。伤心故园，西风渭水，落日长安。

——《梧桐雨》第二折

即便尊贵如帝王，离乡背井的滋味也不是舒心的。尤其是天下承平日久，遍历繁华无数的唐明皇，怎么也不会想到，前一分钟还在鼓乐喧天，此刻却惶惶如丧家之犬。回望帝都，怎不让人“恨无穷，愁无限”呢？从今往后，秋风、渭水、落日、长安，大概只能在梦中相见了。

唐明皇的感伤是真挚的，却又是可悲的。究竟是什么导致了今天的局面？他可能从来没有接近过答案。

3. 马嵬坡杨妃自缢

离开生于斯长于斯的故园长安，虽然惆怅不已，却远不及接下来的“宛转蛾眉马前死”那样催人泪下。

一向深居九重的唐明皇，肯定从没有像这次逃难那样，如此近距离地感知了闾阎的贫苦：

【驻马听】隐隐天涯，剩水残山五六搭；萧萧林下，坏垣破屋两三家。秦川远树雾昏花，灞桥衰柳风潇洒。煞不如碧窗纱，晨光闪烁鸳鸯瓦。

——《梧桐雨》第三折

行经之处，坏垣断壁随处可见，剩水残山更助凄凉，战火洗礼下的山河真让人不忍直视啊！前路茫茫，何处安歇？唐明皇就在一片慌乱萧瑟中奔向未知的前方……

危难之际，皇帝可以抛弃陵寝与祖居，抬脚就走，黎民百姓却不能如此潇洒地来一场“说走即走的旅行”。为了妻儿老小，为了自己的家园，他们唯有奋起抗争。因此，父老乡亲密密麻麻地跪在了天子的马头前：

陛下既不肯留，臣等愿率子弟，从殿下东破贼，取长安。若殿下与至尊皆入蜀，使中原百姓谁为之主？

——《梧桐雨》第三折

情势如此，唐明皇只好将玉玺传与太子，令其率众东征破贼。可护从的军队还是一动不动：

【庆东原】前军疾行动，因甚不进发？（众军呐喊科）一行人觑了皆惊怕：嗔忿忿停鞭立马，恶噷噷披袍贯甲，明飐飐掣剑离匣，齐臻臻雁行般排，密匝匝鱼鳞似亚。

——《梧桐雨》第三折

看着一个个怒发冲冠的将士，听着剑匣内噼啪作响的撞击声，怎不叫人胆战心惊？一阵阵清君侧、锄奸邪的呐喊声更是不绝于耳，一浪高过一浪。当明白了军士们是因为杨国忠专权误国，而必诛杀之才肯前行时，已交出“传国宝”的唐明皇，纵有千般不忍，也只能任由“陈将军号令明，把杨国忠施行罢”了。

可唐明皇万万没有想到的是，斩了杨国忠，六军依然喧哗不止，不肯前行，原因竟是“国忠谋反，贵妃不宜供奉”。看着众将如此“逼”人太甚，虽明知无望的唐明皇，还是向高力士发出了无力的恳求：

【搅筝琶】高力士，道与陈玄礼休没高下，岂可教妃子受刑罚！他现请受着皇后中宫，兼踏着寡人御榻。他又无罪过，颇贤达，须不似周褒姒举火取笑，纣妲己敲胫觑人。早间把他个哥哥坏了，纵便有万千不是，看寡人也合饶过他。一地胡拿！

——《梧桐雨》第三折

昔日的九五之尊，为了心爱的妃子，竟如此低声下气地请求一个太监去转达自己的“旨意”，真可谓用情“痴”矣！深矣！可终因“六军心变，寡人自不能保”，身为皇帝的李隆基，最终只为杨贵妃争来了一个“白练自尽”，而不致“马踏其尸”的凄惨结局。赐予白练的那一刻，唐明皇想必是肝肠寸断的吧：

【殿前欢】他是朵娇滴滴海棠花，怎做得闹荒荒亡国祸根芽？再不将曲弯弯远山眉儿画，乱松松云鬓堆鸦。怎下的磣磕磕马蹄儿脸上踏，则将细裊裊咽喉掐，早把条长挽挽素白练安排下。他那里一身受死，我痛煞煞独力难加。

【太清歌】恨无情卷地狂风刮，可怎生偏吹落我御苑名花！想他魂断天涯，作几缕儿彩霞。天那！一个汉明妃远把单于嫁，止不过泣西风泪湿胡笳，几曾见六军厮践踏，将一个尸首卧黄沙？

——《梧桐雨》第三折

眼看着娇滴滴一朵海棠花惨遭蹂躏、魂断天涯，谁不痛惜？古往今来，悲伤莫过王昭君，也只是临风洒泪、声断胡笳，有谁见过六军践踏、命丧黄沙？真可谓声声泪、字字血！

尽管哀伤，逃亡之路却还得继续，只是已没有了最爱的人做伴，天地间只剩下漫漫黄埃、黯黯斜阳……

在唐明皇这个“不得已的官家”（《梧桐雨》第三折）身上，不知寄托了白朴的多少忧伤。因为，自从战乱中与母亲失散后，他就“不茹荤血”，人问其故，便对曰：“俟见吾亲，则如初。”（元·王博文《天籁集·序》）可是，亲爱的母亲却再也没有回来。从此，痛，只能深埋心底。明皇之“不得已”，恐亦如此吧。

4. 西宫夜雨打梧桐

杨妃的离世，使唐明皇的灵魂从此无法安宁。

而今，退居西宫、贵为太上皇的他，只能每日里对着贵妃的肖像，朝夕哭奠：

【滚绣球】险些把我气冲倒，身谩靠，把太真妃放声高叫。叫不应，雨泪嚎咷。这待诏，手段高，画的来没半星儿差错。虽然是快染能描，画不出沉香亭畔回鸾舞，花萼楼前上马娇，一段儿妖娆。

【倘秀才】妃子呵，常记得千秋节华清宫宴乐，七夕会长生殿乞巧。誓愿学连理枝比翼鸟，谁想你乘彩凤返丹霄，命夭！

——《梧桐雨》第四折

“生不如死”，也许是对此时的李隆基最恰当不过的描述了。画像上的太真妃惟妙惟肖，可沉香亭畔的妖娆、花萼楼前的妩媚，哪里是“快染能描”能摹写得出的呢？更别说千秋节华清宫里的宴乐，七夕会长生殿上的乞巧……一桩桩、一件件，都化为了美丽的泡影。当年愿为“连理枝、比翼鸟”的誓言也早已随风飘散……

让唐明皇忧伤的，还不只是贵妃的离去。太上皇虽也养尊处优，却没有了昔日里呼风唤雨的威势，如今连修一座小小的杨妃庙，都心有余而力不足。思往昔，看今朝，怎不让人感叹心伤：

【呆骨朵】寡人有心待盖一座杨妃庙，争奈无权柄谢位辞朝。则俺这孤辰限难熬，更打着离恨天最高。在生时同衾枕，不能勾死后也同棺椁。谁承望马嵬坡尘土中，可惜把一朵海棠花零落了。

——《梧桐雨》第四折

漫步园中，似乎处处都有杨妃的音容笑貌：

【幺】常记得碧梧桐阴下立，红牙箸手中敲。他笑整缕金衣，舞按霓裳乐。

——《梧桐雨》第四折

而今却是：

【幺】到如今翠盘中荒草满，芳树下暗香消。空对井梧阴，不见倾城貌。

——《梧桐雨》第四折

本为散心遣闷，却徒惹得思绪万千，倒不如归去，兴许梦中，还能再见伊人一面。果不其然，睡梦中依稀得见：

【双鸳鸯】斜軃翠鸾翘，浑一似出浴的旧风标，映着云屏一半儿娇。好梦将成还惊觉，半襟情泪湿鲛绡。

——《梧桐雨》第四折

恍惚中，乌云斜坠、新浴乍出的美人，娇羞无力地立在云屏一侧。转眼间，却又消逝不见。哪里来的这聒人的噪音？却原来：

【蛮姑儿】懊恼，喑约。惊我来的又不是楼头过雁，砌下寒蛩，檐前玉马，架上金鸡，是兀那窗儿外梧桐上雨潇潇。一声声洒残叶，一点点滴寒梢，会把愁人定虐。

——《梧桐雨》第四折

不是雁叫，也不是蛩鸣，更不是檐前的铃铛、架上的金鸡，而是窗外梧桐上的潇潇夜雨，点点滴滴愁煞人！

秋雨本是无情物，可在好梦突然被惊扰的李隆基看来，却俨然成了罪魁祸首：

【滚绣球】这雨呵，又不是救旱苗，润枯草，洒开花萼，谁望道秋雨如膏。向青翠条，碧玉梢，碎声儿毕剥，增百十倍歇和芭蕉。子管里珠连玉散飘千颗，平白地瀽瓮番盆下一宵。惹的人心焦！

【倘秀才】这雨一阵阵打梧桐叶凋，一点点滴人心碎了。枉着金井银床紧围绕，只好把泼枝叶、做柴烧，锯倒。

——《梧桐雨》第四折

现在又不是干旱季节，你却无休无止地下着倾盆大雨，点点滴滴碎人心，真真是自找没趣，惹人生厌。想着想着，竟然迁怒于梧桐，索性要把这“泼枝叶”锯倒做柴烧。

树，可以连根拔起，回忆，却斩不断理还乱。当年翠盘舞霓裳，在此梧桐树下，七夕盟誓，亦对此树。而今，物是人非，佳人何在？因此，世上纵有千般样雨，都不及这梧桐雨那般“扰”人啊：

【三煞】润蒙蒙杨柳雨，凄凄院宇侵帘幕。细丝丝梅子雨，装点江干满楼阁。杏花雨红湿阑干，梨花雨玉容寂寞；荷花雨翠盖翩翻，豆花雨绿叶潇条。都不似你惊魂破梦，助恨添愁，彻夜连宵。莫不是水仙弄娇，蘸杨柳洒风飘？

【黄钟煞】顺西风低把纱窗哨，送寒气频将绣户敲。莫不是天故将人愁闷搅？前度铃声响栈道，似花奴羯鼓调，如伯牙水仙操。洗黄花润篱落，清苍苔倒墙角。渲湖山漱石窍，浸枯荷溢池沼；沾残蝶粉渐消，洒流萤焰不着；绿窗前促织叫，声相近雁影高；催邻砧处处捣，助新凉分外早。斟量来这一宵，雨和人紧厮熬。伴铜壶点点敲，雨更多泪不少。雨湿寒梢，泪染龙袍，不肯相饶，共隔着一树梧桐直滴到晓。

——《梧桐雨》第四折

这两段描写秋雨梧桐的千古绝唱，大概倾尽了白朴所有的心力和才智吧。在杨柳雨、梅子雨、杏花雨、梨花雨、荷花雨、豆花雨的铺排对比中，梧桐雨的“惊魂破梦，助恨添愁”是那么触景伤情！不是苍天有意，实是繁华不再，美好难觅，今昔对比，怎不让人感慨万千？所以，并非梧桐雨“不肯相饶”“直滴到晓”，而实在是一个大梦初醒之人，对比梦中欢乐与眼前凄凉，而萌生的难以排遣的凄怆和迷离啊！

至此，白朴的《梧桐雨》以其“沉雄悲壮”的气格，毫无愧色地登上了“元曲冠冕”（王国维《人间词话》语）的宝座。这里的“悲”，貌似少了些看得见的针锋相对的矛盾和你死我活的冲突，却因为写尽了美好失落以后难以找寻的无尽哀伤，而触及了悲剧艺术的真正核心——精神层面的因素。也正因此，白朴在元曲的历史上，永远地刻上了自己的名字。

第四节　不自由的汉元帝

两千多年来，王昭君的故事一直传颂不衰。文人们或借昭君来表达自己对君王的怀念，或借昭君表达自己怀才不遇的愤懑，或借昭君抒发对国家兴亡的忧虑。元代也有不少人涉足这个题材，杂剧有关汉卿的《汉元帝哭昭君》、吴昌龄的《夜月走昭君》、张时起的《昭君出塞》等，可惜都已失散。但马致远的《破幽梦孤雁汉宫秋》（以下简称《汉宫秋》）却流传至今，对后世影响极大，明人臧懋循在编《元曲选》时，甚至将它列为开卷之作。

《汉宫秋》写于南宋灭亡前后，是马致远早期的作品。王昭君的故事，正史《汉书·元帝纪》《汉书·匈奴传》《后汉书·南匈奴传》等都有记载，民间有关她的传说、咏叹，更是多不胜数。马致远在此基础上，对这一题材进行了特殊的处理，寄寓了深广的民族忧思，凝聚了对现实的愤懑和感慨。

马致远既非金代遗民，也非南宋遗民。他在大都（今北京）出生时，距离金亡已近二十年，夷夏大防的观念已经比较淡漠。所以，马致远“服务”新王朝，较之刘因、白朴等人，更少心理障碍。但汉族文人的身份，使他在元朝始终未能实现经国济世的社会抱负。于是，怀才不遇的苦闷和愤世嫉俗的情感在马致远的作品里便时时流淌。《汉宫秋》也因为凝聚了这种特有的情愫，而得到了后世文人广泛、强烈的共鸣。

下面，我们就一起来看看13世纪后半叶的马致远，是怎样讲述这个公元前发生的帝妃爱情故事的：

1. 定情封妃

一个风清月朗的暮春之夜，处理完一天政事的汉元帝，正在后宫漫步散心。

突然，一阵低沉幽怨的弦乐随风飘来，丝丝缕缕，动人心魂。哪里传来的仙乐？

看到皇帝驻足凝听，宫人急忙要去传话，却被元帝制止了：

【混江龙】……莫便要忙传圣旨，报与他家。我则怕乍蒙恩，把不定心儿怕，惊起宫槐宿鸟、庭树栖鸦。

——《汉宫秋》第一折

好一个体贴入微的有情人！昏黄的烛光中，一个“瘦岩岩影儿”款款下拜。元帝见状，喜笑颜开：

【油葫芦】恕无罪，吾当亲问咱。这里属那位下？休怪我不曾来往乍行踏。我特来填还你这泪揾湿鲛鮹帕，温和你露冷透凌波袜。天生下这艳姿，合是我宠幸他。今宵画烛银台下，剥地管喜信爆灯花。

——《汉宫秋》第一折

想不到后宫中竟然隐藏着这样的绝色女子，可别怪我之前没有频繁光顾，今晚就来温暖你凄冷的心房。那突然爆裂的灯花，传达的正是这样的喜讯啊！

走近前来，细细端详眼前的女子，元帝不由得赞不绝口：

【醉中天】将两叶赛宫样眉儿画，把一个宜梳裹脸儿搽；额角香钿贴翠花，一笑有倾城价。若是越勾践姑苏台上见他，那西施半筹也不纳，更敢早十年败国亡家。

——《汉宫秋》第一折

这样倾国倾城的绝世佳人，如果让越王勾践见了，怕不是早十年就亡国败家了吧？可这也难免引起了元帝的疑心：如此佳丽，为何不得近幸？当从昭君口中得知，是中大夫毛延寿从中作梗后，元帝忍不住勃然大怒，下令立斩毛延寿。“明妃”的封号，也即刻被赐予了昭君。

终于结束了暗无天日的煎熬，昭君的欢愉是难以言表的。接下来的一幕，写活了情人间的小心思：

（旦云）陛下明朝早早驾临，妾这里候驾。

（驾唱）到明日，多管是醉卧在昭阳御榻。

（旦云）妾身贱微，虽蒙恩宠，怎敢望与陛下同榻？

（驾唱）休烦恼，吾当且是耍，斗卿来便当真假。恰才家辇路儿熟滑，怎下的真个长门再不踏？明夜里西宫阁下，你是必悄声儿接驾，我则怕六宫人攀例拨琵琶。

——《汉宫秋》第一折

恋人间的分离总是让人牵肠挂肚，所以昭君希望元帝次日能早早驾临。可元帝竟然说要“醉卧在昭阳御榻”，怎不引起昭君的疑虑？看到心上人的俏脸一瞬间“晴转多云”，怜香惜玉的情郎这才吐露真情：刚才不过是逗你玩的，我哪里就舍得“长门再不踏”呢？并细细叮咛，明天一定要悄悄地接驾，别让其他宫人都学着你的样儿弹琵琶。

以上是《汉宫秋》的第一折。这一折是欢畅而明快的。虽然，历史上的昭君在和番之前并未真正得到皇帝的临幸，但马致远合情合理的改写，却并没有多少“违和”之感。艺术总是要给人一点前行的力量。昭君这颗深埋多年的“明珠”，终于被元帝意外地发现，是多么的鼓舞人心啊！

可在元代，才华满腹的马致远们，却远没有这么“幸运”，就如接下来的故事一样。

2. 被迫和番

自从见了王昭君，汉元帝就变得魂不守舍，连“工作”时都心不在焉。他对昭君的爱是那样如痴如醉：

【梁州第七】我虽是见宰相似文王施礼，一头地离明妃早宋玉悲秋。怎禁他带天香着莫定龙衣袖。他诸余可爱，所事儿相投；消磨人幽闷，陪伴我闲游；偏宜向梨花月底登楼，芙蓉烛下藏阄。体态是二十年挑剔就的温柔，姻缘是五百载该拨下的配偶，脸儿有一千般说不尽的风流，寡人乞求他左右，他比那落伽山观自在无杨柳，见一面得长寿。情系人心早晚休，则除是雨歇云收。

——《汉宫秋》第二折

自己和昭君是五百年前就定下的姻缘，一旦拥有，该是多么幸运！在元帝心中，昭君不是观音，却胜似观音，是让人见一面就能长寿的尤物。

可美好的人事似乎都是稍纵即逝的。呼韩单于索要昭君娘娘和番的消息，很快就传到了西宫。元帝不由得对着尚书令五鹿充宗大发雷霆：

（驾云）我养军千日，用军一时。空有满朝文武，那一个与我退的番兵！都是些畏刀避箭的，恁不去出力，怎生教娘娘和番！

（唱）【牧羊关】兴废从来有，干戈不肯休。可不食君禄命悬君口。太平时卖你宰相功劳，有事处把俺佳人递流。你们干请了皇家奉，着甚的分破帝王忧？那壁厢锁树的怕弯着手，这壁厢攀栏的怕撷破了头。

——《汉宫秋》第二折

都说“养军千日，用兵一时”，可我汉元帝却空养了一批尸位素餐的酒囊饭袋，关键时刻畏头缩脑，只知道叫一女流之辈去冲锋陷阵。

当尚书以纣王宠幸妲己而国破身亡的教训进谏时，汉元帝更是怒火中烧，几乎要破口大骂了：

【贺新郎】俺又不曾彻青霄高盖起摘星楼。不说他伊尹扶汤，则说那武王伐纣。有一朝身到黄泉后，若和他留侯、留侯厮遘，你可也羞那不羞？您卧重裀食列鼎，乘肥马衣轻裘。您须见舞春风嫩柳宫腰瘦，怎下的教他环佩影摇青冢月，琵琶声断黑江秋！

【斗虾蟆】当日个谁展英雄手，能枭项羽头，把江山属俺炎刘？全亏韩元帅九里山前战斗，十大功劳成就。您也丹墀里头，枉被金章紫绶；您也朱门里头，都宠着歌衫舞袖。恐怕边关透漏，央及家人奔骤。似箭穿着雁口，没个人敢咳嗽。吾当僝僽，他也、他也红妆年幼，无人搭救。昭君共你每有甚么杀父母冤仇？休、休，少不的满朝中都做了毛延寿！我呵空掌着文武三千队，中原四百州，只待要割鸿沟。陡恁的千军易得，一将难求！

——《汉宫秋》第二折

曾有人指出【贺新郎】中“怎下的教他环佩影摇青冢月”的描写不合情理，因为“青冢”是昭君死后才有的，此时尚未和番，何来“青冢”？个中缘由，暂不细究。单说这里“重裀列鼎、肥马轻裘”与“环佩影摇、琵琶声断”的意象对比，就已把文武百官平日里作威作福、骄横恣肆，国难当头时却只顾个人安危、贪生怕死的怯懦本性刻画得入木三分。

尽管元帝一遍遍地数落，一声声地呵斥，可这些男儿汉竟都“似箭穿着雁口，没个人敢咳嗽”。可悲的元帝只能无奈地感叹“千军易得，一将难求”“满朝中都做了毛延寿”！一个懦弱的皇帝，一群无能的百官，这就是盛气凌人的北匈奴的政治对手。

剧中描写的番、汉关系，虽不符合公元前1世纪的历史真相，却像极了屈辱求和不成、被俘北上的南宋王室。生于北方的马致远虽然没有亲身经历南宋灭亡的凄惨一幕，可作为生活在同一时期的汉人，对这段史实，不能说毫无感触。现实中，马致远也许无法或者不能直言自己的心声，但在杂剧中，他却可以披着汉元帝的外衣，畅述自己的忧思和愤懑。

埋怨归埋怨，昭君不去，干戈不息，依然是汉廷君臣必须要面对的事实。看着束手无策的群臣和一筹莫展的皇帝，识大体、明大义的昭君挺身而出，解除了僵局：

妾既蒙陛下厚恩，当效一死，以报陛下。妾情愿和番，得息刀兵，亦可留名青史。但妾与陛下闱房之情，怎生抛舍也！

——《汉宫秋》第二折

一番话，说得有情有义：于个人，可以报答陛下的知遇之恩；于社稷，可以得息刀兵、留名青史。这一切，说得多么斩钉截铁、铿锵有力，可内心深处的缱绻柔情，谁又解得？难怪元帝听了，竟至哽咽得几乎无话："我可知舍不的卿哩！"

最终，昭君还是被送到了番使手中，留给元帝的只有满腔遗恨和愤懑：

【三煞】我则恨那忘恩咬主贼禽兽，怎生不画在凌烟阁上头？紫台行都是俺手里的众公侯，有那椿儿不共卿谋，那件儿不依卿奏，争忍教第一夜梦迤逗？从今后不见长安望北斗，生扭作织女牵牛！

【二煞】虽然似昭君般成败都皆有，谁似这做天子的官差不自由！情知他怎收那膘满的紫骅骝。往常时翠轿香兜，兀自倦朱帘揭绣，上下处要成就。谁承望月自空明水自流，恨思悠悠。

——《汉宫秋》第二折

古往今来，像昭君这样的成败得失数不胜数，可有哪个帝王像我这样"做天子的官差不自由"！一句"不自由"，道出了多少心酸与无奈啊！看似高高在上、权力无边、强大无比的九五之尊，竟然沦落到如此地步。人生之无常，真是难以预料啊！

3. 灞桥饯别

别离的一刻终于来了。

看着一身行装的昭君，在番使的簇拥下，愁容满面地默立在灞桥边，汉元帝竟还在做着最后的“白日梦”：

您文武百官计议，怎生退了番兵，免明妃和番者？

——《汉宫秋》第三折

而此时的百官，正交头接耳，忙着商议外交礼仪的“大事”，又有谁会体谅哪怕皇帝的一丁点儿心思呢？

【驻马听】宰相每商量，大国使还朝多赐赏。早是俺夫妻悒怏，小家儿出外也摇装。尚兀自渭城衰柳助凄凉，共那灞桥流水添惆怅。偏您不断肠。想娘娘那一天愁都撮在琵琶上。

——《汉宫秋》第三折

普通百姓出个远门，尚且有个杯酒话别的仪式，而皇帝和娘娘的分别却如此凄凉！渭城的衰柳依依，灞桥的流水潺潺，就像那剪不断理还乱的离愁啊！谁又能理解昭君娘娘的漫天哀思呢？

想到这里，在举杯为娘娘饯行时，元帝故意让乐工放慢了节奏：

【步步娇】您将那一曲阳关休轻放，俺咫尺如天样。慢慢的捧玉觞，朕本意待尊前挨些时光。且休问劣了宫商，您则与我半句儿俄延着唱。

——《汉宫秋》第三折

这是一种很反常的心理。元帝本是精通乐理的行家，第一折中写他仅从远处传来的琵琶声中，就听出了弹奏者哀怨的心曲，这里却嘱咐乐人“半句儿俄延着唱”，只是为了拖延一点时光，让告别的时间更久些，才不惜“劣了宫商”。这样的爱恋该有多么深挚！这样的别离该有多么痛彻心扉！

可一切已无法挽回。分别在即，昭君毅然留下了汉家衣服，这又勾起了元帝对昔日恩爱和来日凄凉的无限感伤：

【殿前欢】说甚么留下舞衣裳，被西风吹散旧时香。我委实怕宫车再过青苔巷，猛到椒房，那一会想菱花镜里妆，风流相，兜的又横心上。看今日昭君出塞，几时似苏武还乡？

——《汉宫秋》第三折

这里有虚有实，能感觉到的是衣服上还残留着昭君的体香，而难以想象的则是再经过青苔巷时那空落落的椒房、冷清清的妆台。想着这一切，怎不让人黯然销魂？怎不让元帝感叹自己枉被称为“大汉皇帝”，而不过是“别虞姬楚霸王”！

昭君终究是走了。看着一行人渐行渐远的背影，元帝陷入了更深的凄楚痛苦之中：

【七弟兄】说甚么大王、不当、恋王嫱，兀良，怎禁他临去也回头望！那堪这散风雪旌节影悠扬，动关山鼓角声悲壮。

【梅花酒】呀！俺向着这迥野悲凉：草已添黄，兔早迎霜；犬褪得毛苍，人搠起缨枪；马负着行装，车运着餱粮，打猎起围场。他、他、他伤心辞汉主，我、我、我携手上河梁。他部从入穷荒，我銮舆返咸阳。返咸阳，过宫墙；过宫墙，绕回廊；绕回廊，近椒房；近椒房，月昏黄；月昏黄，夜生凉；夜生凉，泣寒螀；泣寒螀，绿纱窗；绿纱窗，不思量。

【收江南】呀！不思量除是铁心肠。铁心肠也愁泪滴千行。美人图今夜挂昭阳，我那里供养，便是我高烧银烛照红妆。

——《汉宫秋》第三折

无边的哀愁从昭君的“临去也回头望”起，开启了永无休止的模式。中国的文人似乎特别倾心于美人的回眸顾盼，从杨贵妃的“回眸一笑百媚生”，到崔莺莺的“临去秋波那一转”，一颦一顾之间，多少迷人的风情倾洒人间。可昭君的回望，却是那样的凄凉！这是与爱人生离死别前的最后一眼啊！

接下来，实感与幻觉交织错杂。本该是“打猎起围场”的深秋时节，却要眼看着心爱的妃子一步步走向大漠深处，两相对比，一句一转，愈转愈深，越转越急，健捷激袅，凄楚悲凉，把一幅肝肠寸断的凄苦情状摹写得酣畅淋漓。

这是一场怎样的离别啊！古往今来的离情之悲，大概也不过如此吧。不知“曲状元”马致远曾经经历了什么样的磨难，才写出了这样的千古悲歌?

4. 孤雁惊梦

灞桥饯别时，引起汉元帝伤感的主要还是昭君的离去。如果他知道昭君在“临去也回头望”的时候就已经下定了必死的决心，不知道他的哀愁又会增加几多。

但仅仅昭君的离去，就足以摧垮这个曾经自以为“高枕已无忧”的太平皇帝。自从明妃和番，他竟“一百日不曾设朝”(《汉宫秋》第四折)。这里的“一百日”虽非确指，但在物是人非的后宫里度日如年的滋味，又能向谁倾诉呢？唯有对着不言不语的“美人图”默默祷告了：

【中吕·粉蝶儿】宝殿凉生，夜迢迢六宫人静。对银台一点寒灯，枕席间、临寝处，越显的吾身薄幸。万里龙廷，知他宿谁家一灵真性。

【醉春风】烧尽御炉香，再添黄串饼。想娘娘似竹林寺不见半分形，则留下这个影、影。未死之时，再生之日，我可也一般恭敬。

——《汉宫秋》第四折

在恭恭敬敬的烧香礼拜中，既寄托着元帝对昭君深深的思念，更夹杂着身为一国之君却庇护不了自己心爱之人的歉疚和悔恨。此时的元帝一定是痛入骨髓的，所以，在恍恍惚惚的半梦半醒之间，昭君才仿佛真的来到了身边：

【剔银灯】恰才这搭儿单于王使命，呼唤俺那昭君名姓。偏寡人唤娘娘不肯灯前应，却原来是画上的丹青。猛听得仙音院凤管鸣，更说甚箫韶九成。

——《汉宫秋》第四折

可千呼万唤却无人应答，原来不过是“画上的丹青”。梦中的如愿以偿和醒后的孤寂凄凉形成了鲜明的对比。是谁这么不识趣，惊扰了我的团圆美梦：

【蔓青菜】白日里无承应，教寡人不曾一觉到天明，做的个团圆梦境。（雁叫科）（唱）却原来雁叫长门两三声，怎知道更有个人孤另。

——《汉宫秋》第四折

大雁，在古人心中，是最重情义的禽类。据说，不论是雌雁或是雄雁，在其死亡后，剩下的那只孤雁，至死也不会再找别的伴侣。现在，这只徘徊不去、哀鸣阵阵的孤雁，是否也在寻觅失去的另一半呢？如此想来，元帝和大雁倒成了“惺惺相惜”的一对知音了。大雁简直就成了昭君的化身：

【幺篇】伤感似替昭君思汉主，哀怨似作薤露哭田横，凄怆似和半夜梦歌声，悲切似唱三叠阳关令。

——《汉宫秋》第四折

一连四个比喻，如江河直下，将万千情丝倾泻无余。身陷这样的情感波涛之中，谁还能做到气定神闲？所以，元帝又忍不住埋怨这只引起他无限愁思的孤雁：

【上小楼】早是我神思不安，又添个冤家缠定。他叫得慢一会儿紧一声儿，和尽寒更。不争你打盘旋，这搭里同声相应，可不差讹了四时节令？

【幺篇】你却待寻子卿、觅李陵，对着银台，叫醒咱家，对影生情。则俺那远乡的汉明妃虽然得命，不见你个泼毛团也耳根清净。

——《汉宫秋》第四折

都是你这个不识趣的“冤家”，害得我“神思不安”“对影生情”，要是“不见你个泼毛团”，我倒也“耳根清净”。

虽嫌孤雁太聒噪烦扰，但又不忍它真的离去。只因它的存在，似乎让元帝和昭君有了一种超越时空的心灵感应：

【满庭芳】又不是心中爱听，大古似林风瑟瑟，岩溜泠泠。我只见山长水远天如镜，又生怕误了你途程。见被你冷落了潇湘暮景，更打动我边塞离情，还说甚雁过留声。那堪更瑶阶夜永，嫌杀月儿明。

【十二月】休道是咱家动情，你宰相每也生憎。不比那雕梁燕语，不比那锦树莺鸣。汉昭君离乡背井，知他在何处愁听！

——《汉宫秋》第四折

说不定，离乡背井的昭君，也曾在异乡的某个地方，听过这只大雁的鸣叫呢。没有昭君、没有琵琶的这个秋夜，因了孤雁的声声哀鸣而愈觉衾冷灯孤。那环绕汉宫、盘旋不去的哪里是孤雁，分明就是元帝斩不断、忘不了、理还乱的思念啊：

【随煞】一声儿绕汉宫，一声儿寄渭城；暗添人白发成衰病，直恁的吾家可也劝不省。

——《汉宫秋》第四折

纵然是“暗添人白发成衰病”，也劝不醒执迷不悟的断肠人！情感在这一刻达到了巅峰。这和关汉卿除非“是阎王亲自唤，神鬼自来勾。三魂归地府，七魄丧冥幽。天哪！那其间才不向烟花路儿上走”的执着，倒是真有一比。元代曲家的率真就是这么可爱！

就是这份率真，成就了“不自由”的汉元帝，也成就了马致远，成就了整整一代可敬可慕的元曲大家。因为，元帝的感情越真，我们对他的同情就越深，就越让人对帝王的昏庸和群臣的腐败心生愤恨。很难说，这里面没有对金朝和南宋亡国之臣的批判，马致远不过是借昭君的故事表达自己的民族情绪罢了。

第五节　孤儿的感召力

中国历史上，有一个曾经激励了中华民族两千多年、至今仍传唱不衰的孤儿复仇的故事。这个孤儿叫赵武。由于他的姓氏与宋朝统治者的姓氏恰巧相同，所以，这个孤儿复仇的故事，就备受敢怒而不敢言的元代民众的青睐，直至被搬上戏曲舞台广泛传颂，还被清末的王国维先生誉为“列之于世界大悲剧中，亦无愧色也”，这就是元代文人纪君祥创作的杂剧《赵氏孤儿》。

纪君祥，大都（今北京）人，元代前期杂剧作家，生卒年不详。他曾经写过六部杂剧，却只有《赵氏孤儿》一部留存至今。但仅此一部杂剧，已足令作家永垂不朽。

《赵氏孤儿》，全名《冤报冤赵氏孤儿》，又名《赵氏孤儿大报仇》。有关赵氏孤儿的故事，在《左传》《国语》《史记》《新序》《说苑》等史籍中都有记载。到了高才博识的杂剧作家纪君祥笔下，这个已经流传了一千多年的故事，经过新的淬炼和整合，以五折一楔子的篇幅，再次焕发出激荡人心、撼人魂魄的艺术魅力。

1. 灭门之灾

故事是在春秋时期晋国大将屠岸贾充满血腥味的讲述中开始的。

为了铲除与己不和的忠臣赵盾，武将屠岸贾费尽了心机。他先是派刺客鉏麑深夜行刺赵盾，不料，鉏麑反被赵盾忧国忧民的赤诚之心打动而触树自尽；屠岸贾又暗中训练神獒，令其金殿扑杀赵盾，却被疾恶如仇的殿前太尉提弥明一锤打死；屠岸贾后又使人摘了赵盾马车的一侧车轮，令赵盾无法前行，千钧一发的时刻，来了一位力大无比的侠士灵辄。原来，赵盾曾经在灵辄最无助的时候周济过他。只见灵辄一手扶着缺了一侧车轮的马车，一手策马扬鞭，护着赵盾，扬长而去。

可赵家满门良贱三百口却没这么幸运，除了驸马赵朔和公主外，其他人都未能逃脱屠岸贾的捕杀。然而，即便是驸马的身份，也救不了赵盾的儿子赵朔。最终，赵朔还是死于屠岸贾的凌逼之下。只是，临终之前，他对公主谆谆嘱托：

公主，你听我遗言，你如今腹怀有孕，若是你添个女儿，更无话说；若是个小厮儿呵，我就腹中与他个小名，唤做赵氏孤儿。待他长立成人，与俺父母雪冤报仇也。

——《赵氏孤儿》楔子

这个尚未出世的遗腹子，还没出生，就被贴上了复仇的标签。

2. 韩厥死义

孤儿终于顺利地来到了人世间，可等待他的，不是皇亲国戚的荣华富贵，而是遍布血雨腥风的刀光剑影。

屠岸贾早就洒下了天罗地网，单等婴儿一出世，立即手到擒来。但牢记夫君临终遗言的公主，却不甘心就这么坐以待毙，她等待着唯一的希望——草泽医生程婴的到来。而面对公主托孤的哀哀请求，程婴却不敢贸然答应：

公主，你还不知道，屠岸贾贼臣闻知你产下赵氏孤儿，四城门张挂榜文，但有掩藏孤儿的，全家处斩，九族不留。我怎么掩藏的他出去？

——《赵氏孤儿》第一折

话虽这么说，但程婴毕竟受过赵家不少恩惠，他深知“滴水之恩，当以涌泉相报”，也深信公主所说的“遇急思亲戚，临危托故人”。不过，孤儿身上，毕竟寄托着三百个冤魂的希望啊，稍有不慎，可就不是他程婴一家的灾难了。他岂能不思之再三？所以，他把自己的疑虑坦然相告：

假若是我掩藏出小舍人去，屠岸贾得知，问你要赵氏孤儿，你说道：“我与了程婴也。”俺一家儿便死了也罢，这小舍人休想是活的。

——《赵氏孤儿》第一折

于是，为绝程婴的顾虑，公主毅然选择了死亡：

罢、罢、罢！程婴，我教你去的放心。（诗云）程婴心下且休慌，听吾说罢泪千行。他父亲身在刀头死，（做拿裙带缢死科，云）罢、罢、罢！为母的也相随一命亡。

——《赵氏孤儿》第一折

一连两组“罢、罢、罢”，语气何等决绝，又何等无奈！这不仅是复仇者的誓言，这更是母爱的怒放。

然而，母亲拼却生命开辟的这条道路并不平坦。因为，此时，屠岸贾的麾下勇将韩厥，正虎视眈眈地把守着公主府门。韩厥本不属于复仇者和仇杀者两个阵营中的任何一方，他只是奉命而来、例行公事罢了。本来由赵盾抬举出来的他，对屠岸贾的倒行逆施是充满义愤的：

【混江龙】不甫能风调雨顺，太平年宠用着这般人。忠孝的在市曹中斩首，奸佞的在帅府内安身。现如今全作威来全作福，还说甚半由君也半由臣。他他他，把爪和牙布满在朝门，但违拗的早一个个诛夷尽。多咱是人间恶煞，可什么阃外将军！

——《赵氏孤儿》第一折

所以，看到婴儿的第一眼，他的心中充满了怜爱和温情：

【金盏儿】见孤儿额颅上汗津津，口角头乳食喷，骨碌碌睁一双小眼儿将咱认，悄促促箱儿里似把声吞，紧帮帮难展足，窄狭狭怎翻身。他正是成人不自在，自在不成人。

——《赵氏孤儿》第一折

全剧五十多支曲牌，大多充满杀气和仇怨，唯有这一曲，洋溢着一片慈爱与祥和，充盈着对生命的珍视、对弱小的同情，俨然不像一介武夫的口吻。但一气读来，却并不突兀。

程婴正是看准了韩厥的这点“良知”，所以，在被搜查出隐匿在药箱内的婴儿时，他才有条不紊、不紧不慢地哀恳韩厥：

告大人停嗔息怒，听小人从头分诉：想赵盾晋室贤臣，屠岸贾心生嫉妒。遣神獒扑害忠良，出朝门脱身逃去；驾单轮灵辄报恩，入深山不知何处。奈灵公听信谗言，任屠贼横行独步。赐驸马伏剑身亡，灭九族都无活路。将公主囚禁冷宫，那里讨亲人照顾。遵遗嘱唤做孤儿，子共母不能完聚。才分娩一命归阴，着程婴将他掩护。久以后长立成人，与赵家看守坟墓。肯分的遇着将军，满望你拔刀相助。若再剪除了这点萌芽，可不断送他灭门绝户？

——《赵氏孤儿》第一折

程婴说得可怜兮兮，忠良只剩下这点遗孤，单指望他将来“与赵家看守坟墓”。他很有策略，故意没有点明救孤儿是为了替赵家报仇。这番情感化的道德说教中，是与非、正与邪、忠与奸，判然有别，令人扼腕。正是这样的大义，点燃了韩厥内心舍生以取义、杀身以成仁的烈火。于是，他慨然相对：

程婴，我若把这孤儿献将出去，可不是一身富贵？但我韩厥是一个顶天立地的男儿，怎肯做这般勾当！

——《赵氏孤儿》第一折

在儒家的传统观念里，“义”是一个人立身处世的根本。重“义”还是重“利”，是区分君子与小人的分水岭。所以，才有了“君子喻于义，小人喻于利”“不义而富且贵，于我如浮云”“先义而后利者荣，先利而后义者辱”等说法。正是这样的精神财富，支撑着中华民族度过了一段又一段艰难的岁月。程婴的胸有成竹，恰是摸准了韩厥具有“重义”的优良秉性。

果不其然，韩厥为孤儿“大开绿灯”。但程婴去而又返，如是者三。这回，轮到韩厥犯疑了：都说“忠臣不怕死，怕死不忠臣”，你程婴既然没有金刚钻，凭什么揽这瓷器活！

程婴嗫嚅再三，还是极不情愿地和盘托出：

将军，我若出的这府门去，你报与屠岸贾知道，别差将军赶来拿住我程婴，这个孤儿万无活理。罢、罢、罢！将军你拿将程婴去，请功受赏；我与赵氏孤儿，情愿一处身亡便了！

——《赵氏孤儿》第一折

这番绵里藏针的话，果然激怒了韩厥：

【醉扶归】你为赵氏存遗胤，我于屠贼有何亲？却待要乔做人情遣众军，

作家。屠岸贾，这个敌对阵营的头领，除了在楔子里走了个过场，在前两折并未现身，但他的恐怖阴影却无时无处不在。公主和韩厥的先后自尽，不都是因为他的威慑吗？反之，如果屠岸贾不够强大、不够老谋深算的话，那复仇者们的牺牲会显得多么荒唐可笑。

这里，作家给程婴设置的障碍，是符合屠岸贾的思维逻辑的。在屠岸贾看来，人都是自私自利的，程婴和公孙杵臼既然“往日无仇，近日无冤”，那为何还会告发公孙，其中定然有诈。因为，程婴还不够自私、不够功利。如此，程婴便必然要把自己的“自私本性”暴露给屠岸贾：

我小人与公孙杵臼原无仇隙，只因元帅传下榜文，要将晋国内小儿拘刷到帅府，尽行杀坏。我一来为救晋国内小儿之命，二来小人四旬有五，近生一子，尚未满月。元帅军令，不敢不献出来，可不小人也绝后了？我想有了赵氏孤儿，便不损坏一国生灵，连小人的孩儿也得无事，所以出首。

——《赵氏孤儿》第三折

这番话终于让屠岸贾满意了，接下来的一切似乎都朝着程婴预料之中的方向发展：发兵、围庄、搜孤、逼供。其中对公孙老人的严刑拷打，当是最令人不忍和不堪的场面了。

可是，作家还要把戏剧情境推向更险恶的境地。狡诈的屠岸贾是永远不会轻信任何人的，看到公孙一副宁死不招的“赖肉顽皮”相，他又把矛头转向了程婴：

程婴，这原是你出首的，就着替我行杖者。

——《赵氏孤儿》第三折

无奈，程婴只得捡起一根细棍子，屠岸贾却说“敢怕打的他疼了，要指攀下你来”；程婴便去换了大棍子，屠岸贾又说“拿起大棍子来，三两下打死了呵，你就做的个死无招对”；程婴左右为难，最后只得拿起了一根中等棍子。

木棍，一下下落在公孙身上，却一阵阵疼在程婴心里。老人被打得迷迷糊糊、死去活来，恍惚中隐约看见，行杖的人居然是程婴！神志不清的老公孙开始胡言乱语：

【雁儿落】是那一个实丕丕将着粗棍敲？打的来痛杀杀精皮掉。我和你狠程婴有甚的仇？却教我老公孙受这般虐。

——《赵氏孤儿》第三折

“我和你狠程婴有甚的仇”，说出这句话的老公孙，显然已经丧失了理智，而且有了些许怨恨的情绪了。这，正是屠岸贾想要的效果。

接下来的一番话更有点前言不搭后语，“俺二人商议要救这小儿曹”刚一出口，就被屠岸贾抓住了把柄，急忙追问“那一个”是谁。老公孙竟似要招供了：“你要我说那一个，我说，我说。”这显然出乎程婴的预料，他一边迎着屠岸贾狐疑的目光，一边大声呵斥公孙：“兀那老头儿，你休妄指平人。”一句话惊醒了老人，他立即意识到了当下的处境：“遮莫便打的我皮都绽，肉尽销，休想我有半个字儿攀着。”

就在这关键时刻，“孤儿”被搜了出来。屠岸贾的注意力马上转移到了“孤儿”身上，这一回，他没有料到对手竟然会“残忍”到让自己的亲生儿子去送死，而是沉浸在终于抓获“孤儿”的胜利的喜悦中。没有过多思考，他就果断地拔出利剑，将婴儿斩了三剑。

与此同时，公孙生怕自己受不了拷打，再说出点什么，于是趁人不备，一头撞在了坚硬的石阶上，飞溅的鲜血立刻将石板点染成了耀眼的红花。公主和韩厥的死，都是那么直接、痛快，而公孙杵臼的死，却如此艰难险恶，如此触目惊心。

至此，故事被推向了高潮。高潮的结果，就是屠岸贾把程婴当作了心腹，不仅将他收作门客，还将他的假子（程勃）——真正的赵氏孤儿，认作义子（取名屠成），一起接到府中居住。

4. 孤儿复仇

光阴荏苒，二十年弹指一挥间。孤儿已长大成人，且能文善武，甚有机谋。可程婴却“踌躇展转，昼夜无眠”（《赵氏孤儿》第四折）。

有一种活着，比死还要艰难。抚育赵氏孤儿的这二十年，对于程婴来说，就是远比公孙的死更艰难的忍辱偷生。亲生儿子在自己面前惨死的那一幕，他岂有片刻忘怀？可谁又知道他的一片苦衷？卖主求荣、贪生怕死、不仁不义……想必，世人对他的指责和唾骂远不止此。但让程婴辗转反侧的却并非这些，而是怎么向孤儿道出真相。反复斟酌后，他决定借助一卷图画，说明过去的恩恩怨怨。

只是，在讲述的过程中，他隐藏了自己当年“逼”死公主和韩厥的冷酷作为，只是轻描淡写地提及：

> 这公主将孤儿交付了那个程婴，就将裙带自缢而死。那程婴抱着这孤儿，来到府门上，撞见韩厥将军，搜出孤儿来；被程婴说了两句，谁想韩厥将军也拔剑自刎了。
>
> ——《赵氏孤儿》第四折

因为此时，程婴对孤儿也不是完全信任的。孤儿毕竟也是屠岸贾的义子，且老贼对他喜爱有加。故而，他需要试探，没有十足的把握，他是不会暴露自己的真实身份的。这正是程婴一贯的性格：思虑周密、隐忍沉着、坚毅果决。

讲完故事，他再次使用了激将法，以图点醒孤儿：

这桩事经今二十年光景了也！这赵氏孤儿现今长成二十岁，不能与父母报仇，说兀的做甚？

——《赵氏孤儿》第四折

可程勃这个半大的孩子还是听得一愣一愣的，如堕五里雾中。直到程婴说出“我是存孤弃子老程婴，兀的赵氏孤儿便是你”，他才恍然大悟，竟至气晕过去。

压在程婴心上的石头终于落了地，复仇的阵营已然牢不可破，报仇雪恨只是时间的问题了。

后文已没有多少悬念。新君即位，对专权日甚的屠岸贾早已心存不满，再加上晋国上卿魏绛的鼎力相助，复仇心切的程勃，轻而易举就拿获了老贼屠岸贾。

奸臣终于身首异处，舞台也重归寂静。可程勃在复仇过程中的豪言壮语却言犹在耳：

【一煞】摘了他斗来大印一颗，剥了他花来簇几套服；把麻绳背绑在将军柱，把铁钳拔出他斓斑舌；把锥子生跳他贼眼珠，把尖刀细剐他浑身肉；把钢锤敲残他骨髓，把钢铡切掉他头颅。

——《赵氏孤儿》第四折

【脱布衫】将那厮钉木驴推上云阳，休便要断首开膛；直剁的他做一埚儿肉酱，也消不得俺满怀惆怅。

——《赵氏孤儿》第五折

这一行行文字，直看得人心惊胆战、不寒而栗！一个不过才二十岁的半大孩子，何来如此刻骨铭心的仇恨？

如联系剧本的唱念中，诸如“正好替赵家出力做先锋”“你若存的赵氏孤儿，当名标青史，万古留芳”“凭着赵家枝叶千年永”等与剧情不甚相符的夸大描写，此中深意，不言自明。

一边是饱含着对“赵家”江山的无限怀恋和祝福，一边是浸透了对残暴专横的强烈谴责和痛恨。生活在距离赵宋灭亡并不遥远的元代前期的纪君祥，大概有着更多类似程婴心中那些不便明说的难言之隐吧！

这，也许才是千百年来，这个复仇故事一直让人心潮澎湃、神魂激荡的“三昧”之所在。

第四章
希冀与幻灭

小引　从“戊戌选试”到“延祐复科”

前文曾经提到，“神人”宰相耶律楚材在元太宗窝阔台的支持下，在1238年主持了一场元朝历史上史无前例的考试。1238年是中国传统纪年天干地支中的戊戌年，所以这次考试被称为“戊戌选试”。

这次考试最终录取了4030名优秀的儒生。但这次考试和此前封建王朝的科举考试差别很大，不仅不遵守乡试、会试、殿试这样“三级跳”的惯例，而且中选者的出路也迥异于前。除了第一名杨奂被授予“河南路征收课税所长官兼廉访使”外，这些儒生中的大多数都未能如愿以偿地出仕。“戊戌选试”最主要的功绩是确认了儒生的户籍，给了他们明确的“儒户”身份，使其取得了一些减免赋役的特权。因此，这只能算是一次失败了的科举尝试，贫寒士子想借此实现“鲤鱼跳龙门”的梦想变成了空想，耶律楚材苦心经营的汉化文治改革也化为了泡影。

此后的七十多年间，虽然不断有人建议科举取士，但由于各种原因，一直未能付诸实施。直到1314年，自幼熟读儒家经典的元仁宗，才在大臣李孟的强烈建议下，举行了元代第一次真正意义上的乡试。次年（1315年），又相继举行了会试和殿试。这次科举考试可谓名副其实，它模仿唐宋旧制，以程朱理学为考试内容。考试大纲和未来的就业问题，在此前颁布的诏书中写得明明白白。由于本次科举考试是在延祐年间举行的，所以史称“延祐复科”。汉族士人终于再次有了正常的晋升途径，社会矛盾也有所缓和。

但并非说汉人从此就可以扬眉吐气了。从会试每次录取的各族人数和比例不难看出在貌似“公平”下的不平等。会试每次录取一百人，其中蒙古人、色目人、汉人、南人各二十五人。殿试的录取比例也大体相等。另外，考试采取分卷形式：蒙易汉难；蒙古人、色目人为右榜，汉人、南人为左榜，两榜状元以右为尊。这对于在全国总人口中占绝大多数的汉人来说，自然是不公平的。而且，这些被录取的汉人也不可能在元朝的官府中担任正职或显要的职位。很多人还是沉抑下僚，志不获展，心中的怫郁感慨，只能寄托于声歌之末。

从“戊戌选试”到“延祐复科”，元代的文人就像坐了一回过山车，从充满希冀到满怀失落，再到希望重生，继而又回归原点，就这么大起大落，跌宕起伏，“戊戌选试”刚刚让他们尝到了一点兴奋的感觉，可瞬间又被抛进了谷底，好不容易盼来了“延祐复科”，而这可怜的一点光明仅能驱散些许的阴霾，“朝为田舍郎，暮登天子堂”的梦想还是那么遥不可及。于是，有元一代的散曲和杂剧，从头到尾，充满了对科举时代的憧憬和对怀才不遇的感慨。

第一节　登楼意，恨无上天梯

曾被明人贾仲明誉为“曲状元”的马致远，是深得后世文人认可的一位元代曲家。文人们对他的作品产生共鸣的一个主要原因，就是他写尽了传统文人求取功名途中的喜怒哀乐，万千情怀盘旋于纸上，萦绕于心头，直至穿透时空，奔向不可知的未来……

1238年的“戊戌选试”虽然只是昙花一现，此后像这样选试儒生的选拔却也不绝如缕，这在史籍中多有记载。出生于1250年左右的马致远是否参加过类似的考试，我们不得而知。但从他传世的散曲可以知道，青年时期的马致远也曾经激情洋溢、意气风发：“昔驰铁骑经燕赵，往复奔腾稳似船”（【中吕·喜春来】）；更不乏“佐国心，拿云手”的政治抱负：“且念鲰生自年幼，写诗曾献上龙楼”（【黄钟·女冠子】）。可惜的是，“上苍不与功名侯，更强更会也为林下叟”（【黄钟·女冠子】）。最终，等不来“科举”照亮人生的马致远，还是无奈地离开了大都（今北京），前往杭州，担任了一个江浙行省务官（掌税收）的小职务。

在经历了“二十年漂泊生涯”（【大石调·青杏子】）后，饱尝仕途险恶的马致远对这段俯仰由人的生涯有了更为痛彻的体验：

南吕·金字经（三首）

絮飞飘白雪，鲊香荷叶风，且向江头作钓翁。穷，男儿未济中。风波梦，一场幻化中。

担头担明月，斧磨石上苔，且做樵夫隐去来。柴，买臣安在哉？空岩外，老了栋梁材！

夜来西风里，九天鹏鹗飞，困煞中原一布衣。悲，故人知未知？登楼意，恨无上天梯！

三首小令抒发的都是怀才不遇、壮志难伸的感慨。

前两首看似在写渔樵悠然自得的生活：柳絮翻飞，荷叶田田，肩挑柴担，踏月而归。这样与世无争的岁月固然静好，可当年砍柴卖柴的朱买臣去哪了呢？世间的穷困忧患，不过都是一场梦幻而已。朱买臣虽已不在了，而世上有才却惨遭埋没的栋梁可是不绝如缕啊！

想我马致远，就像那高空里展翅的大鹏，本应该“天高任鸟飞，海阔凭鱼跃”，如今却像困在笼中的倦鸟一样悲鸣！有谁能理解这片苦衷？汉末王粲的《登楼赋》写出了多少落魄者的心曲，又有几人解得其中味？使我悲愤不已的，正是空有凌云壮志却无人理解；让我恨意难消的，是哪里才有那可以青云直上的天梯啊！

三支曲子抒发的情感一步步得以加强，怀才不遇的悲怆一层层深入骨髓。不知要经历多少磨难才能有如此深切的体验？这还仅仅是“一个”马致远的感受，南北统一后的中原大地上又有多少如此苦苦追寻“上天梯”的登楼者呢？就像乔吉在散曲《毗陵晚眺》中的感叹：“多少豪雄，几许消沉。”他们汇聚在一起的不平之气如果无法化解，恐怕真的会冲破苍穹、撕裂宇宙吧！

还好，有人开出了另外一个药方，且看下文。

第二节　钟嗣成的自画像

南宋灭亡前后出生的钟嗣成（约1279—约1360），比马致远幸运的地方是他毕竟赶上了“延祐复科”的“新时代”。可三年一次、并且录取汉人人数极其有限的科举考试，却并不垂青于钟嗣成。多次参试都铩羽而归，使钟嗣成清醒地认识到了功名对他这样的汉人来说，就像画上的一张饼，它除了让饥肠辘辘的人垂涎三尺外，并不能解决其他的生存和温饱问题。

以元文宗为代表的统治者想借科举来选拔英才以图长治久安的愿望是美好的，但维护特权的基本国策，却让大多数汉族士子很难分得治理国家的“一杯羹”。《元史》中曾有这样的记载：“今岁（1335 年）自四月至九月，白身补官受宣者七十二人，而科举一岁仅三十余人。”“白身补官”就是指靠特权为官，通过这种方式在半年内入仕的人数竟是三年一次科举中试者的两倍之多。“特权”之甚，可想而知。

尽管如此，开科取士还是给那些对科举、功名情有独钟的南北汉人带来了一丝希望。于是，在汉人中，有对科举仕途一往情深、矢志不渝者，如张可久；也有对功名全然绝望后，把全身心寄情于词曲者，如乔吉。与乔吉大约同时期的钟嗣成，也做出了类似于乔吉的选择。

其实，在元代，汉人如想做官，并非只有科举一条路。很多累试不第又饱读诗书的汉人，会选择做吏员，这样，熬到一定的时候，还有可能晋升为官员。钟嗣成不是没有这样的选择权利，只是，在友人眼中“德业辉光，文行浥润”的他不屑于此罢了。他宁愿做一个贫穷却快乐的乡村教师，也不愿做一个卑躬屈膝、仰人鼻息的小吏。

看看现实中的钟嗣成吧：

正宫·醉太平

风流贫最好，村沙富难交。拾灰泥补砌了旧砖窑，开一个教乞儿市学。裹一顶半新不旧乌纱帽，穿一领半长不短黄麻罩，系一条半联不断皂环绦，做一个穷风月训导。

这个衣着寒酸的穷“训导”，是不是有点像今天坚守在穷乡僻壤的乡村教师呢？教学条件是艰苦的：把废弃的砖窑修补一下，权充作教室；来上课的学生，都是“乞儿”般的穷孩子。教学先生的着装更是寒碜的：头上裹的乌纱帽半新不旧，身上穿的黄大褂半长不短，腰间系的黑腰带半联不断。可这又有什么关系？这样虽然清贫但有尊严的生活，岂是那些有钱有势的“村沙”之徒所能理解的？傲岸不群之气，溢于笔端。

最后一句的戏谑意味最为浓郁：“做一个穷风月训导。”穷，不是问题。虽穷，却能始终保持自己的初心，不是比什么都幸福吗？所以，在“裹一顶”“穿一领”“系一条”的排比描写中，我们感受到的是作者那心甘情愿、乐此不疲的坦然和昂扬。“穷风月”有穷开心、穷风流的意思，一个“穷”字仿佛让我们看到了作者唇边戏谑又苦涩的微笑；而“风月训导”则显露出一个清醒者超越世俗的豁达和智慧。这就是生活中的钟嗣成，他没有与命运“死磕”，也没有逃避或退缩，而是坦然地选择了适合自己并且力所能及的“职业”，在与命运的和解中找到了生命的归宿。这种豁达与智慧赋予他的散曲以别具一格的辛辣与诙谐。

再看看下面这幅独特的“自画像”，我们也许能更深切地理解“钟老师”的曲笔深意：

南吕·一枝花

自序丑斋

生居天地间，禀受阴阳气。既为男子身，须入世俗机。所事堪宜，件件可咱家意。子为评跋上惹是非。折莫旧友新知，才见了着人笑起。

【梁州】子为外貌儿不中抬举，因此内才儿不得便宜。半生未得文章力，空自胸藏锦绣，口唾珠玑。争奈灰容土貌，缺齿重颏，更兼着细眼单眉，人中短髭鬓稀稀。那里取陈平般冠玉精神，何晏般风流面皮，那里取潘安般俊俏容仪？自知，就里。清晨倦把青鸾对，恨煞爷娘不争气。有一日黄榜招收丑陋的，准拟夺魁。

【隔尾】有时节软乌纱抓札起钻天髻，乾皂靴出落着簌地衣。向晚乘闲后门立，猛可地笑起。似一个甚的？恰便似现世钟馗唬不杀鬼。

【牧羊关】冠不正相知罪，貌不扬怨恨谁？那里也尊瞻视貌重招威！枕上寻思，心头怒起。空长三十岁，暗想九千回。恰便似木上节难镑刨，胎中疾没药医。

【贺新郎】世间能走的不能飞，饶你千件千宜，百伶百俐。闲中解尽其中意，暗地里自恁解释。倦闲游出塞临池，临池鱼恐坠，出塞雁惊飞，入园林，俗鸟应回避。生前难入画，死后不留题。

【隔尾】写神的要得丹青意，子怕你巧笔难传造化机。不打草两般儿可同类：法刀鞘依着格式，妆鬼的添上嘴鼻，眼巧何须样子比。

【哭皇天】饶你有拿雾艺冲天计，诛龙局段打凤机。近来论世态，世态有高低，有钱的高贵，无钱的低微。哪里问风流子弟？折末颜如灌口，貌赛神仙，洞宾出世，宋玉重生，设答了镘的，梦撒了寮丁，他采你也不见得。枉自论黄数黑，谈说是非。

【乌夜啼】一个斩蛟龙秀士为高第，升堂室古今谁及；一个射金钱武士为夫婿，韬略无敌，武艺深知。丑和好自有是和非，文和武便是傍州例。有鉴识，无嗔讳，自花白寸心不昧，若说谎上帝应知。

【收尾】常记得半窗夜雨灯初昧，一枕秋风梦未回。见一人，请相会，道咱家，必高贵。既通儒，又通吏，既通疏，更精细。一时间，失商议，既成形，悔不及。子教你，请俸给，子孙多，夫妇宜。货财充，仓廪实，禄福增，寿算齐。我特来，告你知，暂相别，恕情罪。叹息了几声，懊悔了一会。觉来时记得，记得他是谁？原来是不做美当年的捏胎鬼。

“自黑”是当今的一个网络热词。从名人到普通人，勇敢“自黑”俨然已成为当代人释放压力的有效途径。有人把“自黑”作为增强个人魅力的一种手段，有人把“自黑”修炼成了一种人生境界。可即便是那些最善于“自黑”，以至于“黑到深处自然粉，粉到多时自然红”的最强大脑，看了“钟老师”的这幅“自画像”，恐怕也会甘拜下风。

很多聪明人爱拿自己的生理缺陷自我解嘲，那也不过是一带而过。像钟嗣成这样用一整套散曲来嘲笑自己的丑陋的，实为罕见。唐人刘禹锡以“陋室”自居，柳宗元对自己所居更是直接冠以“愚”字，如“愚堂”“愚亭”“愚池”“愚泉”等，钟嗣成则径以“丑斋”自号。以这些名士才华之横溢，为何不给自己的居所取一个美妙动听的名字，而偏以“丑”“陋”“愚”来命名呢？难道也是哗众取宠？此中真意何在？

且来看看“钟老师”的尊容吧：“灰容土貌，缺齿重颏，更兼着细眼单眉，人中短髭鬓稀稀。”这样的外貌就不仅是“其貌不扬”，而且颇有点“对不住观众”了。想象一下：这样的大豁齿、重下巴、小眼睛、稀头发凑在一张脸上，委实有点“不堪入目”，难怪钟嗣成对着镜子只剩下埋怨爹娘不争气的份了。如果来一场选“丑”的吉尼斯大会，自己想必会高居榜首。

这样“黑”自己似乎还不够。众所周知，钟馗的丑是出了名的，那我比之钟馗如何？钟馗丑归丑，还有足够的威严震慑群鬼。上天却白赐我一副“丑容”，徒给人间留下一个笑柄，连池中的鱼儿见了我都吓得赶紧沉到水底，天上的大雁看到我也惊得飞起老高，就是林中的小鸟见了我也唯恐躲避不及。这样的想象也是真够奇特的，别人都用“沉鱼落雁”来形容美女，“钟老师”却反其道而行之。

无需再一一罗列曲中对自己丑容的描绘，总之，这样的丑，绝无仅有！

如果一部作品只是单纯对丑行恶态的展览，那就不会产生艺术美，就不配称作艺术品。那么，钟嗣成的【南吕 · 一枝花】《自序丑斋》又“美”在哪里呢？

套曲的开篇就指出，当世的男儿只有迎和世俗、通权达变，才能诸事顺遂，一帆风顺。自己就是因为“不识抬举”，在“评跋”上口无遮拦，才惹人嘲笑，遭人厌弃。“子为评跋上惹是非”是套曲的点睛之笔。所有的非议和讥笑，都源于此，都是因为自己的精神、思想与世俗不合。明乎此，则下文越是“自黑”，就越是高扬自己的人生信条，越让人感觉到字里行间的愤激之情、耿耿之气。

明明知道“既为男子体，须入世俗机”，那为何还要剑走偏锋、标新立异？原来，只因为“近来论世态，世态有高低，有钱的高贵，无钱的低微”！在这个贵贱悬殊、等级森严的社会，任你“既通儒，又通吏，既通疏，更精细”，管你是“现世钟馗”还是“宋玉重生”，都难免遭受排挤。

如此，惊世骇俗的丑容和愤世嫉俗的激情就融汇到了一起，有形的“丑”就升华成了艺术的“美”，美与丑在对立中走向了和谐与统一。钟嗣成就是用这样的恣肆谑浪、嬉笑怒骂，消解着胸中的不平之气。

最后一曲【收尾】更是将这种感情推向了高潮。这支曲子以斩钉截铁、短语促韵的形式描述了“钟老师”的一个梦。但有别于“南柯一梦”或“黄粱一梦”，“钟老师”用“变态”的方式来满足自己的理想和愿望，此梦中的捏胎鬼，貌似前来请罪，自责自己一时失手造成了钟嗣成的丑陋，并许以高官厚禄、福寿绵绵。表面上看，倒也聊以慰藉。可现实中的钟嗣成又怎样呢？前一首小令【正宫·醉太平】已为我们形象地描绘了“钟老师”的教学生涯。梦境的许诺与残酷的现实形成了强烈的反讽效果，难怪要说这真是一个“不做美当年的捏胎鬼”！这个梦的独特就在于，它再次以钟嗣成式的诙谐，痛快淋漓地宣泄了一个清醒者的郁郁块垒。

美也好，丑也罢，哪个时代没有“金玉其外，败絮其中”“挂羊头，卖狗肉”的行尸走肉之徒呢？钟嗣成就是因为看不惯这样醉生梦死的酒囊饭袋，才大胆地为“丑”题咏，才毅然地为那些“门第卑微，职位不振，高才博识”的“不死之鬼”树碑立传，以十几个春秋的孜孜矻矻，完成了中国历史上第一部

而对“越聪明越受聪明苦，越痴呆越享痴呆福，越糊突越有了糊突富”的悲愤控诉，更是让千古才人心神激荡。清代戏剧家梁廷楠曾在《曲话》中这样评论：“此虽愤时嫉俗之言，然言之最为痛快，读至此，不泣数行下者，几希矣。”

愤怒是因为有所追求，有追求的人当然不会永远沉沦下去。范学士的到来，就是一个转机。他临走前不仅给小兄弟留下了三封介绍信，还带走了张镐呈献给皇帝的万言长策。

曙光中，“天梯”的影子似乎渐渐清晰起来……

2. 儒人不如人

然而，通往光明的路从来都是一波三折。

范仲淹的第一封举荐信，刚被张镐送到洛阳黄员外的手上，第二天就传来了员外暴亡的噩耗。第二封举荐信还没送到黄州团练使刘仕林的府上，半路上就听到了刘仕林的死讯。一连串的打击，使得张镐再也没有心思投递第三封举荐信了，自己这辈子大概也就是个穷教书匠的命了：

【醉太平】争些儿把我撞着，可着我心痒难揉。扬州太守听消耗，你这其间莫不害倒？第一封书已自无着落，第二封书打发谁行要？我将这第三封扯做纸题条。（带云）张镐，（唱）则好去深村里教学。

——《荐福碑》第二折

但返回张家庄的路也不平坦。一场突如其来的瓢泼大雨，把张镐堵在了路边的龙神庙。孤零零的古庙在凄风苦雨的拍打下，愈显冷落。百无聊赖的张镐决定在神像面前占上一卦：

小生若是能够为官，便与三个上上大吉；若是不能够为官，便与我三个下下不合神道。

——《荐福碑》第二折

不曾想，占卜的结果竟让人大跌眼镜：

【滚绣球】……可怎生一掷一个不合神道？和这块臭芹泥也折贵攀高。遮莫是角木蛟、氐土貉，大古里是今秋水落。你下、下、下，淹了我大段田苗。将我些有金银富汉都亡过，我和你无祭享泥神两个厮撞着。（带云）我骂你呵，（唱）那里也雨顺风调！（云）这披鳞的曲蟮，带甲的泥鳅！我歹杀呵是国家白衣卿相，你岂敢戏弄我！怎生出的这恶气？我则题破这庙宇，便是我平生之愿。取出我这笔墨来。有这檐间滴水，磨的这墨浓，蘸的这笔饱，就这捣椒壁上写下四句诗。

——《荐福碑》第二折

原想借占卜来寻求一点可怜的心理安慰，可神灵竟无一丝怜惜之意，这让本就怨愤盈胸的张镐怎不怒火中烧？难怪他要对龙神破口大骂，还发誓要“题破”这庙宇了。

话虽是张镐所言，可时时处处却让人感觉到，这是饱经风霜的马致远在“借题发挥”。一个已然处在社会边缘却又不甘沉沦的知识分子，也只能这样发泄自己的不满了。

张镐没有料到的是，他的一时之快竟为自己埋下了祸根。要知道，对于威严强势的龙神而言，这样被人辱骂、有损其尊严的举动是绝对不能饶恕的。于是，龙神也发下了毒誓：

叵耐张镐无礼！你自命蹇福薄，时运未至，却怨恨俺这神祇，将吾毁骂，题破我这庙宇，更待干罢！你行一程，我赶一程；行两程，我赶两程。张镐，你听者：（诗云）你亏心折尽平生福，行短天教一世贫。古庙题诗将俺这神灵骂，你本是儒人，我着你今后不如人！

——《荐福碑》第二折

“儒人不如人”，是元代社会流行的一句俗语，很多元杂剧中都有类似的表述。这里，借龙神之口，传神地描摹出元代儒生的真实窘境。

其实，不用等到神灵发怒，现实中的张镐已经是倒霉透顶了。这不，自己的万言长策好不容易换来了一个县令的官职，却被名字同音的张浩冒名顶替混了去。这还不算，狠心的张浩竟还要杀人灭口，赶尽杀绝：

（净云）你回来！倘若你不杀他呵，你休瞒了我；要你三件信物：要他那衣衫襟子、刀上有血、挣命的土刻滩子。三件都有，你便来回话。

——《荐福碑》第二折

还好，这位名叫赵实、被派去暗害张镐的衙役还没有完全泯灭天良，听了张镐的哭诉后，立即仗义地放过了这个“不如人”的可怜虫。

张镐总算躲过了这要命的一劫。

3. 雷轰荐福碑

心慈手软的赵实给了张镐一条活路，骄横恣肆的龙神却没有这样的度量。

一路追寻范仲淹不遇的张镐，因为缺少盘缠而滞留在荐福寺中。好心的长老知悉后，慨然许诺：

既然如此，你若进取功名呵，我无物相赠，我这碑亭中有一通碑文，乃是颜真卿书法，我将一千张纸，几锭墨，教小和尚打做法帖，卖一贯钱一张，往京师去一路上做盘缠，意下如何？

——《荐福碑》第三折

穷途末路的张镐自是感激不尽，盘算着等次日打了碑文，便启程上路。不想这一夜，却狂风大作，暴雨倾盆：

【红绣鞋】本待看金色清凉境界，霎时间都做了黄公水墨楼台。多管是角木蛟当直圣亲差，把黄河移得至，和东海取将来，抵多少长江风送客。

【上小楼】这雨水平常有来，不似今番特煞。这场大雨非为秋霖，不是甘泽，遮莫是箭杆雨、过云雨，可更淋漓辰霤。（带云）我今夜不读书。（唱）看你怎生飘麦。

【幺篇】振乾坤雷鼓鸣，走金蛇电影开。他那里撼岭巴山，搅海翻江，倒树摧崖。这孽畜，更做你这般神通广大，也不合佛顶上大惊小怪。

——《荐福碑》第三折

这场暴风雨真是非同寻常，好像是把黄河和东海的滔滔大水一起倾倒了下来。否则，怎会如此震天撼地、翻江倒海、倒树摧崖？马致远把自己满腹的积怨，和着这漫山遍野的暴风雨，一起倾洒无遗。

等到天明，发现“一夜雷轰碎了这碑文”，张镐才终于忍不住把满腔怒火再次喷向了龙神：

【满庭芳】粉碎了阎浮世界，今年是九龙治水，少不的珠露成灾。将一统家丈三碑，霹雳做了石头块，这的则好与妇女捶帛。把似你便逞头角欺负俺这秀才，把似你便有牙爪近取那澹台，周处也曾除三害。我若得那魏征剑来，我可也敢驱上斩龙台。

——《荐福碑》第三折

龙神啊龙神，你竟敢在佛家重地大发淫威，把一丈三的石碑击了个粉碎，只够给妇女们捶衣服用了。任你三头六臂，周处不也有“除三害”的美名吗？我也能像魏征那样，斩龙除凶！一个手无寸铁的书生竟敢驱上斩龙台，如果不是绝望之至，是没有任何外力能够奏效的。正因为最后一点希望也被天雷粉碎，张镐悲愤的感情才被推向了顶峰。这正是马致远编排“雷轰荐福碑”这个故事的初衷。

咒骂毕竟无济于事，走投无路的张镐只想到了一个字：死。

可就在他将要撞槐自尽的一刹那，生命中的贵人范仲淹又出现了。

张镐的人生终于有了真正的转机。

4. 龙虎风云会

在范仲淹的举荐下，张镐终于面见了天颜。君臣相见，相谈甚欢，头名状元的桂冠很快戴到了张镐的头上。

幸福来得太突然，张镐颇有点被胜利冲昏了头脑的狂喜：

【双调 · 新水令】往常我望长安心急马行迟，谁承望坐请了一个状元及第。恕面生也白象笏，少拜识也紫朝衣。今日个列鼎而食，煞强如淡饭黄齑。到今日恰回味。

【驻马听】当日个废寝忘食，铸铁砚长分磨剑的水；到今日攀蟾折桂，步金阶才觅着上天梯。得青春割断管宁席，险白头掷却班超笔。谢罢礼，君恩敕赐平身立。

——《荐福碑》第四折

历尽千辛万苦，终于寻着了上天梯。怎能不让寒窗苦读数载、遍尝人世辛酸的穷书生悲喜欲狂？

处在人生巅峰的张镐确乎有点飘飘然，竟然认为自己能有今日，既非范学士的举荐，也不是因为自己才学过人，而是：

【雁儿落】都则为范张鸡黍期，今日得龙虎风云会。你休夸举荐心，我非得文章力。

【得胜令】都则为那平地一声雷，今日对文武两班齐。想当初在古庙里题诗句，谁承望老龙王劈破面皮。其实、驱逼的我无存济；谁知、可原来运通也有发迹。

——《荐福碑》第四折

认为今日的“龙虎风云会”只是命运的安排，当然不乏消极的因素。可对于历经磨难的张镐来说，他还能相信谁呢？相信范学士，三封信，妨杀了两个人；相信自己，满腹才华，换来的却是无尽的灾难。生活在13—14世纪的马致远，大概只能给出一个“运通发迹”的解释。

不管怎样，为官后的张镐还是恩怨分明的：见到大恩人赵实，他是起身便拜；对于荐福寺长老，他念念不忘老禅师倒陪纸墨的情分；看到混赖官职的张浩，他则厉声斥责：

【川拨棹】你道你便老实，你不知为不知，你只会拽耙扶犁，抱瓮浇畦。万言策谁人做的？你待要狐假虎威。哎，你个贯长沙省气力。

【七弟兄】就里、端的，现放着试金石。这是万邦取则鱼龙地，对金銮壮志吐虹霓，不比你那看青山满眼骑驴背。

【梅花酒】呀，张仲泽你忒下得，说小生当日，正波迸流移，无处可也依栖。他倚恃着黄金浮世在，我险些儿白发故人稀。当日在，村庄里、村庄里，教学的；教学的，谢天地；谢天地，遂风雷；遂风雷，脱白衣；脱白衣，上丹墀；上丹墀，帝王知；帝王知，我身亏；我身亏，那一日；那一日，便心里；便心里，得便宜。

——《荐福碑》第四折

这一连串劈头盖脸的怒斥，短音促节，迅疾有力，如匕首直刺敌人的心脏。按常理，一个高高在上的状元公，似乎没必要对一个卑微的庄稼汉如此耿耿于怀，那么，又是什么让张镐或说是令马致远不吐不快呢?

一句话，只能是在“越聪明越受聪明苦，越痴呆越享痴呆福，越糊突越有了糊突富”的现实中，郁积了太多的压抑和苦闷，才使得苦尽甘来的状元公们，即便在春风得意之时，品尝到的也不全是成功的喜悦，更多的则是命运多舛的苦涩。可即便是这样的“苦涩”，也不是绝大多数汉族知识分子所能享有的。张镐不过是一个理想化的元代文人的缩影罢了。

这才是马致远借杂剧《荐福碑》要传达的真正心曲，也正是千古才人为之心动的魅力之源。

第四节　绕着利名场，佯做个风狂

如果说马致远的《荐福碑》是对元代文人不幸遭际的形象描画，那么他的忘年交——王伯成的《贬夜郎》则是借李白的传说故事委婉地传达了元代文人的政治理想与人生抱负。

王伯成，生年虽晚于马致远，但因脾性相投，故与马致远交往密切，这对其艺术创作当有很大的影响。《贬夜郎》是现存最早的以李白为主角的戏曲剧本。王伯成笔下的李白，虽不乏狂放不羁的盛唐气象，却又有一股玩世洒脱的元人范儿。不同于《荐福碑》中张镐式的汲汲于仕途，《贬夜郎》中的李白对朝堂似乎并不留恋。这也许正是元代文人的另一种生活方式：既然无法得遇明君，那就不如相忘于江湖，保持自己人格的独立和精神的自由吧。

关于王伯成的生平事迹，我们所知甚少，但通过杂剧《贬夜郎》，却可一窥这位元代曲家对于仕途与人生的别样思考。

1. 草答番书，醉赋新词

《贬夜郎》现存只有元刊本，由于科白不全，很多细节难以知晓。但现存的曲词和部分科白，已让一个才华出众、满身正气的伟大诗人形象跃然纸上。

试看开篇的两支曲子：

【仙吕·点绛唇】鹤梦翱翔，坦然独向，蓬山上。引九曲沧浪，助我杯中况。

【混江龙】忽地眼皮开放，似一竿风外酒旗忙。不向竹溪翠影，决恋着花市清香。我舞袖拂开三岛路，醉魂飞上五云乡。甘心致仕，自愿归休，掀扬浩气，浇灌吟怀，不求名，不求利，虽不一箪食一瓢饮，我比颜回隐迹只争个无深巷。叹人生碌碌，羡尘世苍苍。

——《贬夜郎》第一折

寥寥数语，已树立起了李白淡泊名利的“酒仙”“诗仙”“谪仙”的舞台形象。

唐明皇劝李白少饮酒才是，李白却历数酒的种种妙处：

【那吒令】这酒，曾散漫却云烟浩荡；这酒，曾渺小了风雷势况；这酒，曾混沌了乾坤气象。想为人百岁中，得运只有十年旺，待有多少时光。

【寄生草】休笑那通厅炕，阔矮床。臣便似玉仙高卧仙人掌，锦橙嫩擘销金帐，便似醉鞭误入平康巷。则这一席好酒百十觞，抵多少五陵豪气三千丈。

——《贬夜郎》第一折

酒能壮人胆，酒能解千愁，酒之于“诗仙”，更增添了他的豪情壮志。王伯成用曲词营造的豪放气势，与李白无所羁绊、雄肆飘逸的人格气质恰相呼应。

但李白并非颟顸酒徒，你看他：

【幺篇】舒开笺无皱，磨得墨有光。就霜毫写出凌烟像，文场中立定中军帐，就兵床拜起元戎将。那里是樽前误草吓蛮书，便是我醉中纳了风魔状。

【六幺序】何时静，尽日狂，但行处酒债寻常。粜尽黄粱，典尽衣裳，知他在谁家里也琴剑书箱！这酒似长江后浪催前浪，洒歌楼醉墨琳琅。笔尖儿鼓角声悲壮，驱雷霆号令，焕星斗文章。

——《贬夜郎》第一折

醉眼惺忪中，挥毫立就，一封吓蛮书洋洋洒洒，远胜运筹帷幄的三军统帅。笔尖儿似能驱动千军万马，发出雷霆般的号令。“李白斗酒诗百篇”的雄浑气势展露无遗。

就是这份少有的才情，让唐明皇对李白宠爱有加，不仅“御手亲调醒酒汤”，还特意让贵妃捧砚、力士脱靴，精心伺候着“诗仙”。受到“第一家庭”如此隆重的礼遇，一介书生，还复何求?

不过，李白并非一味地恃才自傲，他的放纵和狂妄其实另有隐忧：

【鹊踏枝】欲要臣不颠狂，不荒唐，咫尺舞破中原，祸起萧墙。再整理乾坤纪纲，恁时节有个商量。

——《贬夜郎》第一折

李白虽醉态朦胧，却对时政看得很透。“祸起萧墙”就是在委婉地暗示唐明皇，只可惜一味沉迷于温柔乡的帝王已经昏聩到了忠奸不辨的地步。既然仅凭一己之力，无法扭转乾坤，那就只有“绕着利名场，佯做个风狂”（《贬夜郎》第一折）。

所以，在李白离经叛道、逍遥自在的背后，其实，还是传统文人“修齐治平”的理想未遂的苦闷和孤独。

2. 马惊贵妃，御赐新衣

一天，李白在长安酒肆喝得酩酊大醉。好不容易才找到他的高力士不由分说，就把李白推上了马背，“押”往宫中。

一路上，李白还不停地嘟哝着：“力士，我醉也，只怕去不的。”（《贬夜郎》第二折）高力士不管三七二十一地只顾赶着马，马背上的李白摇摇晃晃，险些跌落。受惊的马儿入宫后并未能止住脚步，竟然箭一般地冲到了贵妃和唐明皇面前。顿时，一片尖叫声冲天而起。看到爱妃吓得花容失色，唐明皇勃然大怒，正待问罪，却看清来人正是李白。此时的李白也清醒了过来，赶紧忙不迭地赔罪：

陛下，不干臣事，是陛下马的不是。

【叨叨令】凤城有似溪桥路，落红乱点莎茵绿。淡烟深锁垂杨树，因此上玉骢错认西湖路。委实勒不住也末哥，委实勒不住也末哥，便似跳龙门及第思乡去。

——《贬夜郎》第二折

一个酒徒这样语无伦次地辩白，听来着实可笑。好在唐明皇并不在意这些，看到李白前来，还欣然赐酒；见到李白酒溅衣衫，又慨然赐衣。

这样的“恩宠有加”，并未让李白迷失本心，他对自己有着清醒的认知：

【喜春来】又不是风流天宝新人物，只是个落托长安旧酒徒。怎消得明圣主，赐一领溅酒护身符。

【十二月】也不宜幞头象笏，玉带金鱼，金貂绣袄，真紫朝服。臣再洪饮天之美禄，倘或间少下青凫。

【尧民歌】也强如凤城春色典琴沽，白马红缨富之余。披一襟瑞霭出天衢，携两袖天香下蓬壶。须臾，须臾，行过长安市上去，便是臣衣锦还乡处。

——《贬夜郎》第二折

李白深知自己并非皇帝的“真宠”，自己和长安街上那些落魄的酒徒其实并无二致。所以，他才潇洒地披着“一襟瑞霭”，携着“两袖天香”，昂首阔步地走出皇宫大院，随时准备着“衣锦还乡”。

出宫前，杨贵妃和安禄山齐来送行。早已看穿二人猫腻的李白不免大加嘲讽：

【三煞】娘娘甚酒中贞洁真贤妇，禄山甚财上分明大丈夫。止不过盏号温凉，布名火浣，瓶置玻璃，树长珊瑚。犀沉离水，裙织绫绡，帘卷虾须。真珠琥珀，红玛瑙紫琸璪。

——《贬夜郎》第二折

杨、安二人的主动送行，显然是心怀鬼胎。心如明镜的李白虽没有当面拆穿二人的私情，却早就心知肚明，什么贞洁妇、大丈夫，只有昏聩的老皇帝才会这么天真地以为吧。李白早已预见到势必难免的兵变浩劫：

【尾】那是安禄山义子台意怒，只是杨贵妃贼儿胆底虚。似这般忒自由，没拘束，猛轩腾，但发露。交近南蛮，至北隅，接西边，去东鲁。一年多，半载馀，那里景凄凉，地凄楚。鞴袖垂肩仕女图，似秋草人情日日疏。待寄萧娘一纸书，天北天南雁亦无。忽地兴兵起士卒，大势长驱入帝都，一战功成四海枯，得手如还入宫宇。一就无毒不丈夫，玉殿珠楼尽交付。抵多少烛灭烟销帝业亏，十万里江山共宝物，和那花朵儿浑家做不得主。

——《贬夜郎》第二折

这才是李白真正忧心的：“大势长驱入帝都，一战功成四海枯。”真到了亡国的那一天，“做不得主”的恐怕就不仅是唐明皇一人了，而是千千万万的无辜生灵啊！这和当年元灭南宋的图景何其相似。

写到此处的王伯成，当也心有所感吧。

3. 安杨偷情，李白误撞

这日，听到宫中传唤，满身酒气的李白跌跌撞撞地闯进宫来。但见他：

【醉高歌】脚趔趄登辇路花基，神恍惚步瑶阶玉砌。吐了口中涎，按捺定心头气，勉强山呼万岁。

——《贬夜郎》第三折

这里，“趔趄”“恍惚”“吐”“按捺”“山呼”等词，形象地勾勒出一个醉汉的狼狈尊容。不想“山呼”声，皇帝没有听到，却惊醒了一对偷情的鸳鸯：

【石榴花】疑怪翠盘人用锦重围，不听得月殿乐声齐。往常恐东风吹与外人知，怎想这里泄漏天机？知他那埚儿醉倒唐皇帝？空有聚温泉一派香池，又无落花轻泛波纹细，怎生误走到武陵溪？

——《贬夜郎》第三折

陡然碰见如此场面，饶是李白，也大惊失色。尴尬万分的杨贵妃和安禄山连忙施礼相见，八面玲珑的高力士也趁机劝酒，而潇洒坦荡的李白则来者不拒，连连接饮：

【干荷叶】来的盏不曾推，有的话且休提。准备着明日，向君王行主意的紧支持，刁蹬的厮央及。被我连珠儿饮了三两杯，则理会酒肉摊场吃。

——《贬夜郎》第三折

眼前的一幕他早已看得分明：

【满庭芳】你心知腹知，宫中子母，村里夫妻，觑得俺唐明皇颠倒如儿戏。我不来，这其间敢锦被堆、堆，得了买不语一官半职，做了个六证三媒，枉了闲淘气。又道我唬吓你酒食，怕误了你爱月夜眠迟。

——《贬夜郎》第三折

杨贵妃和安禄山名为母子，实为夫妻，这点连进宫次数不多的李白都看出来了，而痴情的唐明皇却还蒙在鼓里，但聪明的李白并未点破。要出殿时，安禄山捧着特供给杨贵妃的荔枝来献殷勤，李白一边坦然地做着“吃货”，一边戏谑道：

我本待签一个来，却签着你两个。

——《贬夜郎》第三折

不知听了这一语双关的笑语，安禄山的脸上会有何阴晴变换？

李白对自己眼下的处境早有准备：

【尾】没遮罗李翰林，忒昏沉杨贵妃。见如今凤帏中搂抱着肥儿睡，更那里别寻个杜子美。

——《贬夜郎》第三折

他深知安禄山和杨贵妃绝不会放过自己，被贬是迟早的事。可即便遭遣，又岂能更改我洒脱自由的本性？

4. 流放夜郎，水底捞月

被流放到夜郎这样荒僻的地方，李白不仅没有哀伤埋怨，反而显得更加如鱼得水，看看他优哉游哉的生活吧：

【殿前欢】酒如川，鹭鸥长聚武陵源。鸳鸯不锁黄金殿，绿蓑衣带雨和烟。酒里坐酒里眠，红蓼岸黄芦堰，更压着金马门琼林宴。岸边学渊明种柳，水面学太乙浮莲。

——《贬夜郎》第四折

终日与酒为伴，无拘无束，管它阴晴圆缺，我自来去随心，绿水边，红蓼岸，钓钓鱼，种种柳，“却不强如与他每闹闹吵吵地”（《贬夜郎》第四折）。放在今天，这样的生活也着实让人艳羡。

这是“酒仙”李白的选择，又何尝不是如王伯成一样的元代文人，在希望破灭之后的自我安慰？

虽然尽日与鸥鹭相伴，闲时学渊明种柳，李白仍不改其初衷：

【沽美酒】他被窝儿里献利便，枕头上纳陈言。义子贼臣掌重权，那里肯举善荐贤，他当家儿自迁转。

【太平令】大唐家朝治里龙蛇不辨，禁帏中共猪狗同眠。河洛间图书皆现，日月下清浑不辨。把谪仙，盛贬，一年半年，浪淘尽尘埃满面。

——《贬夜郎》第四折

大唐王朝清浊不辨、朝纲不振的危殆国势，始终让李白日夜忧思，痛心不已。字里行间，掩盖不住剧作家的抑郁和愤慨。想来，王伯成也当是如李白一样的才华横溢，又一样地被埋没风尘吧？

李白这样的拳拳之心，也许只有朗朗清月才能略解一二，所以，醉眼迷离中，诗人竟然情不自禁地扑向了水中的明月：

【双调·新水令】谢你个月中人不弃我酒中仙，向浪花中死而无怨。是清风连夜饮，几曾渔火对愁眠。整眼的湖水湖烟，豁达似翰林院。

——《贬夜郎》第四折

这样，历经人间劫难的“谪仙”，终于回归了仙籍。水府世界的澄明洁净、热闹非凡，不仅把李白，也把王伯成，还把芸芸众生，带到了一个空灵的精神国度：

【梅花酒】他虽无帝主宣，文武双全，将相双权，鸾驾齐肩。比侯门深似海，我怎敢酒量大如川。忆上元，芍药圃牡丹园，梧桐院海棠轩；歌舞地绮罗筵，衫袖湿帽檐偏。相隔着水中原，无旅店少人烟。龟大夫在旁边，鳖相公守根前，鼋先锋可怜见，众水族尽皆全，摆列着一圆圈。

——《贬夜郎》第四折

这里，龙府宴会的喧闹盛况与前番夜郎的对酒独酌，形成了鲜明对比：龟大夫、鳖相公、鼋先锋等众水族层层排列，簇拥着同列仙班的李白，这一刻，无疑才是李白真正的人生巅峰！

虽然，这个“巅峰”来得晚了点。但作家王伯成选择了历来关于李白之死最为称奇的一说（捉月而亡），也未尝不是他的人生宣言。或者，还可以说，这是元代知识分子面对命运不公却又不甘沉沦的一种生存智慧。

把王伯成的《贬夜郎》和马致远的《荐福碑》连在一起，就构成了元代文人对科举与仕途从希冀到幻灭的完整的心路历程。马致远和王伯成们一方面借笔下的人物传达着元代文人的喜怒哀乐，一方面又用知识分子傲然不群的风骨引领着遍体疮痍的社会艰难前行。这应该是元曲给予我们的最宝贵的精神财富。

第五章
愤世与救世

小引　以功利诱天下

蒙古铁骑入主中原，带来的不仅是一个崭新的王朝，更是一种纵横不羁、豪迈奔放的草原文化。这种迥异于农耕文明的异质文化，使汉唐以来渐趋衰老的帝国文化呈现出清新、蓬勃的气象。

与“重农抑商”“崇义黜利”等中原传统的治国方略不同，元朝统治者更重视商业的发展，主张“以功利诱天下”（方孝孺《赠卢信道序》）。早在成吉思汗时期，就一边打仗，一边派人保护商人贸易。后来，随着欧亚商路的畅通无阻和南北大运河的贯通，国内外的商贸活动更是异常活跃。

在远道而来的威尼斯商人马可·波罗的笔下，我们看到了当时世界上最为繁华的都市——大都（今北京）的商贸盛况：

外国巨价异物及百物之输入此城者，世界诸城无能与比。盖各人自各地携物而至，或以献君主，或以献宫廷，或以供此广大之城市，或以献众多之男爵骑尉，或以供屯驻附近之大军。百物输入之众，有如川流之不息。仅丝一项，每日入城者计有千车。

每日商旅及外侨往来者，难以数计，故均应接不暇。至所有珍宝之数，非世界上任何城市可比。

络绎不绝的人流，川流不息的车辆，目不暇接的商品……组成了“大都”这个 13—14 世纪首屈一指的国际大都会。其市面繁华之程度，足令 21 世纪的我们讶异无比。

商业的发展，不仅带来了城市经济的繁荣，还促进了市民文化娱乐需求的高涨。元人黄仲文的《大都赋》，就为我们再现了元大都的繁华富庶和当时市民生活的丰富多彩：

论其市廛，则通衢交错，列巷纷纭。大可以并百蹄，小可以方八轮。街东之望街西，仿而见，佛而闻；城南之走城北，出而晨，归而昏。华区锦市，聚四海之珍异；歌棚舞榭，选九州之秾芬……复有降蛇搏虎之技，援禽藏马之戏，驱鬼役神之术，谈天论地之艺，皆能以蛊人之心而荡人之魂……繁庶之极，莫得而名也……至其货殖之家，如王如孔，张筵开宴，招亲会朋，夸耀都人，而几千万贯者，其视钟鼎，岂不若土芥也哉。若夫歌馆吹台，侯园相苑，长袖轻裾，危弦急管，结春柳以牵愁，伫秋月而流盼，临翠池而暑消，褰绣幌而云暖。一笑金千，一食钱万，此则他方巨贾，远土谒宦，乐以消忧，流而忘返，吾都人往往面谀而背讪之也。

这里，道路宽阔，纵横交错；商铺林立，行人如织；百技竞演，笙歌不绝；巨商显宦，流连忘返……赋体文学，虽然难免夸饰有余，但剥掉这层浮华的外衣，大都人康乐富足的惬意生活，还是让今天的我们神往不已。

经过元世祖、元成宗、元武宗、元仁宗等几代皇帝的励精图治，到了元英宗时，堂堂大元终于迎来了它的“盛世”，就像马致远在散曲中所热情歌颂的：

中吕·粉蝶儿

至治华夷

【粉蝶儿】至治华夷，正堂堂大元朝世，应乾元九五龙飞。万斯年，平天下，古燕雄地。日月光辉，喜氤氲一团和气。

【醉春风】小国土尽来朝，大福荫护助里，贤贤文武宰尧天。喜，喜！五谷丰登，万民乐业，四方宁治。

【啄木儿煞】善教他，归厚德。太平时龙虎风云会。圣明皇帝，大元洪福与天齐。

这套散曲作于元英宗至治元年（1321 年）。英宗在位，虽然只有短暂的三年（1321—1323），但从元世祖中统元年（1260 年）算起，到英宗即位时，元代社会已走过了六十多年稳定持续的发展之路。这样看来，至治年间的五谷丰登、万民乐业、四方来朝，也就顺理成章了。“堂堂大元”“日月光辉”“一团和气”，实在是上苍赐予元英宗的“齐天洪福”。而这些，正是草原游牧文化敢想敢干、率意进取的因子输入以后带来的社会新气象。

想来，马致远这位当年曲坛的一流大家，该不会毫无原则地歌功颂德吧。虽然如此，把元英宗的统治时代比作“尧天”，还是让人不免生疑，“曲状元”马致远是否也有阿谀之嫌？

不过，我们更相信，经过几十年的休养生息、倡导工商，元代社会在某些方面确实已遥遥领先于前朝古代。但这样并非说元代社会就是一片光明了。由商业发展带来的士商地位的改变、传统道德的沦丧、官吏的专权、豪强的横行等，也是曲家们经常“吐槽”的热点。

元朝统治者“以功利诱天下”的直接效应，就是使长期以来被农耕社会所漠视的商人，竟然完成了从“四民之末”到“四民之首”的华丽转型。

终元之世，商人的扬眉吐气，使传统的人生观、价值观受到了严峻的考验。人们甚至不再相信“万般皆下品，惟有读书高”，而是像元末“文坛泰斗”杨维桢在《盐商行》里所描述的那样：

人生不愿万户侯，但愿盐利淮西头。人生不愿万金宅，但愿盐商千料舶。
大农课盐析秋毫，凡民不敢争锥刀。盐商本是贱家子，独与王家埒富豪。
亭丁焦头烧海榷，盐商洗手筹运握。大席一囊三百斤，漕津牛马千蹄角。
司纲改法开新河，盐商添力莫谁何。大艘钲鼓顺流下，检制孰敢悬官铊。
吁嗟海王不爱宝，夷吾策之成伯道。如何后世严立法，只与盐商成富媪。
鲁中绮，蜀中罗，以盐起家数不多。只今谁补货殖传，绮罗往往甲州县。

本来身份卑微的盐商，却一鸣惊人，富可敌国，引得世人纷纷侧目。一时之间，满载货物的商船的魅力，竟然大大超越了富丽堂皇的官衙府邸。父辈们对后代的希望，也纷纷从读书转向了经商。

这样一来，往日里那些自恃才高八斗、学富五车的传统文人，好像再也没有了用武之地。可是，当徜徉在闹市街头的时候，他们意外地发现了散曲和杂剧这一倾泻心曲的绿色通道。于是，滑稽讽世者有之，慨然愤世者有之，曲笔救世者有之，纵横淋漓、随意挥洒，汇聚成一条奔腾的大江，滚滚前行……

第一节　浪子的宣言

元代的曲家，多被后人冠以“浪子”的雅称。关汉卿，可算这“浪子”中的杰出代表了。

关汉卿，是燕赵大地孕育的一朵奇葩，他不仅是元代前期著名的戏曲大家，也是中国戏曲史上数一数二的领军人物。可惜关于他的生平，却没有明确的记载。根据有限的资料可知，关汉卿大约出生在金末元初，并且一直活到了元成宗大德（1297—1307）年间，因为他留下了一套散曲【双调·大德歌】。

关于他的故里，也说法不一。历来有大都（今北京）人、燕人、山西解州人、河北祁州人四种说法。这些说法尽管各异，但却有一个共同点，即：它们都在早期北曲杂剧兴起的文化圈内。关汉卿作为早期北曲杂剧的卓越代表，当与他生活的地缘文化背景密切相关。山西、河北一带，曾经是金院本和诸宫调风行的区域，元杂剧正是在这样的文化土壤中逐渐形成。这里的山水风物，孕育出关汉卿这位伟大的戏剧家，当不足为奇。

关汉卿生性风流、滑稽多智、博学多闻，却终身未仕。他的不仕显然不是个人原因所致，而不过是在一个没有科举的时代的"随遇而安"罢了。但这是一个心胸豁达的北方汉子，既然无缘在科举场上一显身手，那就不妨在风月场中一决高下吧。请听听这位"浪子"的宣言：

南吕·一枝花

不伏老

攀出墙朵朵花，折临路枝枝柳。花攀红蕊嫩，柳折翠条柔，浪子风流。凭着我折柳攀花手，直煞得花残柳败休。半生来折柳攀花，一世里眠花卧柳。

【梁州】我是个普天下郎君领袖，盖世界浪子班头。愿朱颜不改常依旧，花中消遣，酒内忘忧。分茶攧竹，打马藏阄；通五音六律滑熟，甚闲愁到我心头？伴的是银筝女银台前理银筝笑倚银屏，伴的是玉天仙携玉手并玉肩同登玉楼，伴的是金钗客歌金缕捧金樽满泛金瓯。你道我老也，暂休。占排场风月功名首，更玲珑又剔透。我是个锦阵花营都帅头，曾玩府游州。

【隔尾】子弟每是个茅草冈、沙土窝初生的兔羔儿乍向围场上走，我是个经笼罩、受索网苍翎毛老野鸡蹅踏的阵马儿熟。经了些窝弓冷箭镴枪头，不曾落人后。恰不道“人到中年万事休”，我怎肯虚度了春秋。

【尾】我是个蒸不烂、煮不熟、捶不匾、炒不爆、响珰珰一粒铜豌豆，恁子弟每谁教你钻入他锄不断、斫不下、解不开、顿不脱、慢腾腾千层锦套头？我玩的是梁园月，饮的是东京酒，赏的是洛阳花，攀的是章台柳。我也会围棋、会蹴踘、会打围、会插科、会歌舞、会吹弹、会嚥作、会吟诗、会双陆。你便是落了我牙、歪了我嘴、瘸了我腿、折了我手，天赐与我这几般儿歹症候，尚兀自不肯休！则除是阎王亲自唤，神鬼自来勾，三魂归地府，七魄丧冥幽。天哪，那其间才不向烟花路儿上走！

乍一看，这真是个多才多艺、魅力无穷的风月老手。大半生徜徉在花柳丛中，音乐、歌舞、书法、围棋、分茶、攧竹等，无所不会，无所不晓。

更奇的是，这种独特的生活志向不仅坚定执着，除非是“阎王亲自唤，神鬼自来勾，三魂归地府，七魄丧冥幽”，“那其间才不向烟花路儿上走”；而且持久不衰，说什么“人到中年万事休”，“我怎肯虚度了春秋”。

这种言之凿凿、不容置疑的表白，确乎是一个“郎君领袖”“浪子班头”的口吻，但那种“蒸不烂、煮不熟、捶不匾、炒不爆、响珰珰”的决心和气度，却非常人可比。

然而，关汉卿不肯“虚度”、万分留恋的果真只是旖旎多情的行院生涯吗？当然不，他不肯虚度和辜负的更是一个传统儒生的生命和理想，而这个理想，恰好可以携手青楼艺伶去共同实现。故而，他为了“这几般儿歹症候”，竟然不惜用活泼的生命去做赌注。

这，就是关汉卿用散曲为自己描摹的自画像：一个放浪形骸、饱谙世情而又幽默洒脱、坚韧不屈的梨园领袖、编修师首、杂剧班头。

这，也是大多数元曲家的无奈之举。

第二节　不即不离大蝴蝶

像关汉卿式的滑稽佻达、善于解嘲，在元代并不少见，甚至蔚然成风。王和卿就是这么一位诙谐幽默的“浪子”。王和卿，大约和关汉卿同时，早于关氏而逝。两人私交不错，时不时地还互相调侃取乐。

据说，元世祖中统（1260—1264）初年的一天，大都的天空突然飞来了一只硕大无比的蝴蝶，它在帝都的蓝天下，翩翩起舞，肆意翱翔，任性如小儿，跋扈似纨绔。机敏如王和卿，捕捉到这一幕，立即挥笔成章：

仙吕·醉中天

咏大蝴蝶

蝉破庄周梦，两翅驾东风。三百座名园，一采个空。难道风流种，唬杀寻芳的蜜蜂。轻轻的飞动，把卖花人扇过桥东。

稍微有点古典文学常识的中国人，大概都知道“庄周梦蝶”的典故。庄周，这位战国时期著名的哲学家，有一天，突然梦到自己变成了一只栩栩如生的蝴蝶，醒来后却只看到自己，哪有蝴蝶的踪迹？于是怅惘迷惑：究竟是蝴蝶变成了我，还是我变成了蝴蝶？王和卿借用这个以奇幻著称的故事，展开他天才般的想象力，让这只美丽灵巧而又力大无比的蝴蝶，陡然间“挣破”了庄周梦，从虚幻世界来到了现实的人间。的确是脑洞大开！

这只蝴蝶不仅来路不小，而且能量惊人。看看人家采花蜜的速度和效率吧：“三百座名园，一采一个空。”动作之迅捷、干脆、利落，让人惊诧不已！仿佛分分钟就完成了别人经年累月才能完成的工作量。这就难怪，以寻芳采蜜为天职的蜜蜂们，会被吓得魂飞魄散了。

而这些，似乎还不足以状此蝴蝶之恃强与专横，君不见，就连卖花人也未能幸免，只轻轻一扇，就被扇到了桥东吗？想象之奇特，运思之巧妙，言语之夸张，真令人叹为观止、涵泳不绝。

有人推测，王和卿是借歌咏大蝴蝶，对关汉卿寻花问柳的风流生活进行善意的戏谑；也有人认为，王和卿虚构的这只大蝴蝶，是为了讽刺如鲁斋郎、杨衙内之类的“花花太岁”。两种说法，似乎都有道理，但如果非要“坐实”，则未免胶柱鼓瑟。

散曲，本来就是要释放在现实中未能充分舒展的旺盛的生命热情的，嬉笑怒骂、嘲讽戏谑，借他酒杯，浇我块垒。《咏大蝴蝶》流露的何尝不是一种张扬的生命力？这与传统诗词的蕴藉、矜持是大异其趣的。只是于此，我们只能迁想妙得，而不能刻意求之罢了。这样看来，明末的戏剧家王骥德真可谓王和卿的异代知音了。王骥德在《曲律》中写道：

> 咏物毋得骂题，却要开口便见是何物。不贵说体，只贵说用。佛家所谓不即不离，是相非相。只于牝牡骊黄之外，约略写其风韵，令人仿佛中如灯镜传影，了然目中，却摸捉不得，方是妙手。元人王和卿《咏大蝴蝶》……只起一句，便知是大蝴蝶。下文势如破竹，却无一句不是俊语。

话，并未点明，却说得恰到好处，正如王骥德所言：“于牝牡骊黄之外，约略写其风韵。”这，也正是此曲的妙处：不即不离，似是而非，只可意会，难以言传。

“滑稽”“善谑”，何以能成为元代流行的社会风气，也当作如是观。

王和卿与关汉卿甚至把这种诙谐、滑稽的游戏一直进行到生命停止的那一刻。元末文人陶宗仪在《南村辍耕录》中为我们记载了下面这个故事。

据说，王和卿是在端然静坐的时候安详离世的。关汉卿闻讯，立即前来吊唁。当时，王和卿的鼻涕长达尺余，众人见状，莫不惊骇。关汉卿也不解其故，有人告诉他，这就是佛家的“坐化”。关汉卿又问：“那他鼻中流出的是什么呢？”答：“是玉箸。”关汉卿听了，却说：“我道你不识，不是玉箸，是嗓。”

“玉箸双垂”，原是指佛教徒修行到一定程度，去世时特有的瑞相。“嗓”，是指牲畜生病时，鼻中常流脓水，所以叫“嗓病”。引申开来，“嗓”也有揭发别人的隐私，斥责别人的过失之意。关汉卿说王和卿鼻中之物是“嗓”，当为戏言。但在葬礼这种庄严的场合，居然还有心情说笑，对逝者及其家属而言，总觉似乎不够尊重。难怪有人会这样调侃关汉卿了：“你被王和卿轻侮半世，死后方才还得一筹。”

但这也是戏言。元代文人的滑稽佻达，早已超越了生死的界限，他们激而愤世、放而玩世，不过是徒逞口舌之快而已。明乎此，又怎忍心再苛责于这些沉抑下僚、郁郁满怀的士子？

第三节　覆盆不照太阳晖

如果关汉卿只是一个终日沉醉于温柔乡的浪荡子，就像他在【南吕·一枝花】《不伏老》套曲中所宣称的那样，那他绝对坐不上元代剧作家的第一把交椅，更不会获得后人如许多的赞颂与仰望，直至被推上“曲圣”的神坛。关汉卿的伟大在于，他用手中的笔，唱出了平民大众的心声。

草原文化的突然介入，打破了中原文明按部就班的发展轨迹，把曾经高居云端的清高文人，猛然推进了普罗大众的汪洋碧海。幸运的是，关汉卿并没有被惊涛骇浪所淹没，而是很快把自己也变成了一朵与广大民众同呼吸共患难的浪花。只是，这是一朵极不寻常的浪花，是一朵奏响了时代最强音的戏剧之花。《窦娥冤》正是其中最为高亢的一个音符。

1. 感天动地

《窦娥冤》的故事原型，很早以前就在民间广泛流传了。《列女传》《汉书》《搜神记》等史籍中，都载录了“东海孝妇”的传说，但只是略陈梗概而已。千百年来，在东海孝妇身上，寄托了善良的人们最真诚的祈愿和哀思。关汉卿对这样的传说，想必是了然于胸的。

元成宗大德元年（1297 年）至大德三年（1299 年），扬州、淮安一带连续大旱，饥民遍野，怨声载道，朝野震惊。虽然当时的信息传播不像今天这么便捷，但持续三年的大旱，一定演绎了不少灾民罹难、恶霸横行、官吏不法的传闻。这些，怎能不让铁肩担道义、心系天下民的文人作家们为之动容？“大旱三年”，一定是人世间有了非比寻常的冤屈，才使得苍天发出这样的警示。也许正是有感于此，才有了《窦娥冤》“三桩誓愿”这样撼人心魄的情节：

【耍孩儿】不是我窦娥罚下这等无头愿，委实的冤情不浅。若没些儿灵圣与世人传，也不见得湛湛青天。我不要半星热血红尘洒，都只在八尺旗枪素练悬。等他四下里皆瞧见，这就是咱苌弘化碧，望帝啼鹃。

【二煞】你道是暑气暄，不是那下雪天；岂不闻飞霜六月因邹衍？若果有一腔怨气喷如火，定要感的六出冰花滚似绵，免着我尸骸现；要什么素车白马，断送出古陌荒阡！

【一煞】你道是天公不可期，人心不可怜，不知皇天也肯从人愿。做甚么三年不见甘霖降？也只为东海曾经孝妇冤。如今轮到你山阳县。这都是官吏每无心正法，使百姓有口难言！

【煞尾】浮云为我阴，悲风为我旋，三桩儿誓愿明题遍。（做哭科，云）婆婆也，直等待雪飞六月，亢旱三年呵，（唱）那其间才把你个屈死的冤魂这窦娥显！

——《窦娥冤》第三折

是什么样的冤情，竟然能够改变宇宙和自然正常的运转规律，使得血悬白练、六月飞雪、大旱三年？

连累如此多的生灵一同蒙难，难道真是“最毒妇人心”？莫非苍天也被蒙蔽了双眼？

第三折是故事的高潮所在，也是元杂剧《窦娥冤》中最脍炙人口的一折，曾经被选入中学的语文教材。但只看这一折，你难免会发出以上的疑问。别着急，我们来看看戏剧大家关汉卿是如何运筹帷幄、步步为营，把故事情节逐步推向高潮的。

2. 听天由命

元杂剧最常见的剧本体制是“四折一楔子”，就是把一个剧本分为四个部分，依次叫第一折、第二折、第三折、第四折，外加一个楔子，帮助叙事。楔子在剧中的位置比较灵活，除了不可放在最后一折的后面以外，每一折的前面都可放置。而且，楔子可有可无，不是每个剧本都必须具备的。元杂剧的演唱体制也和今天的戏曲不同，一个剧本通常只能由一人演唱，叫“一人主唱”，其他角色就只有念白的份儿了。

《窦娥冤》就是一个标准的元杂剧范本。在剧本的楔子部分，作家简略交代了窦娥三岁丧母、七岁被卖的凄惨经历。等到第一折，主人公窦娥出场时，已是一位守孝三载、年方二十的青年寡妇了。

二十岁，本是一个如花似玉、充满幻想的年龄。在今天，甚至还是许多女孩儿在父母面前任性撒娇的年龄。窦娥却没这么幸运，父爱、母爱不仅早早地离她而去，就是好不容易盼来的夫妻之爱，也好景不长。而今剩下的，就只有和婆婆的相依为命、度日如年了。天底下所有的苦难，仿佛都压在了这个小女人柔弱的双肩之上。了解了这些，当听到窦娥初登场时所唱的几支曲子，恐怕就不能不为之所动了：

【仙吕·点绛唇】满腹闲愁，数年禁受，天知否？天若是知我情由，怕不待和天瘦。

【混江龙】则问那黄昏白昼，两般儿忘餐废寝几时休？大都来昨宵梦里，和着这今日心头。催人泪的是锦烂漫花枝横绣闼，断人肠的是剔团圞月色挂妆楼。长则是急煎煎按不住意中焦，闷沉沉展不彻眉尖皱，越觉的情怀冗冗，心绪悠悠。

【油葫芦】莫不是八字儿该载着一世忧？谁似我无尽头！须知道人心不似水长流。我从三岁母亲身亡后，到七岁与父分离久。嫁的个同住人，他可又拔着短筹；撇的俺婆妇每都把空房守，端的个有谁问、有谁瞅？

【天下乐】莫不是前世里烧香不到头，今也波生招祸尤？劝今人早将来世修。我将这婆侍养，我将这服孝守，我言词须应口。

——《窦娥冤》第一折

窦娥的满腹闲愁、悠悠心绪，谁会来过问？谁会来关心？没有回音。大千世界、芸芸众生，有谁会来关注这个卑微渺小的生命呢？娓娓心事，只能向“天”来吐露：“天若是知我情由，怕不待和天瘦。”苍天是否知道，我们不得而知。但借着关汉卿的笔触，许许多多的人看到了这颗卑微而善良的心灵的颤动。

面对苦难，有人选择抗争，有人默默承受。坚守孝道的窦娥毫不犹豫地选择了后者，不仅自己要“将这婆侍养”“将这服孝守”，而且，还劝诫世人“早将来世修”。

这就是张驴儿父子出现前窦娥的生活状态：听天由命，她只不过是想安分守己地过完余生而已。设想一下，如果没有张驴儿父子的出现，几十年后，这个世界上很可能又多了一座贞节牌坊。

然而，窦娥就连这样的资格，都被剥夺了。

奴隶和顺民，不是统治者最想看到的情形吗？这个社会怎么了？关汉卿让笔墨游弋到了海洋的更深处，他要带着我们去寻觅这个疮痍满目的时代的真正病因。

3. 怨天恨地

先是放高利贷的蔡婆孤身去讨债，却反被丧尽天良的赛卢医差点勒死。接着是张驴儿父子的登场，解救了蔡婆的危难，却释放了“潘多拉的盒子”。当蔡婆把被迫招赘张氏父子的想法透露给媳妇时，立即招来窦娥的反唇相讥：

（正旦云）婆婆，这个怕不中么！你再寻思咱：俺家里又不是没有饭吃，没有衣穿，又不是少欠钱债，被人催逼不过；况你年纪高大，六十以外的人，怎生又招丈夫那？……（唱）

【后庭花】遇时辰我替你忧，拜家堂我替你愁。梳着个霜雪般白鬏髻，怎戴那销金锦盖头？怪不的“女大不中留”。你如今六旬左右，可不道到中年万事休！旧恩爱一笔勾，新夫妻两意投，枉教人笑破口！

——《窦娥冤》第一折

六十多岁的老人了，还要改嫁他人，就是放在今天，也还有不少人难以理解。那么，真像窦娥所言，是蔡婆“不守妇道”吗？其实不然。从今人的眼光看，蔡婆当时即便被赋予商界“女强人”的称号，也是毫无愧色的。试想，一个中年丧夫的寡妇，既要在家照顾子女，还要在商海中披荆斩棘、独当一面，没有坚强的意志和过人的胆识，恐怕是很难守住先夫留下的“铜斗儿家缘”的。想必正是这样多舛的经历，才历练出了一双识时务的“慧眼”。暂时答应张驴儿父子的无理要求，未必不是一种缓兵之计。如果蔡婆真是“不守妇道”、水性杨花的女人，她还需要等到六十开外才改嫁他人吗？所以，能做出这样的选择，我们真的不得不佩服这位老人的“通权达变”。

但在恪守贞节的窦娥看来，不管如何，改嫁他人，都是愧对先祖、让人耻笑的丑事。她不仅严词反对婆婆再嫁，自己更是坚决拒嫁。即便在张驴儿误毒生父、嫁祸于人、以死相逼时，她也是厉声相拒：

> 我一马难将两鞍鞴，想男儿在日，曾两年匹配，却教我改嫁别人，其实做不得。
>
> ——《窦娥冤》第二折

一个本来柔弱温顺的小女子，就这样被一点点激起了心头的反抗之火：“我又不曾药死你老子，情愿和你见官去来。”此时，单纯的窦娥还抱着一丝对“明如镜，清似水”的官府的信任。

可她将要面对的官长又是一副怎样的行止呢？看看关汉卿勾勒的这幅漫画吧：

> （净扮孤引祗候上，诗云）我做官人胜别人，告状来的要金银。若是上司当刷卷，在家推病不出门。下官楚州太守桃杌是也。今早升厅坐衙，左右，喝撺厢。（祗候幺喝科）
>
> （张驴儿拖正旦、卜儿上，云）告状，告状。
>
> （祗候云）拿过来。

（做跪见，孤亦跪科，云）请起。

（祇候云）相公，他是告状的，怎生跪着他？

（孤云）你不知道，但来告状的，就是我衣食父母。

——《窦娥冤》第二折

理应高高在上、正襟危坐的法官，却慌不迭地跑下堂来，“扑通”一声跪在原告面前，还口口声声地叫喊着“衣食父母”，真是滑天下之大稽。这一幕尽管不乏夸张，但窦娥将要面临一种怎样叵测的前景，却是不难预料的。

虽然如此，倔强的窦娥也并没有屈服，哪怕是“千般打拷，万种凌逼，一杖下，一道血，一层皮”，她也不愿违背自己的良心去画押。只是，原来听天由命的窦娥，已开始变得怨天恨地了：

【采茶歌】打的我肉都飞，血淋漓，腹中冤枉有谁知！则我这小妇人，毒药来从何处也？天那，怎么的覆盆不照太阳晖！

——《窦娥冤》第二折

虽是朗朗乾坤、青天白日，窦娥却感觉陷入了无边的黑暗，只因为“覆盆不照太阳晖”。

压垮窦娥的最后一根稻草，是昏官桃杌“打那婆子”的一声令下。为了保全婆婆，善良的窦娥终于低下了她那高昂的头颅：

【黄钟尾】我做了个衔冤负屈没头鬼，怎肯便放了你好色荒淫漏面贼！想人心不可欺，冤枉事天地知，争到头，竞到底，到如今待怎的？情愿认药杀公公，与了招罪。婆婆也，我怕把你来便打的，打的来恁的。我若是不死呵，如何救得你？

——《窦娥冤》第二折

至此，似乎冤案已铸，故事将完，无权无势的小窦娥只能含冤九泉了。可即便无力回天，那满腔的怨气还是像滔滔江水般喷薄而出：

【正宫·端正好】没来由犯王法，不提防遭刑宪，叫声屈动地惊天。顷刻间游魂先赴森罗殿，怎不将天地也生埋怨？

【滚绣球】有日月朝暮悬，有鬼神掌着生死权，天地也，只合把清浊分辨，可怎生错看了盗跖、颜渊？为善的受贫穷更命短，造恶的享富贵又寿延。天地也，做得个怕硬欺软，却原来也这般顺水推船！地也，你不分好歹何为地？天也，你错勘贤愚枉做天！哎，只落得两泪涟涟。

——《窦娥冤》第三折

这番呼天抢地的咒骂，真是痛快淋漓！天若有灵，天也要为之汗颜！

天，在中国传统文化里，可是威严、公正的化身，是一种超自然的可以统治人类、决定人类命运的神秘的力量。所以，在艰难困苦之际，中国人往往会情不自禁地哀告上天，希望能获得庇佑。人们之所以会听天由命，也就是相信上天会主持公道，还人间以正义。但当生活中遇到不公正的待遇时，人们便不由得要质疑上苍，为何贤愚不分、黑白颠倒？换言之，一旦“天”不再行使它赏善罚恶、维护公正的职责，原来匍匐在地的弱小人类，就不会再尊敬、惧怕它，质疑与控诉它的不敬行为也就在所难免了。窦娥这通指天骂地的斥责，之所以大快人心，原因就在于此。

如果说，窦娥悲壮地选择慷慨赴死，是关汉卿对当时价值混乱、信仰迷失、天人悖谬的反思和控诉的话，那么，接下来窦娥对婆婆的动情交代和反复叮咛，以及临刑前的三大誓愿，就是关汉卿在天人关系错乱、人性价值飘零的情况下，对真、善、美的呼吁和期盼。

就这样，关汉卿在行云流水间，把故事从蔡婆与赛卢医之间的利益纠纷，转到蔡婆与张驴儿父子之间的矛盾，再到蔡婆与窦娥之间、窦娥与张驴儿之间的冲突，再到窦娥与昏官桃杌之间的矛盾，直到天、人之间的矛盾，一系列矛盾不断发酵、转化，最终，水到渠成地促成了“三桩誓愿”的一一实现，元代前期的反抗主题也由此得到了诗意的铺成与诗化的张扬。窦娥和她的鲜血永远定格在了三尺白练上，永远定格在了相信“湛湛青天不可欺”的生民的脑海中。

正是在此意义上，《窦娥冤》才毫无愧色地跻身于“世界大悲剧之林”（王国维评价《窦娥冤》“即列之于世界大悲剧中亦无愧色也”）。

第四节　背亲忘旧的势利书生

如果说关汉卿的《窦娥冤》是一部高亢激昂的命运交响曲，那么杨显之的《潇湘雨》就是一首婉转凄恻的抒情小夜曲。这首小夜曲的与众不同，是因为它毫不留情地谴责了知识分子中那些趋炎附势、背亲忘旧的势利小人。这在元杂剧中是独一无二的。

杨显之是大都（今北京）人，还是关汉卿的莫逆之交，两人经常在一起切磋、交流艺术的心得。关汉卿只要有新的作品问世，都会忙不迭地请来杨显之，而杨显之也会很中肯地提出自己的修改意见。由此，杨显之得到了一个“杨补丁”的雅号。对比一下杨显之的《潇湘雨》与关汉卿的《窦娥冤》《拜月亭》，不难看出，三剧在情节关目上的异曲同工之妙。显然，这两位戏剧大家的深厚友谊，是建立在互相切磋、互相促进的创作根基上的。

负心婚变是一个屡见不鲜的社会问题，也是中国文学史中一个绵延不绝的题材。在宋元南戏中，它甚至占据了半壁江山，而在勃兴于北方的元杂剧中则不多见。但流波所及，如杨显之，就在南方戏文的影响下，创作了脍炙人口的负心戏《潇湘雨》。《潇湘雨》虽矛头直指薄幸小人崔通，它的主人公却是这场婚变悲剧中的直接受害者——张翠鸾。且让我们从头道来。

1. 落难允亲

父亲张天觉奉旨奔赴江州（今江西九江）任所，自小丧母的张翠鸾一路相随。离开帝都，一路南下，对十八岁的少女来说，应该是满怀新奇和喜悦的吧！可“天有不测风云”，一场不期而至的狂风，掀起了滔天巨浪，打翻了父女俩乘坐的船只。幸运的是，张翠鸾遇到了江边打鱼的好心人崔文远，并被收为义女，养在家中。父亲，则杳无踪迹，思念，只能深埋心底。父女二人，从此天各一方。

这天，崔家来了一位风度翩翩的美少年，他叫崔通，是崔文远的侄儿，因上京赶考，路过此地，特来拜见伯父。老汉看着眼前打躬作揖、彬彬有礼的亲侄，喜不自禁，忙叫出义女翠鸾前来拜见，还透露了欲要招婿的想法。面对眼前天仙般突然降临的玉人，崔通是满口应承。生父的音讯全无和女儿家的羞涩，却让张翠鸾犯了踌躇：

【醉中天】才救出淮河口，又送上楚峰头。（做背哭科，云）俺那父亲呵，（唱）生死茫茫未可求，怎便待通媒媾……虽然道姻缘不偶，我可一言难就，有多少雨泣云愁。

【金盏儿】元来他敬儒流，意绸缪。可甚么是非只为多开口，倒道我女大不中留。他分明亲许出，着我怎抬头？虽然俺心下有，我须是脸儿羞。

——《潇湘雨》第一折

亲生父亲生死未卜，是最令翠鸾无法释怀的，哪还有心情谈婚论嫁？可崔老汉一片好心，又不忍辜负；再者，眼前这位书生也着实风流可爱……亲事就这么半推半就地玉成了。

但成亲后面临的就是崔通的远行——崔家可是等着他应举得官后回来改换门庭的，这不能不让翠鸾陷入深深的忧虑：“则怕崔秀才此一去，久后负了人也。”崔通的回答倒是很快也很坚定：

小生若负了你呵，天不盖，地不载，日月不照临。

——《潇湘雨》第一折

这样的誓言，在戏文里是再熟悉不过的了，有多少女主人公为此魂牵梦萦、望穿秋水，甚至病入膏肓、命赴黄泉，却始终没有等来那个“夫人县君”的虚名。翠鸾何尝不知迎接她的将是什么。可是，如今寄人篱下、苟且偷生的她，也只能是一而再、再而三地谆谆叮嘱：

【赚煞】则他这胸臆卷江淮，宝剑辉星斗，是俺那父亲匹配下鸾交凤友。想着你千里关山独自个走，则今宵有梦难投。你若到至公楼，占了鳌头，则怕你金榜无名誓不休。莫便要心不应口，早做了背亲忘旧。（带云）崔秀才也，（唱）休着我倚柴门，凝望断不归舟。

——《潇湘雨》第一折

一头是金榜无名誓不归的风流书生，一头是斜倚柴门望归舟的多情女子，这就是老汉崔文远织就的这根姻缘线。福兮？祸兮？

2. 寻夫遭诬

第二折开篇对科举考试的描画，是耐人寻味的。

考官赵钱是个声称“何必文章出人上，单要金银满秤盘”的不学无术的大草包，看看他在复试时出的三道题吧：

一是猜字谜：“东头下笔西头落”；二是联诗：“河里一只船，岸上八个拽”；三是联诗：“一个大青碗，盛的饭又满”。

考生崔通倒是“才思敏捷”，答案脱口而出：一的答案是个“一”字；二的答案下联：“若还断了弹，八个都吃跌”；三的答案下联：“相公吃一顿，清晨饱到晚”。

崔通居然能“识这等难字”，赵钱不由得感叹：“不枉了中头名状元！”而这样让人笑破肚皮的打油诗，还让主考官给出了“好秀才，好秀才！看了他这等文章，还做我的师父哩”的绝佳评语。岂不怪哉？

怪乎哉？一点都不奇怪。在元代，这样的事还真有可能发生。因为从蒙古灭金（1234 年）后废除科举取士，直至元仁宗延祐二年（1315 年）首次恢复御试，这八十一年间，中原地区一直没有正式的科举考试。而即便在恢复科举取士以后，对待汉人的不公之处也比比皆是。元代各级官吏的正职都是留给蒙古人的（剧中的赵钱可能就是个蒙古人），真正有才华的汉族寒门士子想通过科举的独木桥飞黄腾达起来，依然是难于上青天。杨显之有可能在晚年看到了科举考试的恢复，还目睹了元代科举的种种弊端，于是，嬉笑怒骂，玩弄科场于笔墨之间。这样，我们就看到了《潇湘雨》中这极具讽刺性的滑稽一幕。

不管怎样，崔通毕竟乘着科举的东风进入了仕途，还意外地获得了试官的青睐，被招为东床快婿。张翠鸾最担心的事，就这样“顺理成章”地发生了。

而此时的翠鸾，正奉了崔父的慈命，艰难地跋涉在凄风冷雨之中：

【南吕·一枝花】不甫能蟾宫折桂枝，金阙蒙宣赐。则道是洞房花烛夜，金榜可兀的挂名时。我为你撇吊了家私，远远的寻途次，恨不能五六里安个堠子。我看了些洒红尘秋雨的这丝丝，更和这透罗衣金风瑟瑟。

【梁州】我则见舞旋旋飘空的这败叶，恰便似红溜溜血染胭脂。冷飕飕西风了却黄花事。看了些林梢掩映，山势参差。走的我口干舌苦，眼晕头疵。我可也把不住抹泪揉眵，行不上软弱腰肢。我、我、我，款款的兜定这鞋儿；是、是、是，慢慢的按下这笠儿；呀、呀、呀，我可便轻轻的拽起这裙儿。我想起亏心的那厮，你为官消不得人伏侍。你忙杀呵，写不得那半张纸？我也须有个日头儿见你时，好着我仔细寻思。

——《潇湘雨》第二折

秋雨丝丝、西风瑟瑟、败叶飘舞、远山重叠……肃杀苍凉的秋景烘托的不是诗情画意，却是翠鸾那剪不断理还乱的愁思：听说夫君做了秦川县令，可三年过去了，为何没有只言片语？只能在心里一遍遍地咒骂那个“亏心”的孽障。

历尽千辛万苦，终于找到了崔通的私宅。当听到门房口中“俺相公自有夫人”的回答时，这个早已在翠鸾心中盘旋许久的疑虑陡然被揭开。她隐忍了一路的满腔怒火终于喷薄而出：

【牧羊关】兀的是闲言语，甚意思？他怎肯道节外生枝？我和他离别了三年，我怎肯半星儿失志？我则道他不肯弃糟糠妇，他原来别寻了个女娇姿。只待要打灭了这穷妻子，呀、呀、呀，你畅好是负心的崔甸士。

——《潇湘雨》第二折

崔通，你果然是抛弃了糟糠妇，早做了负心人！

可还不仅如此，崔通为了平复新欢的怒火，为了获得岳父大人的信任，竟然公开指认，翠鸾就是当年偷了自家银壶台盏的逃奴，如今是自投罗网，并狠心地下令严刑拷打。

尽管是棍棒加身，血肉模糊，翠鸾却毫不退让：

【哭皇天】则我这脊梁上如刀刺，打得来青间紫。飕飕的雨点下，烘烘的疼半时。怎当他无情无情的棍子，打得来连皮彻骨，夹脑通心，肉飞筋断，血溅魂消，直着我一疼来，一疼来一个死。我只问你个亏心甸士，怎揣与我这无名的罪儿？

【乌夜啼】你这短命贼怎将我来胡雕刺？迭配去别处官司，世不曾见这等跷蹊事。哭的我气噎声丝，诉不出一肚嗟咨。想天公难道不悲慈？只愿得你嫡亲伯父登时至，两下里质对个如何是？看你那能牙利齿，说我甚过犯公私？

——《潇湘雨》第二折

“肉飞筋断，血溅魂消”的场面越是惨不忍睹，就越是让人感到崔通的残忍凶狠、丧尽天良。尤其是听说伯父不久也将来到，崔通更是一不做二不休，立即下令将翠鸾发配到沙门岛，并密令公人“一路上则要死的，不要活的”。

明知前路凶险叵测，翠鸾却没有丝毫退缩，她要昂首挺胸地去迎接前方的风风雨雨！她相信报应迟早会来临的：

【黄钟煞】休、休、休，劝君莫把机谋使，现、现、现，东岳新添一个速报司。你、你、你，负心人，信有之；咱、咱、咱，薄命妾，自不是。快、快、快，就今日，逐离此；行、行、行，可怜见，只独自。细、细、细，心儿里，暗忖思；苦、苦、苦，业身躯，怎动止？管、管、管，少不的在路上停尸。（做悲科，唱）哎哟天那！但不知那塌儿里把我来磨勒死？

——《潇湘雨》第二折

对于一个命运掌握在他人之手的弱女子，除了满腔悲愤和长歌当哭，还能要求她做什么呢？

3. 带枷走雨

发配途中的点滴苦楚是难以备述的。

且不说狠心的公差动不动就棍棒加身，单是那淋漓不绝的倾盆骤雨，就足以让人寸步难行了，难怪我们的女主人公会禁不住对天长号：

【黄钟·醉花阴】忽听的摧林怪风鼓，更那堪瓮瀽盆倾骤雨。耽疼痛，捱程途。风雨相催，雨点儿何时住？眼见的折挫杀女娇姝。我在这空野荒郊，可着谁做主？

【喜迁莺】淋的我走投无路，知他这沙门岛是何处酆都？长吁气结成云雾。行行里着车辙把腿陷住，可又早闪了胯骨。怎当这头直上急簌簌雨打，脚底下滑擦擦泥淤。

——《潇湘雨》第三折

旷野荒郊，风雨相催，何处是尽头？一步三滑，战战兢兢，不仅没有个人帮扶，耳边还不时传来“你走便走，不走我打你”的恐吓声。无奈，翠鸾只能发出无助的哀告：

【刮地风】则见他努眼撑睛大叫呼，不邓邓气夯胸脯。我湿淋淋只待要巴前路，哎，行不动我这打损的身躯。（解子喝科，云）还不走哩。（正旦唱）我捱一步又一步何曾停住，这壁厢那壁厢有似江湖。则见那恶风波，他将我紧当处。问行人踪迹消疏，似这等白茫茫野水连天暮，（带云）哥哥也，（唱）你着我女孩儿怎过去？

【古水仙子】他、他、他，忒狠毒；敢、敢、敢，昧己瞒心将我图；你、你、你，恶狠狠公隶监束；我、我、我，软揣揣罪人的苦楚。痛、痛、痛，嫩皮肤上棍棒数；冷、冷、冷，铁锁在项上拴住；可、可、可，干支剌送的人活地狱；屈、屈、屈，这烦恼待向谁行诉？（带云）哥哥，（唱）来、来、来，你是我的护身符。

【随尾】天与人心紧相助，只我这啼痕向脸儿边厢聚。（带云）天那天那！（唱）眼见的泪点儿更多，如他那秋夜雨。

——《潇湘雨》第三折

这才是南方特有的大暴雨，瓮瀽盆倾，来势汹汹，白茫茫一片，野水连天暮，真真是寸步难行了。这还不够，耳边厢，还不时响起恶公差的吆喝声；内心里，又尽是对瞒心昧己的负心汉的愤责声。风和雨交织在一起，雨和泪又纠缠不清。人世的悲苦也无过于此了吧？

难怪三百多年后的戏剧家孟称舜，读到此会不由得感叹："觉潇潇风雨，从疏棂中透入，固胜一首《秋声赋》也。"《秋声赋》是北宋大文豪欧阳修抒发自己壮志未酬的苦闷胸怀的佳作，历来广为传颂。《潇湘雨》中这几支情景交融的曲子，在孟称舜看来，竟是有过之而无不及。

此时此刻，天若有情，怕也不会无动于衷吧？那劈头盖脸、无休无止的风雨，可是老天的肝肠寸断？

【正宫·端正好】雨如倾，敢则是风如箭。半空里风雨相缠，两般儿不顾行人怨，偏打着我头和面。

【滚绣球】当日个近水边，到岸前，怎当那风高浪卷，则俺这两般儿景物凄然。风刮的似箭穿，雨下的似瓮瀽，看了这风雨呵，委实的不善，也是我命儿里惹罪招愆。我只见雨淋淋写出潇湘景，更和这云淡淡妆成水墨天。只落的两泪涟涟。

——《潇湘雨》第四折

眼前的风雨交加，不由得让翠鸾想起了三年前淮河渡口那场突如其来的大风浪。那一次，是和生身父亲不幸失散。这一回，却是无情的丈夫将自己推向深渊。原本满腔愤懑的小女子，这时也迷惑了：难不成是我命该如此？连上天都要将我抛弃？泪眼问苍天，苍天亦无语。

这些凄风冷雨、悲苦无告的描写，表面上，是把翠鸾发配途中上天无路、入地无门的悲戚渲染到了极致。实质上，则是把对崔通卑鄙狠毒、薄幸负心的控诉发挥得淋漓尽致。

作家的用心，可谓良苦。

4. 驿馆相逢

绝境总会逢生。

这一晚，翠鸾和解子终于顶风披雨，挨到了临江驿。好不容易安顿下来，翠鸾又不禁想起了失散的爹爹，哪里还有一丁点睡意？想一阵，哭一阵；哭一阵，叹一阵。真是悲如秋夜雨，一点一声愁！

不料，哭声却数次被驿站的驿丞打断，并被警告，现有廉访使大人在此住宿，不许大声啼哭，以免惊扰大人安歇。翠鸾只好强忍悲痛，却总也忍不住失声痛哭，竟数次惊醒了同宿于此的廉访使大人，恼得驿丞简直要下逐客令了。最后，左右为难的解差不得不威胁到，再若啼哭不止，就只能“汤着风，冒着雨，离门楼，赶店道，别寻个人家宵宿”。翠鸾无奈，唯有忍泪哀求，一再保证绝不再犯。

黎明时分，骤雨初歇。一夜未能安睡、余怒未消的廉访使，下令火速拿来搅扰了他一宿的无知顽民。没想到，这位“无知顽民”竟是自己失散了三年多的女儿。翠鸾终于等到了雨过天晴。

听完女儿的哭诉，怒不可遏的张大人立即下令，要派人前往捉拿崔通。翠鸾却主动请缨：

> 爹爹，他在秦川为理，若差人拿他，也出不的孩儿这口气。须是我领着祗从人，亲自拿他走一遭去。
>
> ——《潇湘雨》第四折

好一个英姿飒爽的张翠鸾！倘不如此，就是观众的“气”，也无从发泄啊。

再来看看秦川县衙的崔通。一听到张翠鸾正义凛然的娇声呵斥：“左右，与我剥去了冠带，好生锁着。”他就早已瑟瑟发抖了，虽然嘴里还在强词夺理：“小娘子，可怜见。可不道夫乃妇之天也。”翠鸾却毫不理会：

【快活三】我揪将来似死狗牵，兀的不夫乃妇之天？任凭你心能机变口能言，（带云）去来，（唱）到俺老相公行同分辨。

——《潇湘雨》第四折

说什么“夫乃妇之天”，如今却是“妇乃夫之天”！历经磨难的张翠鸾，再也不是当年那个少不更事的少女了。但见她不由分说地用铁链锁住负心人，像牵狗似的一直把他扯到父亲面前。和崔通一起被押来的，当然少不了试官的女儿。廉访使大人大笔一挥，立马将崔通夫妇判成了死罪。

如果故事就此打住，倒不失为一个快意恩仇、荡气回肠的民间传奇。可偏偏这时，崔通的伯父崔文远及时出现了。崔通再没人性，毕竟还是自己的亲侄儿啊，而且还是崔家唯一的命脉，又岂能眼睁睁地看着他死在自己面前？崔文远只好向翠鸾求救：

小姐，怎生看老汉的面上，饶了他这性命。小姐意下如何？

——《潇湘雨》第四折

一边是恩同再造的义父，一边是明婚正配的丈夫。恩人的面子不好驳回，冤家的恶行神人共愤，这倒真把翠鸾推到了进退两难的境地：

【鲍老儿】他是我今世仇家宿世里冤，恨不的生把头来献……我和他有甚恩情相顾恋？待不沙，又怕背了这恩人面。只落的嗔嗔忿忿，伤心切齿，怒气冲天。

——《潇湘雨》第四折

可纵然是怒气冲天，还是禁不住义父的苦苦哀求，再加上善于见风使舵的崔通也明确表示，要休了现在的媳妇，和小姐重做夫妻，这些都让翠鸾不得不冷静下来：杀了崔通，自己还能有别的选择吗？

在那个女性只能当配角的时代，答案只有一个：没有。

既然如此，那就只有违心地、狠心地做出抉择。因此，当父亲张天觉征求女儿的意见时，翠鸾也只能“见好就收”：

这是孩儿终身之事。也曾想来，若杀了崔通，难道好教孩儿又招一个？只是把他那妇人脸上，也刺“泼妇”两字，打做梅香，伏侍我便了。

——《潇湘雨》第四折

这番话说得有点言不由衷，也不尽如翠鸾所言“女孩儿的心肠十分样软”，而且和前面翠鸾的性格似乎也不太相符。但，这一选择却不能不说是当时如翠鸾般的弃妇最好的结局了。

可毕竟，崔通这样的势利小人，不仅毫发未损，还重又攀上了廉访使大人的高枝，总让人如鲠在喉。“善有善报，恶有恶报”的天理，都去哪了呢？

所以，结局虽然在一片杀羊造酒、喜气洋洋的团圆气氛中走向幸福的高潮，却总也抹不平曾经的凄风冷雨刻在心头的伤痛。

这是翠鸾的无奈，更是杨显之的愤慨。

第五节　试图“整顿妻纲”的罗梅英

“夫为妻纲”曾经是我国封建社会一条颠扑不破的金科玉律，由此延伸而来的对女性操守的要求，就像钢索一样，由外到内，紧紧地捆绑着古代女性的身体和心灵。时至今日，那一座座曾经荣耀无比，而今却让人触目惊心的贞节牌坊，似乎还在诉说着不尽的幽怨与哀思。

在理学逐渐深入人心的元代，虽然不乏北方草原气息的熏染，比如“收继婚”的存在和再嫁的自由，但久乱思治的社会心态，还是使得芸芸众生渴望重建一种井井有条的社会秩序。尤其是面对随时可能降临的征服者的欺凌，普通民众出于庇护弱小妻女的自发本能，更加拥护和赞赏传统儒家把妇女隔绝和保护起来的规定。在这种社会背景下，对女性贞节的苛求，就不仅成为男权社会奴役和控制女性的一个“法宝”，而且越来越内化为女性自身品德的主动追求。

只是在元代，女性的这种主动追求，又因多了一抹维护自我人格尊严的色彩，而显得格外动人。石君宝的杂剧《秋胡戏妻》，就塑造了这样一位试图“整顿妻纲”、光彩夺目的女性形象。

石君宝，山西平阳（今山西临汾）人，生活在元代前期。平阳在宋、辽、金、元易代之际，是一个战乱较少、相对安定的地方，经济和文化相当繁荣。早在金代，平阳就因为生产白麻纸，而成为雕版印刷业的中心，1986年在平阳地区的潞城，发掘出了金院本《闹五更》，即为一证。元太宗窝阔台时期，还在平阳设立了经籍所，专门编修经史。这些对元杂剧的孕育和发展都助益颇多。这样的文化圣地，滋养出像石君宝这样的著名杂剧作家，也就在情理之中了。

《秋胡戏妻》是石君宝现存三部杂剧中最著名的一部。这个故事源自古代的民间传说。汉代刘向的《古列女传》、晋代葛洪的《西京杂记》、南朝颜延之的《秋胡行》、唐代的《秋胡变文》等，都记载了类似的秋胡戏妻的传说。这个故事在流传过程中，还融合了汉乐府民歌《陌上桑》中秦罗敷拒绝“使君”调戏的内容。石君宝正是在这两个故事的基础上，创作了元杂剧《秋胡戏妻》。虽然，元代以后的传奇和地方戏，仍在不断地演绎着秋胡戏妻的故事，但石君宝的杂剧《秋胡戏妻》，却无疑是两千多年来敷演的秋胡戏妻故事中最为精彩、影响最大的一种。尤其是其中塑造的秋胡妻——罗梅英的形象，更是超绝千古、光芒万丈。

下面，我们就来看看作家石君宝是如何做到“青出于蓝而胜于蓝”的。

1. 秋胡参军

不同于以往的故事，秋胡妻在石君宝的笔下，第一次被赋予了“罗梅英”这个流传于世的名字，而且成了故事的主人公。

开场不久，罗梅英就被置于一个尴尬的境地。新婚第二天，本是一个欢欢喜喜的日子：娘家人和夫家人齐聚一堂，欢声笑语，溢满庭院。梅英的心间充盈的也全是对新婚丈夫的信任和爱恋，如媒婆劝她别嫁一个有钱有势的人时，她替夫君极力辩护：

【油葫芦】至如他釜有蛛丝甑有尘，这的是我命运。想着那古来的将相出寒门，则俺这夫妻现受着齑盐困，就似他那蛟龙未得风雷信。你看他是白屋客，我道他是黄阁臣。自从他那问亲时，一见了我心先顺，咱人这贫无本、富无根。

——《秋胡戏妻》第一折

在唯利是图的媒婆看来，“从小儿攻书写字”的梅英，下嫁给秋胡这等“穷苦艰难”的人家，真个是有眼无珠。但秉持着既然“结下婚姻”，就要“厮敬爱、相和顺”理念的梅英却不这么看，她认为金钱和功名都不如人品重要（尽管后来证明，这“人品”也有污点，但毕竟是衣锦还乡，且并未弃妻别娶），她相信自己看中的郎君必不会久居人下，总有一天会飞黄腾达的。

但没想到的是，勾军人却在此时传来了上司的严令，要秋胡立即去参军！这个消息不啻于晴天霹雳，一场欢宴，陡然间变成了满天愁雾。刚过门的新嫁妇，还没从昨夜的温存中清醒过来，就仿佛掉进了寒气逼人的冰窖：

【村里迓鼓】都则为一宵的恩爱，揣与我这满怀愁闷。他去了正身，只是俺婆妇每谁怜谁问？今回避了座上客，心间事着我一言难尽。不争他见我为着那人，耽着贫窘，揾着泪痕，休也着人道女孩儿家直恁般意亲。

——《秋胡戏妻》第一折

新婚宴尔，惨遭分离，委委心事，向谁分诉？此时的梅英只能咬碎牙往肚里吞：

【后庭花】不甫能就三合天地婚，避孤虚日月轮。望十载功名志，感一朝雨露恩。把翠眉颦，莫不我成亲的时分，下车来冲着岁君？拜先灵背了影神？早新妇儿遭恶运，送的他上边庭，离当村。

【柳叶儿】眼儿的有家来难奔，畅好是短局促燕尔新婚。莫不我尽今生寡凤孤鸾运？你可也曾量忖？问山人，怎生的不拣择个吉日良辰？

——《秋胡戏妻》第一折

原指望秋胡能“玉堂金马做朝臣”，如今却是“秀才每当正军”！罗梅英百思不得其解，石君宝却是话里有话。秀才去当兵，不正是元代“儒人颠倒不如人”的辛酸写照吗？可善良的梅英却以为是自己不小心冲撞了神灵，才导致噩运降临，认为是自己命中注定，难逃此劫。

她默默地做好了迎接“惩罚”的准备，却不料这个“惩罚”，会那么长久，那么让人伤心欲绝……

2. 梅英拒嫁

秋胡走后的光景是难挨的。

家中只剩下体弱多病的高堂婆母相依为命。十年的岁月，就在“与人家缝连补绽，洗衣刮裳，养蚕择茧”中一点点消逝，秋胡却还是杳无音讯。形同寡居的梅英，只能背地里暗自感叹：

【正宫·端正好】想着俺只一夜短恩情，空叹了千万声长吁气，枉教人道村里夫妻。撇下个寿高娘，又被着疾病缠身体，他每日家则是卧枕着床睡。

——《秋胡戏妻》第二折

生活的贫困，劳作的艰辛，梅英都毫无怨言。哪怕是买脂粉的钱都挤不出来，她也不以为意。让她愁眉不展的只是：青春子何日返乡？白头娘何时痊愈？一家人几时团聚？对此，她能做的，也只有对天祷告：

【滚绣球】怕不待要请太医，看脉息，着甚么做药钱调治？赤紧的当村里都是些打当的牙槌。我这几日，告天地，愿他的子母每早些儿欢会。常言道，媳妇是壁上泥皮。则愿的白头娘早晚迟疾可，（带云）天呵！（唱）则俺那青春子，何年可便甚日回？信断音稀！

——《秋胡戏妻》第二折

但雪上加霜的，还不仅于此。对模样俊美的梅英早就垂涎欲滴的土财主李大户，正愁无计可施，偏巧梅英的父亲罗大户向他借了四十石粮食，而秋胡又久无音讯，于是，两个大户“眉来眼去”，一笔肮脏的交易迅速促成。

这天，罗大户拿着李大户的花红彩礼，去拜会鲁家庄的亲家母。蒙在鼓里的亲家母刘氏，不仅稀里糊涂地喝下了亲家公递上的三杯“肯酒”，还满怀感激地接受了罗大户送给女儿做衣服的红绢。不曾想，这三盅酒和红绢，却是李大户骗娶梅英的聘礼。耀眼的红绢变成了烫手的山芋！望着绝情寡义的罗大户的背影，软弱的婆母只剩下焦虑和担忧：怎么对好心的媳妇开口呢？

与婆婆的怯懦无计迥然不同，梅英在得知真相后，对着亲生父亲是从容镇定、据理力争：

【倘秀才】你将着羊酒呵，领着一伙鼓笛。我今日有丈夫呵，你怎么又招与我个女婿？更则道你庄家每葫芦提没见识。（罗云）孩儿，秋胡死了也。如今李大户要娶你哩。（正旦唱）我既为了张郎妇，又着我做李郎妻，那里取这般道理！

——《秋胡戏妻》第二折

女儿的理直气壮、义正词严，让本就理亏的父亲哑口无言。这时，母亲只好勉强拿出“顺父母言，呼为大孝”的老话来打圆场。但梅英毫不退让：

【滚绣球】我如今嫁的鸡，一处飞，也是你爷娘家匹配，贫和富是您孩儿裙带头衣食。从早起，到晚夕，上下唇并不曾粘着水米，甚的是足食丰衣！则我那脊梁上寒噤，是捱过这三冬冷；肚皮里凄凉，是我旧忍过的饥，休想道半点儿差迟。

——《秋胡戏妻》第二折

这里的“嫁鸡随鸡、嫁狗随狗”，貌似含有“从一而终”的愚贞思想，此时却是梅英拒嫁的有力武器，是她反抗欺凌、保护自我、不听凭命运摆布的尖锐利器，而并非一味宣扬贞节自守的为妇之道。

所以，面对李大户“你看我这个模样，可也不丑”的厚颜无耻，她才会愤怒地挥拳相向、厉声斥骂：

【醉太平】……把这厮劈头劈脸泼拳捶，向前来我可便挝挠了你这面皮。（带云）这等清平世界，浪荡乾坤，（唱）你怎敢把良人家妇女公调戏！

——《秋胡戏妻》第二折

所以，面对李大户“似我这般有铜钱的，村里再没两个”的自吹自擂，她才会不屑一顾地冷嘲热讽：

【叨叨令】……其实我便觑不上也波哥，其实我便觑不上也波哥。我道你有铜钱，则不如抱着铜钱睡！

——《秋胡戏妻》第二折

所以，面对父亲“你这生忿忤逆的小贱人”的责骂，她才会正气凛然地加以顶撞：

【醉太平】……倒骂我做生忿忤逆，在爷娘面上不依随。爹爹也，你可便只恁般下的？

——《秋胡戏妻》第二折

十年前那个温顺、羞涩的女孩儿早已杳无踪迹，岁月的风霜已把梅英磨砺得如秋菊般傲然挺立、迎风绽放。

李大户最终是在梅英对夫婿的想象和夸耀、对自己的责骂与殴打中灰溜溜地离开的：

【煞尾】……我则骂你闹市云阳吃剑贼，牛表牛筋是你亲戚，大户乡头是你相识。哎！不晓事庄家甚官位？这时分俺男儿在那里？他或是皂盖雕轮绣幕围，玉辔金鞍骏马骑，两行公人排列齐，水罐银盆摆的直，斗来大黄金肘后随，箔来大元戎帅字旗。回想他亲娘今年七十岁，早来到土长根生旧乡地，恁时节母子夫妻得完备。我说你个驴马村夫为仇气，那一个日头儿知他是近的谁？狼虎般公人每拿下伊，（带云）他道谁迤逗俺浑家来？谁欺负俺母亲来？（做推李倒科，唱）我可也不道轻轻的便素放了你。

——《秋胡戏妻》第二折

这段话有虚有实，情趣盎然，显然受到了汉乐府《陌上桑》的启示，其中，既有“空城计”式的运筹帷幄，又不乏对美好未来的坚定信念。石君宝用他细腻的笔触，捕捉到了这种唯有成熟女性才独具的魅力和智慧。

3. 桑园戏妻

打走了李大户，骂走了父母亲，日子看起来又恢复了往日的平静。

可走在采桑的途中，委曲、无助、无奈、怨恨、感伤……种种复杂的感情，却潮水般地一齐涌上梅英的心头：

【中吕·粉蝶儿】自从我嫁的秋胡，入门来不成一个活路，莫不我五行中合见这鳏寡孤独？受饥寒，捱冻馁，又被我爷娘家欺负。早则是生计萧疏，更值着没收成歉年时序。

【醉春风】俺只见野树一天云，错认做江村三月雨。也不知是谁人激恼那天公，着俺庄家每受的来苦，苦。说甚么万种恩情，刚只是一宵缱绻，早分开了百年夫妇。

——《秋胡戏妻》第三折

嫁到秋家，就像跳进了苦海。思往昔，忍饥挨饿，备受欺凌；念来日，生计萧条，前途未卜。日复一日，似无止境。在人前，她泼辣果敢、独当一面，在人后，却免不了对命运的质疑、对苍天的埋怨。抓兵、饥荒、逼婚……这一连串的人生苦难，需要一颗多么强大的内心才能承受得起呢？这些充满悲怨、愁苦的唱词，大概能起到某种心理疏导的作用吧。也许正是有了它们，罗梅英的悲苦情绪才得以宣泄，她才不会轻易被击倒。这样的罗梅英，才真正可信、可爱、可敬。

而一旦劳作起来，梅英就仿佛忘掉了一切不快，立刻恢复了生命的激情和飒爽的风姿：

【普天乐】放下我这采桑篮，我拣着这鲜桑树。只见那浓阴冉冉，翠锦模糊。冲开他这叶底烟，荡散了些梢头露。（做采桑科，唱）我本是摘茧缫丝庄家妇，倒做了个拈花弄柳的人物。我只怕淹的蚕饥，那里管采的叶败，攀的枝枯？

——《秋胡戏妻》第三折

这是一幅优美的桑园劳作图：园中桑叶葱郁，树荫浓密，像翠绿的锦缎一样连绵不绝；叶底的烟霭尚氤氲不散，枝头的朝露在晨曦中晶莹闪烁。桑园好像还未从夜晚的酣睡中苏醒过来，勤劳的采桑女就已经开始马不停蹄地工作了，只见她：手脚麻利，身形灵活，荡散露珠，攀枝采叶。一会儿工夫，就已汗流浃背，看看四下无人，索性脱下外衣，继续采桑。为何她一刻也不敢停歇？那是怕家中的蚕宝宝饥饿难耐啊！字里行间，洋溢的是对生活的热爱、对劳动者的赞美。

可这怡人的景致，转眼间就因一个好色之徒的出现，而被无情地破坏了。此人正是离家十年、衣锦荣归的秋胡。远远地看到采桑女郎婀娜多姿的背影、乌黑如瀑的秀发、白皙似玉的脖颈，血气方盛的秋胡就已经神魂飘荡，哪里还记得家中望眼欲穿的高堂老母和年少娇妻。

欲念一动，就像开了闸的洪水一样不可遏抑。这个道貌岸然的军爷，紧接着就开始了他淋漓尽致的表演：

先是吟诗试探："二八谁家女，提篮去采桑。罗衣挂枝上，风动满园香。"梅英见有人来，慌不迭地赶紧穿衣、还礼，还以为遇到了一个"取应的名儒"。

秋胡见状，恬不知耻地得寸进尺："这里也无人，小娘子，你近前来，我与你做个女婿，怕做甚么？"这下可惹怒了梅英：

【满庭芳】……他酩子里丢抹娘一句，怎人模人样，做出这等不君子，待何如？

【上小楼】你待要谐比翼，你也曾听杜宇，他那里口口声声，撺掇先生，不如归去。

——《秋胡戏妻》第三折

面对着赤裸裸的言语挑逗，梅英暂时强压了心头的怒火，只是有礼有节地劝诫狂徒"不如归去"。

秋胡见动口不行，竟然放肆地动手拉扯起梅英来。梅英忍无可忍，一边用力推搡，一边破口大骂：

【十二月】兀的是谁家一个匹夫，畅好是胆大心粗，眼脑儿涎涎邓邓，手脚儿扯扯也那捽捽……是他便拦住我还家去路，我则索大叫波高呼。

【尧民歌】桑园里只待强逼做欢娱，吓的我手儿脚儿滴羞蹀躞战笃速。他便相偎相抱扯衣服，一来一往当拦住。当也波初，则道是峨冠士大夫，原来是个不晓事的乔男女。

——《秋胡戏妻》第三折

情急之中，聪明的梅英还佯装大呼同伴的名字：“沙三、王留、伴哥儿，都来也波！”

这立即让秋胡意识到，眼前的小女子可不是那么好对付的。看着这个软硬不吃的尤物，他又心生一计，拿出本欲孝敬老母的黄金，妄图打动梅英，以遂心愿。不料梅英这次早有防备，她果决地将计就计，并趁势跑出桑园，给了秋胡一通劈头盖脸的臭骂：

【耍孩儿】可不道“书中有女颜如玉”。（秋胡云）呀！倒吃了他一个酱瓜儿！（正旦唱）你将着金，要买人殢云殢雨，却不道“黄金散尽为收书”。哎，你个富家郎，惯使珍珠，倚仗着囊中有钞多声势，岂不闻财上分明大丈夫？不由咱生嗔怒。我骂你个沐猴冠冕，牛马襟裾！

——《秋胡戏妻》第三折

以为自己有几个铜板，就可以为所欲为、丧尽廉耻，实在是枉披人皮、禽兽不如，“我骂你个沐猴冠冕，牛马襟裾”，都还是轻的呢！梅英这番斥骂真是一针见血、大快人心！

话已说到这个份上，秋胡居然还能做到充耳不闻，竟还涎皮赖脸地纠缠不放：“小娘子，你不肯，我跟你家里去，成就这门亲事。可不好也！”话音未落，就招来了梅英一通“伤风败俗”“地灭天诛”的痛骂。

屡遭责骂，秋胡竟然都不以为意，大概可以称为有史以来“脸皮最厚者”了。最后，他竟还以打死人相威胁，却不料又被梅英指着祖宗，骂了个狗血喷头：

【三煞】你瞅我一瞅，黥了你那额颅；扯我一扯，削了你那手足；你荡我一荡，拷了你那腰截骨；掐我一掐，我着你三千里外该流递；搂我一搂，我着你十字阶头便上木驴。哎，吃万剐的遭刑律。我又不曾掀了你家坟墓，我又不曾杀了你家眷属！

——《秋胡戏妻》第三折

至此，秋胡的调情伎俩已使用殆尽。一而再，再而三地被拒、被骂，竟然都没让秋胡生出丝毫的愧疚和反省之意，而只是感到一阵扫兴、一点失落：

我吃他骂了这一顿。我将着这饼黄金，回家侍养老母去也。

——《秋胡戏妻》第三折

人而无情、无耻，与禽兽又何异？看似轻描淡写的一笔，却把人性深处的丑陋，揭示得入木三分！

然而，又是这样的秋胡，成就了梅英后来的决绝和无畏。

4. 被迫认夫

梅英三步并作两步地逃离桑园，还没到家门呢，远远地，就瞧见一匹高头大马在门口东张西望。梅英心下疑惑，一边悄悄地把桑篮放进蚕房，一边留心着侧身探望。没曾想，一看不打紧，方才桑园中调戏自己的恶徒竟公然追到家里来了：

【甜水令】这厮便倚强凌弱，心粗胆大，怎敢来俺庄上？不由的忿气夯胸膛。我这里便破步撩衣，走向前来，揝住罗裳，咱两个明有官防。

——《秋胡戏妻》第四折

大胆狂徒，竟然恃强凌弱到如此地步！此时的梅英真是怒火中烧，气不打一处来，大步向前，揪住恶徒的衣服，就要去告官。

就在这时，却传来了婆婆略带不满的声音：“媳妇儿，你休扯他，他是秋胡，来家了也。”

真没想到，十年来，自己朝思暮想的那个他，竟以这种方式出现在眼前！睡梦中无数次重逢的场景，都没有这一幕那么富有戏剧性！

为了不给老人徒增烦恼，梅英果断地把秋胡叫出了大门：

（做出门叫秋胡科，云）秋胡，你来！

（秋胡云）梅英，你唤我做甚么？

（正旦云）你曾逗人家女人来么？

（秋胡背云）我决撒了也，则除是这般。梅英，我几曾逗人来？

（正旦唱）谁着你戏弄人家妻儿，迤逗人家婆娘？据着你那愚滥荒唐，你怎消的那乌靴象简，紫绶金章？你博的个享富贵朝中栋梁，（带云）我怎生养活你母亲十年光景也！（唱）你可不辱没杀受贫穷堂上糟糠！我捱尽凄凉，熬尽情肠，怎知道为一夜的情肠，却教我受了那半世儿凄凉！

——《秋胡戏妻》第四折

秋胡自知理亏，却嬉皮赖脸、不肯让步。梅英早就看透了他愚滥荒唐的本性，这样的人哪配得上朝中栋梁、紫绶金章？更辜负了我贫穷糟糠、半世凄凉！却还滑头溜脑、死不认账！

夫妻俩在外吵闹不休，婆婆虽不明所以，但十年来，媳妇的辛勤操持、尽心侍养，她都看在眼里，记在心上，所以，她叫来媳妇，要把儿子孝敬她的黄金转赠媳妇，以作酬谢。梅英当然不会接受，眼前的黄金又让她想起了桑园中不堪的一幕。她再次愤愤然地把秋胡叫到了门外：

【乔牌儿】你做贼也呵，我可拿住了赃，哎，你个水晶塔便休强。这的是鲁公宣赐与个头厅相，着还家来侍奉你娘。

——《秋胡戏妻》第四折

这次人赃俱获，还怕你不承认？可面对梅英“你可曾逗人家妇人来么”的责问，秋胡就是要把“无赖”进行到底，反怨梅英“好多心也”。梅英于是故意拿起桑篮，问道：

【川拨棹】那佳人可承当？（做拿桑篮科，唱）不唻，我提篮去采桑。空着我埋怨爹娘，选拣东床，相貌堂堂。自一夜花烛洞房，怎提防这一场！

——《秋胡戏妻》第四折

话语中故意带出“提篮去采桑”这句秋胡在桑园中吟诵的调戏之词，这就是你秋胡的真实面目！可怜我父母东挑西拣，竟然选中了这么一个寡廉鲜耻、辜恩负德的衣冠禽兽！梅英的愤怒，到此已如滔滔江水不可遏抑：

【殿前欢】你只待金殿里锁鸳鸯，我将那“好花输与你个富家郎”。耽着饥每日在长街上，乞些儿剩饭凉浆。你与我休离纸半张！

——《秋胡戏妻》第四折

这样的“人”，如何能与他同床共枕？哪怕我将来流落街头、乞讨为生，也要与他一刀两断。

“五花官诰、凤冠霞帔”，当时的女人，哪个不想，谁个不羡？可这近在咫尺的荣耀，在此时的梅英眼中，却是粪土不值。为了那份执着的感情，她不惜与父母翻脸，她奋力与土豪抗争！她甘愿日夜操持，她可以忍受十年的痛苦与委曲，却不能容忍一丝一毫对自己人格和尊严的践踏！于是，她决绝地大喊：

将休书来！将休书来！

——《秋胡戏妻》第四折

这声凄厉的呼喊仿佛穿透了苍穹，跨越了时空，响彻了宇宙！就像一把锋利的匕首，直刺男权社会的心脏。不是金钱，也不是利禄，更不是权势所能动摇的。所以，任凭秋胡用什么“驷马高车”“夫人县君”等来反复劝说，都丝毫不能改变梅英的决定。

然而，年迈婆婆的一句央求：“媳妇儿，你若不肯认我孩儿呵，我寻个死处！”却让坚强的梅英心如刀绞，不得不重新掂量自己与秋胡的关系。

喷薄而出的情感突然被堵塞，为了老人，愁肠百结、心地良善的梅英，最终只能发出一声长长的叹息：

罢、罢、罢！（唱）则是俺那婆娘家不气长！

——《秋胡戏妻》第四折

但即便违心地认下了花心的丈夫，梅英也还要义正词严地昭告世人：

【鸳鸯煞】若不为慈亲年老谁供养，争些个夫妻恩断无承望。从今后卸下荆钗，改换梳妆，畅道百岁荣华，两人共享。非是我假乖张，做出这乔模样，也则要整顿我妻纲。不比那秦氏罗敷，单说得他一会儿夫婿的谎。

——《秋胡戏妻》第四折

并非我罗梅英好胜要强、装腔作势，我也要整顿妻纲、重建伦常！这就是与众不同的罗梅英！

好一个“整顿妻纲”，这句空前绝后的宣言，这种对自我人格、尊严、情感与操守的坚定维护，是中国古代女性题材作品中从未涉及的新内容。它不仅给元杂剧增添了一抹亮丽的色彩，更为我国的女性人物画廊树立了一个崭新的标尺。

但其实，罗梅英并未能真正地“整顿妻纲”。故事最终的大团圆结局，岂能抚平她那刻骨铭心的伤痛？现实也的确如此，那样的时代，能给女性多少自由的天空呢？作家是敏锐的，也是清醒的。梅英一方面在奋力追求着理想人格的独立和尊严，一方面却无法斩断与现实社会千丝万缕的联系，这才是团圆结局背后真正的悲剧性之所在。这两方面的矛盾对女性意识的纠缠与制约，就是在今天的时代也并不陌生。

不过，我们还是要感谢作家石君宝，感谢他用一位男性作家的视角给予了当时女性的全部精神支持，感谢他倾力塑造了罗梅英这位泼辣果敢、甚至有点咄咄逼人的光芒四溢的女性形象。

第六节　悭吝人中的极品

元朝统治者“以功利诱天下”的举措，调动了全社会的经商热情，发家致富、改换门庭的梦想激励着人们冲州撞府、昼夜驱驰，越来越多的人开始竞相奔走于南来北往的水路、旱路等商道上，就连那些失去了进身之阶的文人们，也身不由己地被裹挟进这股势不可挡的汹涌大潮之中。于是，有人借势成了弄潮儿，有人呛了满鼻的潮水，还有人被大潮无情地淹没。

世道人心在这纷繁变化中也悄然而变。有人富而好义，有人为富不仁；有人乐善好施，有人悭吝刻薄；有人诚实守信，有人奸诈狡猾。刚刚从金、宋步入大元的人们，大多数似乎还沉浸在“乱花渐欲迷人眼”的懵懂、迷茫之中，而一些目光敏锐、笔锋犀利的传统儒士，却已把笔触伸进了人们的心灵深处，探寻、拷问着那些重利轻义、道德沦丧的灵魂。元代彰德（今河南安阳市）作家郑廷玉，由于在杂剧《看钱奴》中，生动地塑造了一个见利忘义、富而不仁的吝啬鬼——贾仁的形象，而毫无愧色地成为其中的佼佼者。

早在与郑廷玉生活的元代前期相距九百多年的东晋初年，史学家干宝就在志怪小说集《搜神记》中记载了一个贫民周某借张车子钱财的故事。故事中的周某梦见天神答应把张车子的家财借给他，等张车子出世后再物归原主。此后，周某很快成了千万富翁。张车子长大后，周家却渐渐没落，产业逐渐转到了张车子手里。这个宣扬了"贫富天定"迷信思想的故事在民间一直流传着，到了13世纪时，剧作家郑廷玉糅合了他在金元易代之际目睹的士商地位巨变的现实惨境和金钱侵蚀下的市井百态，用饱蘸激情的如椽大笔，在讽刺喜剧《看钱奴》中，讲述了一个辉映中西文学画廊的守财奴的故事。

虽然元代的文化环境相对宽松，但是，考虑到现实演出的便利和民众接受的习惯，深谙市场规则和市民心理的郑廷玉，还是给这个守财奴的故事披上了一件因果轮回报应的宗教外衣。故事的主人公周荣祖因为祖上对佛不敬，所以万贯家财被神灵暗中"借"给了穷汉贾仁，借期二十年。这就是贾仁的"发家史"。剧名中"看钱奴"的意思，就是说贾仁不过是一个替周荣祖家看守了二十年财富的奴隶。那么，这个"奴仆"式的贾仁究竟是一个什么样的人呢？他何以能与巴尔扎克《欧也妮 · 葛朗台》中的老葛朗台、莫里哀《悭吝人》中的阿巴贡、莎士比亚《威尼斯商人》中的夏洛克比肩并立？且看下文分解。

1. 天生下一种奸猾

贾仁的出身委实可怜：

幼年间父母双亡，别无甚亲眷……

吃了那早起的，无那晚夕的；每日烧地眠，炙地卧，衣不遮身，食不充口。

——《看钱奴》第一折

可怜的贾仁起初也很能吃苦：

我每日家不会做甚么营生，则是与人家挑土筑墙，和泥托坯，担水运浆，做坌工生活度日，到晚来在那破瓦窑中安身。

——《看钱奴》第一折

依靠勤劳的双手，安贫乐道地度日，向来是中华民族的传统美德。

可怜与辛苦，也从来都不是卑鄙与奸诈的通行证。

可贾仁偏偏就愤愤不平、埋天怨地，还不停地向神明申诉：

想有那等骑鞍压马，穿罗着锦，吃好的，用好的，他也是一世人。我贾仁也是一世人，偏我衣不遮身，食不充口，吃了早起的，无那晚夕的，烧地眠，炙地卧，穷杀贾仁也！上圣，但有些小富贵，我也会斋僧布施，盖寺建塔，修桥补路，惜孤念寡，敬老怜贫，我可也舍的，则是圣贤可怜见。

——《看钱奴》第一折

大家都是一样的人，为何他衣食无忧，我却食不果腹？贾仁的平等观念倒是很强烈，只是这平等的逻辑里含有太多的侥幸意识和不劳而获的懒惰思想。这种小聪明，早被明察秋毫的增福神看了个透：

【混江龙】你休要虚贪声价，但存的那心田一寸是根芽。不肯道甘贫守分，都则待侥幸成家。自拿着杀子杀孙笑里刀，怎留的好儿好女眼前花？你则看那阳间之事，正和俺阴府无差。明明折挫，暗暗消乏。这等人，动则是忘人恩、背人义、昧人心，管甚么败风俗、杀风景、伤风化！怎能够长享着肥羊法酒，异锦的这轻纱?

——《看钱奴》第一折

增福神这段话，一针见血地指出，那些忘恩负义、瞒心昧己、伤风败俗、贪图侥幸的人，根本无权享受华服美食和高楼大厦。

贾仁闻言，还试图花言巧语地为自己辩解:

上圣可怜见，俺贾仁怎敢怪恨您这神灵……则怨我小人的命薄，怎敢埋天怨地?

——《看钱奴》第一折

并且再次“诚恳”地许诺:

上圣可怜见，则与我些小衣禄食禄，我也会斋僧布施，盖寺建塔，修桥补路，惜孤念寡，敬老怜贫，我可也舍的。上圣，则是可怜见咱。

——《看钱奴》第一折

听着这卑微的哀告，“上圣”灵派侯倒是有些心软，增福神却不吃这一套，他干脆把贾仁的老底全都端了出来:

上圣，此人平日之间，不敬天地，不孝父母，毁僧谤佛，杀生害命，当受冻饿而死。上圣管他做甚么?

——《看钱奴》第一折

连自己父母都不孝敬的人，还能奢望他“斋僧布施，盖寺建塔，修桥补路，惜孤念寡，敬老怜贫”吗?

可笑的是，此种连小孩都能看穿的伎俩，却让糊涂狭隘、自以为是的“上圣”蒙蔽了双眼:“吾神体上帝好生之德，权且借与你二十年福力。”于是，贾仁在给人家打墙时，便偶然地刨出了一石槽金银，从此，“做的生意就如水也似的长将起来”。

贫困时，贾仁把好话说尽；暴富后，贾仁把坏事做绝。这正应了增福神的预言：

【仙吕·点绛唇】这等人轻视贫乏，不恤鳏寡。天生下一种奸猾，将神鬼都瞒唬。

——《看钱奴》第一折

在很长一段时间内，鬼神在普通老百姓的心目中，都是公平、正义的化身。而贾仁居然能奸猾到骗过鬼神的眼睛，看来确非“等闲之辈”。再看看他是怎样买儿子的，就知道此言果然不虚。

暴富之后的贾仁吃穿倒是不愁了，不过，他却增加了新的烦恼：“娶的个浑家也有好几年了，争奈寸男尺女皆无，空有那鸦飞不过的田产，教把那一个承领？”于是，他就想买个儿子，以便将来继承家业。

这天，大雪纷飞，铺天盖地，整个世界就像粉妆玉砌的童话城堡。门馆先生陈德甫终于给贾仁找到了一个卖主。那是一个穷困潦倒的秀才，因为走投无路，不得不卖掉亲生儿子。不等穷秀才报完姓名，就听贾仁一声大喝：

住了。我两个眼里偏生见不的这穷厮。陈德甫，你且着他靠后些，饿虱子满屋飞哩。

——《看钱奴》第二折

早就冻得瑟瑟发抖的穷秀才，只好低声下气地退到了门外。支走了卖主，精明的贾仁立即和陈德甫合计起了文书的内容，他特意强调，文书后头要写道：

当日三面言定，付价多少。立约之后，两家不许反悔。若有反悔之人，罚宝钞一千贯与不悔之人使用。恐后无凭，立此文书，永远为照。

——《看钱奴》第二折

当陈德甫问到“正钱（即正式交易的付款）可是多少”时，贾仁故意搪塞道：

这个你莫要管我，我是个财主，他要的多少，我指甲里弹出来的，他可也吃不了。

——《看钱奴》第二折

这话听起来倒是合情合理，陈德甫也没多想，就去找秀才写文书了。写到最后，秀才夫妇都犯了疑，这反悔之人罚宝钞一千贯，写得明明白白，可这恩养钱到底是多少呢？听了陈德甫转述的贾仁的原话，两人才半信半疑地画了押。

出乎三个人的预料，贾仁最终不仅不给秀才卖儿钱，反倒问对方索要恩养钱，口中还振振有词：“他因为无饭的养活儿子，才卖与我。如今要在我家吃饭，我不问他要恩养钱，他倒问我要恩养钱？”并且威胁道：“他若不肯，便是反悔之人，你将这小的还他去，教他罚一千贯宝钞来与我。”

这样的强盗逻辑真是让人啼笑皆非，连中人陈德甫都看不下去了，他小心翼翼地劝说道：“好说。他也辛辛苦苦养这小的，与了员外为儿，专等员外与他些恩养钱，做盘缠回家去也。”贾仁不仅毫不理会，还怀疑是陈德甫在暗中“捣鬼”。最后，好说歹说，贾仁才忍痛从牙缝里挤出了两贯钞，又加上陈德甫自愿预支的两个月饭钱，一共四贯钞，勉强促成了这笔买卖。

在“买子”这笔交易中，贾仁作为商人的奸诈狡猾、巧取豪夺，已经到了灭绝人性、令人发指的地步。由此，也可看出贾仁积累财富的过程是多么残忍与无耻。

2. 那一片贪财心没乱煞

贾仁的奸猾都是为了无止境地图谋金钱、占有财富。那么，他的贪婪究竟到了什么程度呢？用增福神的话说，就是：

那一片贪财心没乱煞，则他油锅内见钱也去捌。

——《看钱奴》第一折

这句话真是惟妙惟肖，油锅里的钱都敢徒手去抓，真可谓“生命诚可贵，金钱价更高”。

早在一贫如洗时，贾仁就对“穿罗着锦，骑鞍压马”的富贵生活艳羡不已，还昧着良心谎称自己：

也是个看经念佛，吃斋把素，行善事的人。

我平昔间也是个敬天地，尊法度，和弟兄，睦六亲，信佛法，礼三光，孝父母，不偷盗。我是个心慈好善的人，现如今吃长斋哩！

——《看钱奴》第一折

并百般乞求神灵：

但与我些小富贵，我做本分营生买卖去也。

但与我些小富贵，我也会和街坊，敬邻里，识尊卑，知上下。

——《看钱奴》第一折

最终，这些花言巧语骗取了神灵的信任，答应借给他二十年福力。

听说二十年后，就要将“福力”交还本主，贾仁又不知天高地厚地和“上圣”讨价还价起来：

上圣，怎么可怜见，则借得小人二十年？左右是个小字儿，高处再添上一画，借的我三十年，可也好也？

——《看钱奴》第一折

一副贪得无厌的嘴脸立即跃然纸上。看到此处，不由得人不为郑廷玉的犀利笔锋拍案叫绝！

发迹后，有了“泼天也似家私”，贾仁的贪婪更是到了无以复加的地步，“别人的东西恨不得擘手夺将来”。虽然“房廊、屋舍、解典库、粉房、磨房、油房、酒房”，应有尽有，可这些还是填不满他无休止地占有财富的贪欲。他甚至不惜丧尽天良，在饥寒交迫的穷秀才被迫卖子时，都不忘敲诈勒索一笔。此时此刻，贾仁可还记得他对神灵“惜孤念寡，敬老怜贫”的许诺？

其累累劣迹，实在是罄竹难书。

无独有偶，元散曲中无名氏的一首小令，也刻画了一个贪得无厌、自私透顶的“贪汉”形象，与贾仁的贪婪倒是相映成趣：

商调·梧叶儿

嘲贪汉

一粒米针穿着吃，一文钱剪截充，但开口昧神灵。看儿女如衔泥燕，爱钱财似竞血蝇。无明夜攒金银，都做充饥画饼。

曲中的“贪汉”，见到钱财，就像苍蝇嗅到血腥一样紧追不舍。可他纵然是不分昼夜地积攒金银，到头来，还是像画饼充饥一样，全是徒劳。

既然如此，贾仁和“贪汉”们为何还“明知山有虎，偏向虎山行”呢？小令没有给出答案，它的结尾是耐人寻味的，一如贾仁的贪得无厌与一毛不拔是那么奇特地共存于一身。

3. 勒措穷民狠员外

与欲壑难平紧密相连的是贾仁对穷人的残酷压榨和无情盘剥。当他乘人之危，低价买了周秀才的儿子后，又因为倔强的孩子不愿改姓为贾，而对孩子大打出手。而此时，孩子伤心欲绝的亲生父母尚未离去。

为了反衬贾仁的凶狠毒辣，郑廷玉对一家三口即将分离时的场景做了精细的描摹：

（正末唱）【滚绣球】我这里急急的研了墨浓，便待要轻轻的下了笔划。

（俫儿云）爹爹，你写甚么哩？

（正末云）我儿也，我写的是借钱的文书。

（俫儿云）你说借那一个的？

（正末云）儿也，我写了可与你说。

（俫儿云）我知道了也。你在那酒店里商量，你敢要卖了我也！

（正末唱）呀！儿也，这是我不得已委实无奈！

（俫儿做哭科，云）可知道无奈。则是活便一处活，死便一处死，怎下的卖了我也！

（正末哭云）呀！儿也，想着俺子父的情呀，（唱）可着我班管难抬。这孩儿情性乖，是他娘肠肚摘下来。今日将俺这子父情可都撇在九霄云外，则俺这三口儿生扢扎两处分开。

（旦儿云）怎下的撇了我这亲儿，兀的不痛杀我也！

（正末哭唱）做娘的伤心惨惨刀剜腹，做爹的滴血簌簌泪满腮，恰便似郭巨般活把儿埋。

——《看钱奴》第二折

试问，世上哪家父母不爱自己的孩子？哪个孩子不依恋自己的父母？又有谁会轻易卖掉自己的亲生骨肉？所以，秀才卖子的迫不得已、委实无奈，才那么让人同情；秀才之子的“活便一处活，死便一处死”，才那般催人泪下；“俺这三口儿生扢扎两处分开”的凄惨情境，才那么让人心痛。这一幕，任何一个稍微有点良心的人看到，恐怕都不会不为之动容吧？

可贾仁就是这样的铁石心肠，看看他给这个新买来的儿子的“见面礼”吧：

（贾仁云）这小的是好一个孩儿也。我的儿也，你今日到我家里，那街上的人问你姓甚么，你便道我姓贾。

（俫儿云）我姓周。

（贾仁云）姓贾。

（俫儿云）我姓周。

（贾仁做打科，云）这弟子孩儿，养杀也不坚。婆婆，你问他。

——《看钱奴》第二折

见孩子出言不逊，贾仁伸手就打，这就是他送给刚买来的“儿子”的见面礼。孩子的哭声引起了生父的愤慨：

【倘秀才】俺儿也差着一个字千般的见责，（云）那员外好狠也！（唱）那员外伸着五个指十分的便掴，打的他连耳通红半壁腮。说又不敢高声语，哭又不敢放声来，他则是偷将那泪揩。

——《看钱奴》第二折

眼看着亲生儿子被人打得满脸通红，还不敢放声大哭，只是忍气吞声地擦去泪水，做父亲的怎能不心如刀绞？与其束手无策地干看着，还不如拿了恩养钱速速离开。可万万没想到的是，老财主竟然只出一贯钱就想打发走又冷又饿的夫妇俩！最后还是在中人的反复说和下，才像挑了他一条筋似的又加了一贯钱。

这样的刻薄、狠毒怎能不让人恨得咬牙切齿？难怪我们的穷书生周荣祖会万分感慨、厉声怒斥：

【倘秀才】如今这有钱的度量呵，做不的三江也那四海，便受用呵，多不到十年五载，我骂你个勒措穷民狠员外。或是有人家典缎匹，或是有人家当镮钗，你则待加一倍放解。

——《看钱奴》第二折

这段话尖锐地指出，贾仁的财富都是靠勒索穷民、巧取豪夺、敲骨吸髓得来的。这正是资本原始积累中一个血淋淋的现实，也是元代前期为富不仁者的惯用伎俩。愤世嫉俗的作者，忍不住借周荣祖之口表达了自己的满腔怒火：

【随煞】别人家便当的一周年下架容赎解，（带云）这员外呵，（唱）他巴到那五个月还钱本利该。纳了利从头儿再取索，还了钱文书上厮混赖。似这等无仁义愚浊的却有财，偏着俺有德行聪明的嚼齑菜。这八个字穷通怎的排，则除非天打算日头儿轮到来。发背疔疮是你这富汉的灾，禁口伤寒着你这有钱的害。有一日贼打劫火烧了您院宅，有一日人连累抄没了旧钱债。恁时节合着锅无钱买米柴，忍饥饿街头做乞丐，这才是你家破人亡见天败。

——《看钱奴》第二折

诅咒贾仁那样的富而不仁者“发背疔疮”“禁口伤寒”、被贼打劫、沦落街头、家破人亡，虽然暂时获得了精神上的慰藉，现实中耀武扬威的可能依然是那些财大气粗的土豪，但民众的广泛传唱所形成的舆论压力也是不可小觑的。这也许正是《看钱奴》传唱至今的根源所在。

4. 一文也不使，半文也不用

“富豪”贾仁绝非浪得虚名，据给贾家打工的门馆先生陈德甫透露：

此处有一人是贾老员外，有万贯家财，鸦飞不过的田产物业，油磨坊，解典库，金银珠翠，绫罗缎疋，不知其数。他是个巨富的财主。

——《看钱奴》第二折

可见，这的确是一个远近闻名、家产雄厚的富豪。对此，贾仁自己也颇为自得：

自从与那一分人家打墙，铇出一石槽金银来，那主人家也不知道，都被我悄悄的搬运家来，盖起这房廊、屋舍、解典库、粉房、磨房、油房、酒房，做的生意就如水也似长将起来。我如今旱路上有田，水路上有船，人头上有钱，那一个敢叫我做穷贾儿？皆以员外呼之。

——《看钱奴》第二折

可就是这样一个富甲一方、产业无数、财源滚滚的大财主，对自己拥有的万千财富，却节省到了令人发指的地步。借用门馆先生陈德甫的话说，就是：

争奈一文也不使，半文也不用。别人的东西恨不得擘手夺将来，自己东西舍不的与人。若与人呵，就心疼杀了也。

——《看钱奴》第二折

对于这一点，连贾仁自己都感到纳闷：

我平昔间一文也不使，半文也不用，我可不知怎生来这么悭吝苦尅？若有人问我要一贯钞呵，哎呀，就如挑我一条筋相似。

——《看钱奴》第二折

别人若问他要一贯钞，就像挑了他一条筋似的，活脱脱一个一毛不拔的铁公鸡！这种极度夸张的语言，把一副吝啬鬼的卑劣嘴脸，神气活现地推到了观众和读者的面前。

不择手段地攫取财富和无休止地占有财富，就是贾仁追求的目标。在他的人生词典中，只有“占有”，而没有“给予”。为此，他甚至甘冒“不孝有三，无后为大”的骂名，即便没有子嗣，也舍不得娶上三妻四妾。可就是这样一个极力克制着自己各种现实欲望的“节俭狂”，也还有嘴馋的时候。

这不，有一天，贾仁悠闲地漫步在大街上，恰好经过一个香气四溢的烤鸭店。饥肠辘辘的贾仁，被油乎乎的鸭子引诱得直咽口水，可摸摸鼓鼓的腰包，他的手又不动了。买只烤鸭，那得花多少钱呀！这些银子可是来之不易啊！可那油光直冒的鸭子却仿佛磁铁似的，紧紧地吸引着老员外的眼球。这可怎么办呢？“聪明”的老员外灵机一动，但见他缓步走向前去，装作买烤鸭的样子，翻过来捡过去，还用手在烤鸭上实实在在地抓了一大把，五个手指即刻沾满了香喷喷的鸭油。就这样，自以为占了便宜、没花一文钱还揩了满手油的老财主，美滋滋地回到了家。

到家后，立即吩咐家人盛上饭来，老财主要好好享用他没花钱就到手的美味了。只见他：咂一口手指，吃一碗饭；再咂一口手指，再吃一碗饭。一会儿工夫，四大碗饭就下了肚。连连打着饱嗝的贾仁，看着剩下的那个手指，一边琢磨着等下一顿饭再慢慢享用吧，一边心满意足地进入了梦乡。

不料这时，一条大狗闻香而来，趁着主人酣睡，把剩下那根指头上的鸭油舔了个精光。贾仁一觉醒来，见此情景，连声哀叹，心疼不已。一气之下，竟然从此卧床不起，一病而亡。真是一根指头引发的“命案”啊！

可悲的是，老员外临死都不明白他为什么会染病卧床。这天，奄奄一息的贾仁终于下了狠心，想到自己“往常间一文不使，半文不用”，如今左右是要死的人了，那就索性“破一破悭，使些钱”，买块豆腐吃。看看这段他和儿子

（小末）、仆人（兴儿）之间的精彩对白吧：

（小末云）可买几百钱？

（贾仁云）买一个钱的豆腐。

（小末云）一个钱只买得半块豆腐，把与那个吃？兴儿，你买一贯钞罢。

（贾仁云）你买十文钱的豆腐。

（兴儿云）他则有五文钱的豆腐，记下账，明日讨还罢。

（贾仁云）我儿，你则依着我。

（小末云）便依着父亲，只买十个钱的来。

（贾仁云）我儿，恰才见你把十个钱都与那卖豆腐的了？

（小末云）他还欠着我五文哩，改日再讨。

（贾仁云）寄着五文，你可问他姓甚么？左邻是谁？右邻是谁？

（小末云）父亲，你要问他邻舍怎的？

（贾仁云）他假似搬的走了，我这五个钱问谁讨？

——《看钱奴》第三折

买豆腐舍不得买整块，店家欠了他五文钱，还要刨根问底地打听左邻右舍的姓名，生怕人赖账“潜逃”了。人之将死，竟然还吝啬到如此地步。作家的笔锋不可谓不犀利！

然而还不止于此，更精彩的还在后面：

（贾仁云）我儿，我这病觑天远，入地近，多分是死的人了。我儿，你可怎么发送我？

（小末云）若父亲有些好歹呵，您孩儿买一个好杉木棺材与父亲。

（贾仁云）我的儿，不要买。杉木价高，我左右是死的人，晓的甚么杉木、柳木！我后门头不有那一个喂马槽，尽好发送了！

（小末云）那喂马槽短，你偌大一个身子，装不下。

（贾仁云）哦，槽可短，要我这身子短，可也容易。拿斧子来把我这身子拦腰剁做两段，折叠着，可不装下也！我儿也，我嘱咐你，那时节不要咱家的斧子，借别人家的斧子剁。

（小末云）父亲，俺家里有斧子，可怎么问人家借？

（贾仁云）你那里知道，我的骨头硬，若使我家斧子，剁卷了刃，又得几文钱钢！

——《看钱奴》第三折

这段话，从买杉木棺材到用喂马槽做棺材，再到借斧劈尸，鞭辟入里，奇峰突起，令人绝倒。整个思维全是吝啬鬼式的、从“我”的利益出发的占有、剥夺的逻辑。郑廷玉用夸张得有点离奇的手法，让我们在捧腹之余，也感受到了沁人肌骨、震魂慑魄的讽刺力量。

至此，贾仁守财如命、悭吝至极、损人利己的性格特征已被雕镂得入木三分。

由于元杂剧体制的限制，《看钱奴》中的贾仁并不是主唱的角色，但却是塑造得最为出彩的形象。郑廷玉把他平素对商人阶层的观察，尤其是为富不仁者的种种恶行，都聚焦在贾仁的身上，凸显了他的奸猾、贪婪、狠毒、吝啬等负面特征，使他成为悭吝人中的“极品”，并对后世产生了深远的影响。

元代后期，此剧就被屈彦英改编为院本《看钱奴》在舞台上演出；明代晚期，徐复祚的杂剧《一文钱》也秉承了此剧的讽刺精神和审美特征；明代末期，王元寿曾将此剧与杂剧《来生债》合并，改编为传奇《灵宝符》；清代的薛旦又将杂剧《看钱奴》改编为传奇《状元旗》；20 世纪末至 21 世纪初，根据杂剧《看钱奴》改编的昆曲《看钱奴》，也搬上了戏曲舞台。

除了戏曲方面，一些小说创作也受到了元杂剧《看钱奴》的影响。明代凌濛初的话本小说《初刻拍案惊奇》第三十五卷《诉穷汉暂掌别人钱，看财奴刁买冤家主》就是在此剧的基础上改编而来的。清代吴敬梓的讽刺小说《儒林外史》第五回《王秀才议立偏房，严监生疾终正寝》和第六回《乡绅发病闹船家，寡妇含冤控大伯》中对吝啬鬼严监生的夸张讽刺，也明显受到了元杂剧《看钱奴》的影响。

后世这些戏曲、小说中的吝啬鬼形象，虽然各有其独特之处，却都不及郑廷玉的《看钱奴》刻画得淋漓尽致。所以，即使放在世界文学画廊中，《看钱奴》也是毫不逊色的。这一点已经得到了世界人民的共同认可，早在17—18世纪，《看钱奴》就被译介到了西方，有了法译本和英译本。

第六章
人欲与天理

小引　书会才人与勾栏艺人的联袂

经历了改朝换代的剧烈阵痛，看透了科举取士的虚伪面目，惶惑迷失、六神无主的元代文人，不得不直面惨淡的现实，重新谋划自己的人生道路。有门路、有声望的儒生，或可借由引荐步入仕途，如王恽、胡祗遹；有耐性、肯俯就的书生，暂时低声下气地屈节为“吏”，有朝一日或可熬个一官半职，如马致远、张可久；没靠山，又没耐性，还有点傲骨的文人，就只能卸下最后的一点斯文，沦入社会下层，与医卜星象、倡优女子为伍了。

元代剧坛就流传着不少书会才人与勾栏艺人相知相识、惺惺相惜的佳话。关汉卿与珠帘秀正是这样的一对。尤为难得的是，在像珠帘秀这样身份卑微的女优身上，作家们发现了并未完全泯灭的人性光辉，在其感召下，进而塑造了一大批神采奕奕的女性形象，不仅引起了万众的瞩目，更奠定了元曲在中国文学史上的地位。

珠帘秀，姓朱，才华横溢，演技超群，后辈以“朱娘娘”称之，是元代首屈一指的表演艺术家。她早年在大都（今北京）活动，后来流落到扬州、杭州一带，晚年嫁给了杭州的一个道士。

珠帘秀排行第四，姿容姝丽，杂剧演出独步一时，尤其擅演驾头、花旦、软末泥等不同类型的角色。驾头，指皇帝；软末泥，指性情温和的男性角色。也就是说，她不仅能演花旦，还能“反串”男角。不管是哪种角色，她演来都是惟妙惟肖，形神兼备，堪称一绝，因此深受观众的喜爱。

珠帘秀不仅能歌善舞，精于乐器，还能作诗填词，有散曲传世。一时名公才人，如王恽、胡祗遹、卢挚、冯子振、关汉卿等，与她都有交往。

卢挚有一首【双调·蟾宫曲】《醉赠乐府珠帘秀》高度赞赏她的艺术才华：

系行舟谁遣卿卿？爱林下风姿，云外歌声。宝髻堆云，冰弦散雨，总是才情。恰绿树南薰晚晴，险些儿羞杀啼莺。客散邮亭，楚调将成，醉梦初醒。

这里的“云外歌声”用的是古代歌唱家秦青“响遏行云”的典故（《列子·汤问》），形容珠帘秀歌喉清婉，能遏止行云。“冰弦散雨”，是说她自弹自唱，美妙的歌声像甘霖一样洒遍大地，甚至能“羞杀啼莺”。珠帘秀如此优雅的风姿和卓越的才情，不仅让翰林学士卢挚如痴如醉，还俘获了一大批为她倾倒的粉丝。

大文豪胡祗遹（1227—1295）就是这样一个“铁杆粉丝”，他对珠帘秀钟爱有加，曾以小曲【双调·沉醉东风】《赠妓珠帘秀》相赠：

锦织江边翠竹，绒穿海上明珠。月淡时风清处，都隔断落红尘土。一片闲情任卷舒，挂尽朝云暮雨。

通篇不着一个“帘”字，却句句都在咏“帘”：这帘儿是用湘江边的翠竹穿上锦丝织就的，这帘儿是用南海中的明珠穿上红绒线而缀成的。无论是风清还是月淡，它都不沾飞花，不染红尘。它就像彩云一样，能屈能伸，舒卷自如。不管经历了多少朝云暮雨，它都不留一点痕迹。字里行间，对珠帘秀的赞赏与喜爱，溢于言表。真可谓“不著一字，尽得风流”。

名宦冯子振（1253—1348）亦有一首词【鹧鸪天】赠予珠帘秀：

十二阑干映远眸，醉香空断楚天秋。虾须影薄微微见，龟背纹轻细细浮。香雾敛，翠云收，海霞为带月为钩。夜来卷尽西山雨，不著人间半点愁。

这首词也是借“帘”咏人，语句含蓄，不乏幽默。据说，珠帘秀略微有点驼背，冯子振在此故以帘钩寓意。由于这些名官显宦的褒扬，珠帘秀的声誉日益彰显。

卢挚、胡祇遹、冯子振等多情显宦的垂青，也许会让一个青楼女子受宠若惊，甚至感恩戴德，但身份地位的悬殊终究是无法回避的事实。所以，落魄才人关汉卿，可能才是珠帘秀真正心心相印的知音。

关、珠二人相识的细节已无从得知。但“金风玉露一相逢，便胜却人间无数”，一个是不世出的剧坛奇才，一个是技压朋辈的绝世名伶；一个风流倜傥、幽默风趣，一个灵心蕙质、妙解人意。总之，珠帘秀的才情让关汉卿赞不绝口，有散曲【南吕·一枝花】《赠珠帘秀》为证：

轻裁虾万须，巧织珠千串；金钩光错落，绣带舞蹁跹。似雾非烟，妆点就深闺院，不许那等闲人取次展。摇四壁翡翠浓阴，射万瓦琉璃色浅。

【梁州】富贵似侯家紫帐，风流如谢府红莲，锁春愁不放双飞燕。绮窗相近，翠户相连，雕栊相映，绣幕相牵。拂苔痕满砌榆钱，惹杨花飞点如绵。愁的是抹回廊暮雨萧萧，恨的是筛曲槛西风剪剪，爱的是透长门夜月娟娟。凌波殿前，碧玲珑掩映湘妃面，没福怎能够见？十里扬州风物妍，出落着神仙。

【尾】恰便似一池秋水通宵展，一片朝云尽日悬。你个守户的先生肯相恋，煞是可怜，则要你手掌儿里奇擎着耐心儿卷。

这里，关汉卿采用借物咏人的手法，巧妙运用谐音和双关语，通过反复咏唱“珠帘”的华贵、精良和高雅，形象地衬托出珠帘秀的隽美风姿。在关汉卿的眼中，珠帘秀的美是“不许那等闲人取次展”的，她是“十里扬州风物”烘托出的“神仙”级别的尤物。

这样世间少有的精灵，谁见了又能轻易割舍呢？但此时的珠帘秀已委身于他人，所以，多情才子纵有柔情万种，也只能深藏起内心的爱慕。不过，在最后一支尾曲里，关汉卿还是透露了他与珠帘秀的亲密关系。尽管这里，他只能恳告“你个守户的先生”，“则要你手掌儿里奇擎着耐心儿卷”，希望卷帘人好好珍惜爱护珠帘，但言辞之中，浸透了多少难言的深情啊！这世上，恐怕只有珠帘秀方解得个中滋味。

关汉卿与珠帘秀的相知，绝非单纯的一见钟情的吸引，他们的惺惺相惜更多的是建立在对杂剧艺术的理解和热爱上。关汉卿在杂剧中擅长摹写各种类型的女性形象，当与这种真切、丰富的生活体验不无关系。不难想象，关汉卿在创作《窦娥冤》《救风尘》《望江亭》等杂剧时，眼前多半是时时浮现着珠帘秀的曼妙身姿的；而舞台上长袖翻飞、莺声燕语的珠帘秀，也应最能领会才人作家内心深处翻滚激荡的种种情感。正是一流的剧作家携手一流的表演艺术家，才共同筑起了元曲这座辉煌的大厦！

当关汉卿与珠帘秀凝眸相视时，他们绝不会想到两人的联袂会对元曲产生如此深刻的影响。历史逼迫他们走向了对方，而他们又创造了新的历史。

在元代，这样的天作之合还有很多，白朴与天然秀，杨显之与顺时秀，张可久与李芝秀，等等，都是这样志同道合的情人或朋友。他们之间深挚的友情或爱情滋养了元曲，而元曲则让他们这些短暂而美好的感情变成了永恒的瞬间。

第一节　青楼里的“侠女范”

关汉卿与珠帘秀之间到底发生了多少感人的故事，今天的我们只能从前人留下的只言片语中去勾勒一二。但这种“同为天涯沦落人”的惺惺相惜，一定在他们彼此的生命中留下了难以磨灭的印象。著名现实主义古典喜剧《救风尘》就是这段人生体验结出的硕果。

在关汉卿生活的时代，青楼女子既是那个男权社会里合法的存在，同时又是最没有尊严和地位的弱势群体。她们可以任人鄙视，由人玩弄，她们的身体不是自己的，甚至她们的灵魂也不是自己的，她们要想从良成为良家妇女，更是难于上青天。这是大多数烟花女子对自己的定位，也是主流社会对她们的普遍评价。可游走在社会边缘的关汉卿不这么认为，因为，在他所接触的珠帘秀等青楼女子的身上，他发现了一种患难之中不离不弃的温情和傲岸不屈的生命力，并把它们灌注在了杂剧《救风尘》中。

《救风尘》，全名《赵盼儿风月救风尘》，讲述了一个青楼女子用风月手段救助另一个落难的青楼姐妹的故事。该剧没有《窦娥冤》式的感天动地，只有世俗情感的波澜起伏。关汉卿以其特有的敏锐和深邃，带领我们走进了一个不一样的青楼天地。

1. 姐妹生隙

赵盼儿与宋引章是一对有着八拜之交的情深谊笃的青楼姐妹。盼儿年长，对青楼生活看得很透：

【仙吕·点绛唇】妓女追陪，觅钱一世，临收计，怎做的百纵千随，知重咱风流媚。

既然劝说无效，那就静等来日吧。

临行前，宋引章又撂下了一句气话："我便有那该死的罪，我也不来央告你。"可阅历丰富的盼儿早就看穿了"穿着几件虼螂皮"的周舍的虚伪本性，她料定了这个不谙人情世态的小妹迟早会回头的。

2. 不计前嫌

果不出所料，宋引章出嫁不久，就被周舍打得死去活来，"看看至死"。得到凶信的宋母一筹莫展，只好拿着女儿的求救信来找赵盼儿。虽然一切都在意料之中，可盼儿还是吃了一惊。想想前番自己的苦口婆心和引章临行前的赌气话，她也难免心生埋怨：

【金菊香】想当日他暗成公事，只怕不相投。我当初作念你的言词，今日都应口。则你那去时，恰便似去秋。他本是薄幸的班头，还说道有恩爱、结绸缪。

【醋葫芦】你铺排着鸳衾和凤帱，指望效天长共地久。蓦入门，知滋味，便合休。几番家眼睁睁打干净，待离了我这手。（带云）赵盼儿，（唱）你做的个见死不救，可不羞杀这桃园中杀白马、宰乌牛。

——《救风尘》第二折

早就告诉你周舍是个虚情假意、人面兽心的风月老手，你却鬼迷心窍，奢望着脱离苦海。如今都应验了吧？可见死不救，又怎么对得起我们结义姐妹的情分？

埋怨归埋怨，盼儿就是这样的刀子嘴豆腐心。其实，即便没有引章母亲的反复哀求，她也早已拿定了主意，要拿自己"压被的银子"去为引章买休（旧时指女方主动给男方一定数目的钱财而达到离婚的目的）。听到周舍放出的狠话："则有打死的，无有买休卖休的。"她又立即心生一计：

【柳叶儿】则教你怎生消受，我索合再做个机谋。把这云鬟蝉鬓妆梳就，（带云）还再穿上些锦绣衣服。（唱）珊瑚钩、芙蓉扣，扭捏的身子儿别样娇柔。

【双雁儿】我着这粉脸儿，搭救你女骷髅。割舍的一不做二不休，拼了个由他咒也波咒。不是我说大口，怎出得我这烟月手！

——《救风尘》第二折

盼儿早已洞穿了这个社会的游戏规则，想通过法律手段解决从良妓女的家暴问题，只是一个奢望。对待“非常”之人，只能用“非常”的手段。对付周舍这样老奸巨猾、色迷心窍的纨绔子弟，只能一不做二不休，用“风月”手段以牙还牙！

你看，她早已想好了万全之策：

【浪里来煞】你收拾了心上忧，你展放了眉间皱，我直着“花叶不损觅归秋”。那厮爱女娘的心，见的便似驴共狗，卖弄他玲珑剔透。（云）我到那里，三言两句，肯写休书，万事俱休；若是不肯写休书，我将他掐一掐，拈一拈，搂一搂，抱一抱，着那厮通身酥，遍体麻。将他鼻凹儿抹上一块砂糖，着那厮舔又舔不着，吃又吃不着，赚得那厮写了休书。引章将的休书来，淹的撇了。我这里出了门儿，（唱）可不是一场风月，我着那汉一时休。

——《救风尘》第二折

那些“似驴共狗”的浪荡子弟，自以为“玲珑剔透”，可一见如花似玉的美女，就原形毕露了。看盼儿我怎么施展起“风月”魔法，来营救引章妹妹吧！

盼儿就这样信心满满地上路了。

3. 独闯虎穴

一个手无寸铁的弱女子，带着自备的妆奁，单枪匹马地奔赴一个未知的城市，去“约会”一个奸猾毒辣的好色之徒——设若没有“明知山有虎，偏向虎山行”的勇气和决心，是很难出现这一幕的。但赵盼儿就是这么一个义无反顾的人：

【正宫·端正好】则为他满怀愁，心间闷，做的个进退无门。那婆娘家一涌性，无思忖，我可也强打入迷魂阵。

【滚绣球】我这里微微的把气喷，输个姓因，怎不教那厮背槽抛粪！更做道普天下无他这等郎君。想着容易情，忒献勤，几番家待要不问；第一来我则是可怜见无主娘亲，第二来是我“惯曾为旅偏怜客”，第三来也是我“自己贪杯惜醉人”。到那里呵，也索费些精神。

——《救风尘》第三折

只因为宋引章一时轻率，误上了贼船，如今才落得个“进退无门”的境地。我本待不管，可一来是同情宋引章孤苦无依的老母亲，二来是可怜那落第秀才安秀实，三来是心疼我那同是风尘沦落人的小姐妹，因此，我要强打起精神，独闯“迷魂阵”。这就是“侠女范”的赵盼儿，心中想的全是别人，丝毫不为个人的安危担忧。

可这次的对手周舍毕竟不是一般的膏粱子弟。周舍是个什么人？听听他的自述吧：

酒肉场中三十载，花星整照二十年。一生不识柴米价，只少花钱共酒钱。

——《救风尘》第一折

有着二十年嫖妓生涯的丰富阅历，周舍依靠的应该不全是老爸周同知的势力。看看他突然认出赵盼儿的反应吧：

你是赵盼儿，好，好！当初破亲也是你来！小二，关了店门，则打这小闲。

——《救风尘》第三折

这里要打的哪是什么小闲，分明是要给赵盼儿一个下马威：上次的账还没找你算呢，你今天倒送上门来了？

赵盼儿不愧是见过“世面”的人，你看她不慌不忙，“醋意”十足：

周舍，你坐下，你听我说。你在南京时，人说你周舍名字，说的我耳满鼻满的，则是不曾见你。后得见你呵，害的我不茶不饭，只是思想着你。听的你娶了宋引章，教我如何不恼？周舍，我待嫁你，你却着我保亲！

我好意将着车辆、鞍马、奁房来寻你，你怎地将我打骂。小闲，拦回车儿，咱家去来！

——《救风尘》第三折

一番话，柔中带刚，又是恭维，又是委屈，听起来入情入理。这让贪财好色的周舍如何招架得住，善于见风使舵的他立刻就改了口风，对赵盼儿也由直呼其名，马上改成了“姐姐”：

早知姐姐来嫁我，我怎肯打舅舅？

——《救风尘》第三折

第一个回合，盼儿轻松地控制了局面。

接着是宋引章的闹店。周舍恋着新欢，数日不归。引章怒气冲冲，前来兴师问罪，声言再不归家，就要和周舍“一递一刀子戳”。周舍闻言，原形毕露，拿起棍棒就要教训妻子，还振振有词：“丈夫打杀老婆，不该偿命。”盼儿及时制止：“这等说，谁敢嫁你？”并假意要走：

周舍，你好道儿！你这里坐着，点的你媳妇来骂我这一场。小闲，拦回车儿，咱回去来！

——《救风尘》第三折

这下周舍可急了，忙不迭地表忠心：“好奶奶，请坐！我不知道他来；我若知道他来，我就该死。”

见鱼儿已上钩，盼儿赶紧趁热打铁：“你真个不曾使他来？这妮子不贤惠，打一棒快球子。你舍的宋引章，我一发嫁你。”

早已厌倦了宋引章的周舍，一听眼前风情万种的赵盼儿说要嫁他，立刻就按捺不住了：“我到家里就休了他。”可这个情场老手虽好色，却并不愚蠢，他马上又想到：“且慢着，那个妇人是我平日间打怕的，若与了一纸休书，那妇人就一道烟去了。这婆娘他若是不嫁我呵，可不弄的尖担两头脱？休的造次，把这婆娘摇撼的实着。”于是，他眼珠一转，装可怜地说道：

奶奶，您孩儿肚肠是驴马的见识，我今家去把媳妇休了呵，奶奶，你把肉吊窗儿放下来，可不嫁我，做的个尖担两头脱。奶奶，你说下个誓着。

——《救风尘》第三折

这可难不倒盼儿，赌咒发誓，可是我们青楼人最擅长的，你听吧：

周舍，你真个要我赌咒？你若休了媳妇，我不嫁你呵，我着塘子里马踏杀，灯草打折臁儿骨。你逼的我赌这般重咒哩！

——《救风尘》第三折

“塘子”，就是澡堂。“臁儿骨”，指小腿两侧的骨头。澡堂里跑马，能踩死人吗？柔软的灯草掉下来，能打断小腿吗？都是不可能发生的事，盼儿却故意说“你逼的我赌这般重咒”。这是元曲里常见的故意打诨取笑的话。

为了让周舍“意志坚定”地休了宋引章，盼儿不惜煞费苦心地处处为他

“打算”：

【黄钟尾】你穷杀呵，甘心守分捱贫困；你富呵，休笑我饱暖生淫慾议论。您心中觑个意顺。但休了你这门内人，不要你钱财使半文。早是我走将来自上门。家业家私待你六亲，肥马轻裘待你一身，倒贴了奁房和你为眷姻。（云）我若还嫁了你，我不比那宋引章，针指油面，刺绣铺房，大裁小剪，都不晓得一些儿的。（唱）我将你写了的休书正了本。

——《救风尘》第三折

像我这样“上得了厅堂，下得了厨房”的“白富美”自愿嫁给你周舍，真是你上辈子积了德，你就等着看我怎么“将你写了的休书正了本”！“正本”，是说你周舍休了宋引章，貌似蒙受了损失，但我盼儿嫁给你，不仅可以弥补损失，还是一笔“赢利”的买卖呢。所以，快快“休了你这门内人（指宋引章）”吧。

这第二个回合，又是盼儿占了上风。

4. 飞出牢笼

果然，满怀痴心妄想的周舍一到家，就恶狠狠地给了引章一纸休书。

如愿以偿的引章一溜烟地跑来与赵大姐会合，两姐妹像欢快的小鸟一样，一起“飞”离了牢笼。

可遍寻盼儿不见的周舍，很快就追上了她们，并厉声斥责：“贱人，那里去！宋引章，你是我的老婆，如何逃走？”

胆小的引章怯声应道：“周舍，你与了我休书，赶出我来了。”

狡猾的周舍却说：“休书上手模印五个指头，那里四个指头的是休书？”

这番唬人的鬼话竟然蒙住了引章，她拿出休书正要细看，却被周舍劈手夺去，撕了个粉碎。引章抢救不及，惊恐万状。

周舍又恢复了他先前的蛮横，还指着盼儿大声叫嚣："你也是我的老婆。"

这下，轮到盼儿回击了。好酒、熟羊、大红罗，都是我自带的，跟你周舍有何干系？赌咒发誓呢，是我们的职业病：

【庆东原】俺须是卖空虚，凭着那说来的言咒誓为活路。（带云）怕你不信呵，（唱）遍花街请到娼家女，那一个不对着明香宝烛，那一个不指着皇天后土，那一个不赌着鬼戮神诛？若信这咒盟言，早死的绝门户！

——《救风尘》第四折

连珠炮似的一番话"击"得周舍哑口无言，他只好又去拉扯引章，引章早已经吓得瑟瑟发抖。

盼儿这才胸有成竹地安慰妹妹："妹子休慌莫怕！咬碎的是假休书。我特故抄与你个休书题目，我跟前现放着这亲模。"

闻听此言，周舍又想故技重演，要来抢夺休书。盼儿怎能让他轻易得手？于是，三人拉拉扯扯地闹到了官府。

本来不按常理出牌的盼儿，这会儿可是认认真真、有条不紊地拿出了人证、物证，一一摆在了"市长"李公弼的面前。公事公办的"李市长"很快就给出了大快人心的判决书：

周舍，那宋引章明明有丈夫的，你怎生还赖是你的妻子？若不看你父亲面上，送你有司问罪！您一行人，听我下断：周舍杖六十，与民一体当差。宋引章仍归安秀才为妻；赵盼儿等宁家住坐。

——《救风尘》第四折

周同知的儿子周舍最终居然也被杖责六十，还被判和百姓一样永当差役。这在那个权豪横行、势要遮天的时代，真是值得额手称庆了。

总之，这一仗，赵盼儿打得漂漂亮亮、干净利落！

难怪，董康在《曲海总目提要》中会对赵盼儿赞赏有加：“小说家所载诸女子，有识别英雄于未遇者，如红拂之于李卫公，梁夫人之于韩蕲王也；有成人之美者，如欧彬之歌人，董国度之妾也；有为豪侠而诛薄情者，女商荆十三娘也。剧中所称赵盼儿，似乎兼擅众长。”

的确，赵盼儿不仅仅是一个“侠女范”的巾帼英雄，她更是凭着自己的初心，与邪恶斗争，为女性抗争。这是一个值得大书特书的女性。这更是关汉卿眼中“不一样”的青楼世界。

未知其中，是否有珠帘秀的影子？

第二节　惊人的闪婚

天然秀，元代青楼中的又一朵奇葩，姓高，排行第二，俗称“小二姐”，母亲刘氏曾经陪侍过丞相史天泽。天然秀虽出身卑微，但生性高洁凝重，丰神雅韵，颇有林下风致。她的杂剧技艺更是超越流辈，尤以闺怨杂剧最为拿手，在当时号称第一。此外，花旦杂剧、驾头杂剧，她也能各臻其妙。尽管练就了一身绝技，天然秀最终也没能改变自己的人生轨迹，她一生两嫁，却两次都是丈夫先她而去，最后还是“复落乐部”（夏庭芝《青楼集》）。

这样的命运固然可叹，但歌妓生涯中也总会有一些让人怦然心动、回味无穷的时刻。白朴之于天然秀，应该就有不少这样的回忆。根据《青楼集》的记载，天然秀尤为白朴“所爱赏”。毕生放浪形骸、绝意仕进的白朴所欣赏的，大概不仅是天然秀独步一时的绝技，应该更有她出淤泥而不染的高洁品性。不难想象，在漫漫寒夜温暖的灯光下，常会有这么一幅怡人的画面：意气风发的白朴拿着自己刚刚写好的杂剧，与天然秀促膝长谈、言笑晏晏……《墙头马上》

一类的杰作，也许就是在这样的“强强联合”中自然产生的。

白朴的《墙头马上》，全名《裴少俊墙头马上》。剧中，白朴给我们讲了一个典型的“一见钟情”的故事。在合法的男女婚姻必须通过“父母之命、媒妁之言”来缔结的年代，多少年轻的生命曾被扭曲或吞噬。但长期的禁锢和隔绝换来的不是和谐与宁静，相反却刺激了人欲的膨胀和病态的遐想。一见钟情的婚恋模式，正是不屑仕进、嘲风弄月的文士们对抗封建礼教的有力武器。在文学作品中，将这种模式进行到底，使之突破了一切伦理防线，并且给予公开而正面的提倡和歌颂的，唯有白朴的《墙头马上》。

因此，这部杂剧得以与关汉卿的《拜月亭》、王实甫的《西厢记》、郑光祖的《倩女离魂》，并称为元代的“四大爱情剧”。《墙头马上》的主人公李千金，并非青楼中人，但她泼辣果敢的个性却丝毫不亚于《救风尘》中的赵盼儿。她更像是综合了天然秀和白朴所结识的众多青楼艺人与市井女性的一个化身，仿佛带着一股狞厉顽艳的元代气息向我们翩然走来。

1. 墙头马上

那是公元 678 年的三月初八，一个粉悴胭憔、绿暗红稀的暮春时节。由于时值上巳佳节，所以，王孙士女，倾城玩赏，好不热闹！而洛阳总管的独生女儿李千金，看着三三两两的才子佳人、万紫千红的美好春景，却陷入了沉思：

【混江龙】我若还招得个风流女婿，怎肯教费工夫学画远山眉。宁可教银釭高照，锦帐低垂；菡萏花深鸳并宿，梧桐枝隐凤双栖。这千金良夜，一刻春宵，谁管我衾单枕独数更长，则这半床锦褥枉呼做鸳鸯被。（梅香云）等老相公回来呵，寻一门亲事，可不好也。（正旦唱）流落的男游别郡，耽阁的女怨深闺。

——《墙头马上》第一折

在丫环梅香面前，香闺弱质毫不掩饰自己对“春宵一刻值千金”的期盼。

如果这些话仅是人物独处时的内心独白也就罢了，可白朴笔下的李千金在他人面前竟说得那么坦然自若，毫无一丝小儿女的扭捏之态。而这难免会成为某些人的口实，清代戏剧家梁廷楠就认为这些话“出语浅露”“更属无状”(《曲话》)。但这才是“不一样”的李千金。

在梅香的劝说下，郁郁寡欢的千金终于移步到了后花园。不想，生机盎然的满园春色在千金眼中，竟也这般颓废：

【寄生草】柳暗青烟密，花残红雨飞。这人、人和柳浑相类，花心吹得人心碎，柳眉不转蛾眉系。为甚西园陡恁景狼藉？正是东君不管人憔悴！

——《墙头马上》第一折

西园果然一片狼藉吗？堂堂洛阳总管的府内，当不至于此。眼前的“狼藉”，不过是千金内心情绪的投射罢了。只是，少女的心事谁人能解？

“一说曹操，曹操就到。”玉人儿很快“从天而降”：

【金盏儿】兀那画桥西，猛听的玉骢嘶。便好道杏花一色红千里，和花掩映美容仪。他把乌靴挑宝镫，玉带束腰围，真乃是能骑高价马，会着及时衣。

——《墙头马上》第一折

一个穿着入时、骑着宝马的俊俏少年，在春花掩映下，悄然而至。正在墙头观赏春景的千金不由得瞪大了眼睛：“呀！一个好秀才也！”她痴痴地盯着眼前的美少年：

【后庭花】休道是转星眸上下窥，恨不的倚香腮左右偎。便锦被翻红浪，罗裙作地席。（梅香云）小姐休看他，倘有人看见。（正旦唱）既待要暗偷期，咱先有意，爱别人可舍了自己。

——《墙头马上》第一折

小姐看得目不转睛，丫环却急得直跺脚，这要让外人看见，那还了得？千金才不管这些，她不仅毫不顾忌，还振振有词："咱先有意，爱别人可舍了自己。"

千金有意，才郎有情。一番诗简往来后，两人即刻约定了当晚于后花园幽会。临别时，千金还不忘谆谆叮嘱：

【赚煞】这一堵粉墙儿低，这一带花阴儿密。与你个在客的刘郎说知：虽无那流出胡麻香饭水，比天台山到径抄直。莫疑迟，等的那斗转星移，休教这印苍苔的凌波袜儿湿。将湖山困倚，把角门儿虚闭，这后花园权做武陵溪。

——《墙头马上》第一折

这段话真是字字含情：因为生怕初来乍到的"刘郎"有个什么闪失，所以才不厌其烦地告诉他哪儿的粉墙低、哪儿的花阴密。又怕"刘郎"爽约，才反复叮咛他"休教这印苍苔的凌波袜儿湿"，千万别让我久等啊！

一次短暂的会面，竟让人如此牵肠挂肚、迫不及待！对这样的千金，是该指责？还是鄙夷？抑或担忧？

如果不是身心被禁锢得太久，如果不是憋闷得快要窒息，也许就没有了这个"墙头马上遥相顾，一见知君即断肠"的传奇。

2. 月夜私奔

日间一别，竟如隔世。眼里、心里挥之不去的全是"那生"的身影：

【南吕·一枝花】睡魔缠缴得慌，别恨禁持得煞。离魂随梦去，几时得好事奔人来，一见了多才，口儿里念，心儿里爱，合是姻缘簿上该。则为画眉的张敞风流，掷果的潘郎稔色。

——《墙头马上》第二折

连小憩片刻，都赶不走“多才”的纠缠，这该是多么深入骨髓的相思啊！尽管梅香不解：“今夜好歹来也，则管里作念的眼前活现。”但千金还是一本正经地正告她：

【梁州第七】早是抱闲怨，时乖运蹇；又添这害相思，月值年灾。（带云）休道是我，（唱）天若知道和天也害。

——《墙头马上》第二折

不要笑话我，就是换作苍天，苍天也一样会害相思。天，在古人心目中，可是公正无私的化身，它倘若明了实情，也一定和我一样。既然，这是符合“天理”的自然之道，又有什么害臊的呢？小儿女的无邪泄露无遗。

左等不来，右等不来。心思细腻的千金小心谨慎地谋划着这场风月：

（正旦云）你与我接去。

（梅香云）怕他不来！倒教我去接他。

（正旦唱）就着这风送花香，云笼月色。

（梅香云）小姐，为甚么着我接他去？

（正旦唱）你道为甚着你个丫环迎少俊，我则怕似赵杲送曾哀。

（梅香云）这里线也似一条直路，怕他迷了道儿？

（正旦唱）你道方径直如线，我道侯门深似海。

——《墙头马上》第二折

自家的后花园能有多大，况且又是直线似的一条道儿，还能迷路不成？在梅香看来，小姐纯属多虑。但千金此时挂念的，却远非这些，一句“侯门深似海”，有意无意地透露出她对周遭险恶环境的担忧。

夜深人静的时候，少俊终于如约而至。可欢会不久，就被奶妈逮了个正着。千金没有隐瞒，而是苦苦哀求奶妈放他俩私奔去。看着千金打小长大的奶妈不忍就这么放手，她一会儿责怪梅香，一会儿抢白少俊。千金却把所有的重担都揽到了自己身上：

【菩萨梁州】是这墙头掷果裙钗，马上摇鞭狂客。说与你个聪明的奶奶，送春情是这眼去眉来。（嬷嬷云）好！可羞也那不羞？眼去眉来，倒与真奸真盗一般，教官司问去。（正旦唱）则这女娘家直恁性儿乖，我待舍残生还却鸳鸯债，也谋成不谋败。是今日且停嗔过后改，怎做的奸盗拿获？

【牧羊关】龙虎也招了儒士，神仙也聘与秀才，何况咱是浊骨凡胎。一个刘向题倒西岳灵祠，一个张生煮滚东洋大海。却待要宴瑶池七夕会，便银汉水两分开！委实这乌鹊桥边女，舍不的斗牛星畔客。

——《墙头马上》第二折

这件事和梅香没有关系，要怪只能怪这“墙头掷果裙钗”和“马上摇鞭狂客”。我这个“乌鹊桥边女”就是拼舍了残生，也要还却那“斗牛星畔客”的鸳鸯债！所以，奶妈您还是睁只眼闭只眼吧。

可惜，奶妈并不理解小儿女的这番心思，她执意要将少俊送官。千金无奈，只好联合少俊与梅香，施展起“恶叉白赖”的手段：一会儿说奶妈昧心收了少俊的银两，与梅香里通外合；一会儿又要“解下这搂带裙刀，为你逼得我紧也便自伤残害”。

一番激烈的唇枪舌剑过后，“势单力薄”的奶妈终于败下阵来。千金如愿以偿地牵起了少俊的手，奔向一片未知的天地。

3. 瓶坠簪折

不曾想，这个未知的世界，竟是一片与世隔绝的天地，而且，一晃就是七个春夏秋冬。这七年里，外边的世界发生了多少变化，千金无从得知，她只知道在裴家的这个后花园，她为少俊养育了一双活泼可爱的儿女：六岁的儿子端端、四岁的女儿重阳。

七年的光阴转瞬即逝。尽管身边不断有儿女的“骚扰”，千金还是时不时地会心生感叹：

【双调·新水令】数年一枕梦庄蝶，过了些不明白好天良夜。想父母关山途路远，鱼雁信音绝。为甚感叹咨嗟，甚日得离书舍？

——《墙头马上》第三折

儿女双全、琴瑟和谐的岁月固然美好，可毕竟是“不明不白”，什么时候才能离开这不见天日的书房呢？关山阻隔，年迈的父母可曾安好，谁又能通个音讯？一切似乎都像柳絮一样，茫然无依。

虽然不乏淡淡的哀愁，但这两千多个日月，在千金的眼里，终归还是“好天良夜”，能和心爱的丈夫、孩子守在一起，安安稳稳地过日子，谁又能说这不是一种幸福？可就是这样的幸福，也好景不长。

又是一年清明时。因为父亲偶感风寒，少俊要陪着母亲去郊外祭奠。临行时，少俊对老院公又是一番千叮咛万嘱咐，一定要“在意照顾，怕老相公撞见”。老院公拍着胸脯打包票：“哥哥，你放心，倚着我呵，万丈水不教泄漏了一点儿。”

可“祸水”已在潜滋暗长。

年迈的老院公吃饱喝足后，终于不胜酒力，倚着假山就打起了瞌睡。调皮的端端、重阳时不时地跑过来拍打一下酣睡的老人。老院公眯缝着眼，呵斥两句后，又沉沉睡去。突然，又是一阵拍打。连眼睛都没睁开的老院公，摸起身边的扫帚，嘟哝着就要打人：“打你娘，那小厮！”可等到睁眼看清眼前要打的对象，却又吓得浑身发抖。

一场“智斗”迅疾拉开了阵势：

（尚书云）这两个小的是谁家？

（端端云）是裴家。

（尚书云）是那个裴家？

（重阳云）是裴尚书家。

（院公云）谁道不是裴尚书家花园，小弟子还不去！

（重阳云）告我爹爹、奶奶说去。

（院公云）你两个采了花木，还道告你爹爹、奶奶去？跳起凭公公来也，打你娘！（两人走科）

（院公云）你两个不投前面走，便往后头去？

——《墙头马上》第三折

老尚书的满腹狐疑，端端、重阳的一派童真，老院公的百般遮掩，各人心性，跃然纸面。想来读者看到此处，定是心领神会，忍俊不禁。

怒气冲冲的老尚书终于和隐藏了七年的儿媳狭路相逢。毫无准备的千金，没想到与公爹的第一次会面，竟是这样：

【挂玉钩】……唬的我死临侵地难分说。（尚书云）拿的芙蓉亭上来。（正旦唱）氲氲的脸上羞，扑扑的心头怯。喘似雷轰，烈似风车。

——《墙头马上》第三折

此时的千金方寸大乱，脸上的娇羞掩饰不了内心的恐惧。公爹雷鸣般的怒斥，轰得她几乎抬不起头来。一旁的老院公还想竭力掩饰，千金却定定神，朗声承认了自己就是少俊的妻室。

紧接着，就是老公爹劈头盖脸的连珠炮似的责问：

谁是媒人？下了多少钱财？谁主婚来？

这两个小的是谁家？

——《墙头马上》第三折

千金正低头盘算着如何对答，老院公又站出来打圆场了：

相公不合烦恼合欢喜。这的是不曾使一分财礼，得这等花枝般媳妇儿，一双好儿女，合做一个大筵席。老汉买羊去，大嫂，请回书房里去者。

——《墙头马上》第三折

老奸巨猾的尚书却没这么好糊弄，不分青红皂白地一口咬定眼前“这妇人决是倡优酒肆之家”！

千金再也忍不住了，不卑不亢地回击道：“妾是官宦人家，不是下贱之人。”老尚书一听，更加怒火中烧，叫嚣着要把千金送到官府去勘问。千金据理以争：

【太平令】随汉走怎说三贞九烈，勘奸情八棒十挟。谁识他歌台舞榭，甚的是茶房酒舍。相公便把贱妾，拷折下截，并不是风尘烟月。

——《墙头马上》第三折

正闹得不可开交的时候，少俊和母亲赶来了。千金满以为与自己同床共枕了七年的少俊，会站在自己这边，不曾想却听到了这样一番话：

少俊是卿相之子，怎好为一妇人，受官司凌辱，情愿写与休书便了。告父亲宽恕。

——《墙头马上》第三折

转眼间，那个自己曾经交付了全部身心的人化成了泡影。千金还有什么可以依靠的呢？

【七弟兄】是那些劣懒，痛伤嗟，也时乖运蹇遭磨灭。冰清玉洁肯随邪，怎生的折开我连理同心结！

——《墙头马上》第三折

怨只怨时乖运蹇。一个冰清玉洁的好女儿沦落到这般田地，又是谁造成的呢？狠心拆开“连理同心结”的当不只是裴尚书和裴少俊吧！七百多年前的白朴还不太可能看到问题的真正症结之所在。但是，他却把这场两代人之间的战争坚持到了最后。

少俊已经答应了写休书，可父亲还是不依不饶：

我便似八烈周公，俺夫人似三移孟母。都因为你个淫妇，枉坏了我少俊前程，辱没了我裴家上祖。兀那妇人，你听者：你既为官宦人家，如何与人私奔？昔日无盐采桑于村野，齐王车过见了，欲纳为后同车。而无盐曰：“不可，禀知父母，方可成婚；不见父母，即是私奔。”呸！你比无盐败坏风俗，做的个“男游九郡，女嫁三夫”。

——《墙头马上》第三折

倔强的千金只有孤军奋战：“我则是裴少俊一个。”

尚书更加怒不可遏：“可不道‘女慕贞洁，男效才良；聘则为妻，奔则为妾’，你还不归家去！”

千金斩钉截铁：“这姻缘也是天赐的！”

话不多，却一语千钧，掷地有声。

老尚书这时已是理屈词穷，既然你说这姻缘是天赐的，那就让“天”来裁断吧：

将玉簪向石上磨做了针儿一般细。不折了，便是天赐姻缘；若折了，便归家去也。

再取一个银壶瓶来，将着游丝儿系住，到金井内汲水。不断了，便是夫妻；瓶坠簪折，便归家去。

——《墙头马上》第三折

细针般的玉簪岂能不折？纤弱的游丝又怎禁得起盛满清水的银瓶？结果是可想而知的。这个“天”本来就是虚伪的，又怎能为弱者主持公道？

伤心欲绝的千金，看着一筹莫展的少俊，只留下了满腔的愤慨：

【鸳鸯煞】休把似残花败柳冤仇结，我与你生男长女填还彻。指望生则同衾，死则共穴。畅道题柱胸襟，当炉的志节，也是前世前缘，今生今业。少俊呵，与你干驾了会香车，把这个没气性的文君送了也！

——《墙头马上》第三折

曾几何时，千金还庆幸着自己就像卓文君一样，遇到了司马相如。而今，这段佳话也已成了一个渺不可及的传说。

4. 含泪团圆

被迫回到洛阳的千金，才知道双亲已然离世。所幸父母留下的家产，还足以维持生计。百无聊赖的日子里，她想的更多的还是一双儿女和前途未卜的少俊：

【醉春风】家万里梦蝴蝶，月三更闻杜宇。则兀那墙头马上引起欢娱，怎想有这场苦、苦。都则道百媚千娇，送的人四分五落，两头三绪。

——《墙头马上》第四折

千山万水也隔不断对亲人的思念，杜宇声声惊扰的是正与家人团聚的美梦。饱尝分离之苦的千金痛苦地意识到，当年“墙头马上”的短暂欢娱，换来的竟是眼下无休无止的“四分五落”！上天如果这样惩罚自己，还有什么公平与天理可言？

天理还是存在的，只不过有时被暂时遮蔽了而已。这不，得了官的少俊，连父母都来不及拜见，就前来登门请罪了。

听到少俊“依旧和你相好，重做夫妻”的哀求，心高气傲的千金指名道姓地讽刺道：

裴少俊，你是说甚么话！

【普天乐】你待结绸缪，我怕遭刑狱。我人心似铁，他官法如炉。你娘并无那子母情，你爷怎肯相怜顾？问的个下惠先生无言语。他道我更不贤达，败坏风俗；怎做家无二长，男游九郡，女嫁三夫。

【迎仙客】你封为三品官，列着八椒图，你父亲告致仕，却离了京兆府。吏部里注定迁移，户部里革罢了俸禄。枉教他遥授着尚书，则好教管着那普天下姻缘簿。

——《墙头马上》第四折

当年裴尚书羞辱自己的话，现在一股脑都抛给了裴少俊。少俊却不愠不怒，只一味低声下气地陪着不是：“我与你是儿女夫妻，怎么不认我？”“这是我父亲之命，不干我事。”

少俊说得轻巧，千金却并不含糊。她不是不想团圆，只是不愿轻易放弃原则，任人摆布。她要一层层剥下老尚书的伪装：

【斗鹌鹑】一个是八烈周公，一个是三移孟母。我本是好人家孩儿，不是娼人家妇女，也是行下春风望夏雨。待要做眷属，枉坏了少俊前程，辱没了你裴家上祖！

【上小楼】您母亲从来狠毒，您父亲偏生嫉妒。治国忠直，操守廉能，可怎生做事糊突！幸得个鸾凤交，琴瑟谐，夫妻和睦，不似你裴尚书替儿嫌妇。

——《墙头马上》第四折

犀利的话语把独断专横的老尚书数落得体无完肤，真可谓大快人心。一句“待要做眷属，枉坏了少俊前程，辱没了你裴家上祖”，堵得少俊再也无话可说。

接下来，只有裴尚书亲自出马了。但他似乎张口就是错：

儿也，谁知道你是李世杰的女儿，我当初也曾议亲来，谁知道你暗合姻缘。你可怎生不说你是李世杰的女儿，我则道你是优人娼女。我如今和夫人、两个孩儿，牵羊担酒，一径的来替你陪话，可是我不是了。左右，将酒来，你满饮此一杯。

——《墙头马上》第四折

这样套近乎，听起来倒是暖意融融。但细一想，老尚书的势利还是本性难移，难怪千金要反唇相讥：

【幺篇】他把酒盏儿擎，我便把“认”字儿许？

——《墙头马上》第四折

在裴家父子面前，千金的头颅始终高昂不屈。可小儿女的一声啼哭，却让她瞬间方寸大乱：“我待不认来呵，不干你两个事，罢，罢，罢！我认了罢。公公，婆婆，你受媳妇儿拜。”

亲，是认下了；理，却不能轻易退让。在千金看来，她和少俊既是两情相悦，那么私奔又何错之有？

【耍孩儿】告爹爹奶奶听分诉，不是我家丑事，将今喻古。只一个卓王孙气量卷江湖，卓文君美貌无如。他一时窃听求凰曲，异日同乘驷马车，也是他前生福。怎将我墙头马上，偏输却沽酒当炉。

——《墙头马上》第四折

好一句“怎将我墙头马上，偏输却沽酒当炉”！卓文君沽酒当垆，能成为一时佳话，我李千金墙头马上，为何却要受尽非难？

好一个有气性的烈女子！真是“得理不让裴尚书，和好不辱当年志”。

至此，一个把“一见钟情”进行到底、胸怀坦荡、光明磊落、果敢泼辣、迥异于传统女德的新女性形象，以其超凡脱俗的凛然风姿，卓然屹立于元代诸多婚恋剧中。

第三节　愿普天下有情的都成了眷属

中国古代的婚姻大多是以门第、财产、权势为基础缔结的。尤其是程朱理学提出“存天理、灭人欲”的口号后，年轻人的爱情婚姻更是受到了严酷的禁锢与束缚。但元代有点与众不同，蒙古骑兵汹涌南下的铁蹄，不仅震撼着固若金汤的中原大地，也把铜墙铁壁般的纲常伦理撕开了一条裂缝，原来森严的社会秩序被打乱，原有的社会阶层被迫分化。动荡不安的社会局面，使得家庭的维系力大大减弱，于是，新的爱情观开始抬头。白朴《墙头马上》中李千金的呼喊“愿普天下姻眷皆完聚”，关汉卿《拜月亭》中王瑞兰的祝愿“愿天下心厮爱的夫妇永无分离”，李好古《张生煮海》中琼莲的祈祷“愿普天下旷夫怨女，便休教间阻；至诚的，一个个皆如所欲”，等等，就都是这个时代特有的声音。

而在这众声喧哗中，最响亮最独特的莫过于王实甫的杂剧《西厢记》了。

对于王实甫这位杰出的剧坛奇才，我们所知甚少。有限的资料显示：王实甫是大都（今北京）人，主要生活在元代前期，在1324年以前已经去世。他擅写杂剧和散曲，《西厢记》是他留给后人的最为宝贵的文化遗产。

元末明初人贾仲明为王实甫所撰的【凌波仙】吊词，这样写道：

风月营密匝匝列旌旗，莺花寨明飐飐排剑戟，翠红乡雄纠纠施谋智。作词章、风韵美，士林中、等辈伏低。新杂剧，旧传奇，《西厢记》天下夺魁。

“风月营”“莺花寨”“翠红乡”，都是元代官妓聚居的地方，王实甫常年混迹其间，可见其与市民大众十分亲近。元代的官妓中，不少都是杂剧演员。显然，王实甫也像关汉卿一样，是一个熟悉当时勾栏生活的剧作家。他能写出“天下夺魁”的《西厢记》，并且是“士林中、等辈伏低”，当与这种真切的人生体验不无关联。

虽然，我们无法清晰地勾勒出曲家王实甫的人生轨迹，但透过《西厢记》，还是能依稀看到一位温雅敦厚、睿智和善的长者，手捻长须、面带微笑地关注着芸芸众生……七百多年来，这微笑就像佛光一样普照着大地，历代的文人墨客、市井百姓，无不为他用全部生命讲述的这个爱情故事而折服。明清以来，《西厢记》的刻本之多，成为中国戏曲之最，就是一个明证。

那么，王实甫究竟讲述了一个怎样的故事？就让我们一起来聆听吧。

1. 佛殿奇遇

不同于白朴《墙头马上》中才子佳人的后花园私订终身，王实甫把男主人公张君瑞和女主人公崔莺莺相会的地点，放在了一座幽雅清静的庙宇内。

那是唐德宗年间，前相国之女崔莺莺和母亲一起扶着父亲的灵柩回老家博陵（今河北省定州市）安葬，途中受阻，被迫暂停在河中府（今山西省永济市）的普救寺内。已故尚书之子张君瑞书剑飘零，功名未遂，正往京师赶考，途中因欲顺道拜访镇守蒲关（今山西省永济市西）的结拜兄长——征西大元帅杜确，也在河中府稍做停留。

一个阳光明媚的春日，莺莺谨遵母命，在侍女红娘的陪同下，来到佛殿游玩散心。张生也恰在这天慕名而来瞻仰宝刹。就在他正要参拜菩萨的一刹那，蓦然间——“正撞着五百年前风流业冤”！时光仿佛突然停驻，眼前这一幕永远地定格在了他的脑海中：

【元和令】颠不剌的见了万千，似这般可喜娘的庞儿罕曾见。则着人眼花撩乱口难言，魂灵儿飞在半天。他那里尽人调戏亸着香肩，只将花笑捻。

——《西厢记》第一本第一折

俨然一尊拈花微笑的观音从天而降，又惊又喜的白衣书生由此变得魂不守舍！

这个“可喜娘”不仅容颜绝世，而且声音甜美、体态优雅：

【幺篇】恰便似呖呖莺声花外啭，行一步可人怜。解舞腰肢娇又软，千般袅娜，万般旖旎，似垂柳晚风前。

——《西厢记》第一本第一折

此等佳人，如何不让人心猿意马、魂牵梦绕？尤其是莺莺“临去秋波那一转”，“便是铁石人也意惹情牵”，这让情窦初开的俊俏书生如何才能抵挡？

于是，借故问长老借一间僧房，只为伺机“饱看”小姐一回；于是，借故附斋追荐父母，只为能和小姐多“亲近”一刻；于是，见了小姐的侍女红娘，竟“滔滔不绝”地自报家门：

小生姓张，名珙，字君瑞，本贯西洛人也，年方二十三岁，正月十七日子时建生，并不曾娶妻……

——《西厢记》第一本第二折

不想红娘却非一般小女子，一句干脆利落的“谁问你来”，打断了张生的鲁莽。张生却不死心，继续腆着笑脸追问：“敢问小姐常出来么？”这下，可把红娘激怒了：

先生是读书君子，孟子曰："男女授受不亲，礼也。"君子"瓜田不纳履，李下不整冠"。道不得个"非礼勿视，非礼勿听，非礼勿言，非礼勿动"。俺夫人治家严肃，有冰霜之操。内无应门五尺之童，年至十二三者，非呼召不敢辄入中堂。向日莺莺潜出闺房，夫人窥之，召立莺莺于庭下，责之曰："汝为女子，不告而出闺门，倘遇游客小僧私视，岂不自耻。"莺立谢而言曰："今当改过从新，毋敢再犯。"是他亲女，尚然如此，何况以下侍妾乎？先生习先王之道，尊周公之礼，不干己事，何故用心？早是妾身，可以容恕，若夫人知其事呵，决无干休。今后得问的问，不得问的休胡说！

——《西厢记》第一本第二折

听了红娘这番正言厉色的俨然以孔孟自居的说教，不知张生可会脊背冒汗？本想着千方百计去接近莺莺，谁曾想未出师先折戟！怎不让人"有一万声长吁短叹，五千遍捣枕捶床"？长夜漫漫，如何排遣？

幸好，听说莺莺每夜都会在花园内烧香，正好可以躲在墙角"饱看一会"！但见：

【小桃红】夜深香霭散空庭，帘幕东风静。拜罢也斜将曲栏凭，长吁了两三声。剔团圞明月如悬镜。又不见轻云薄雾，都只是香烟人气，两般儿氤氲得不分明。

——《西厢记》第一本第三折

香烟缭绕，模糊了莺莺的如花娇容，却抹不去她的声声长叹。她在想什么呢？且吟诗一首试探一二吧：

月色溶溶夜，花阴寂寂春；如何临皓魄，不见月中人？

——《西厢记》第一本第三折

不想，很快，就得到了莺莺的附和：

兰闺久寂寞，无事度芳春；料得行吟者，应怜长叹人。

——《西厢记》第一本第三折

张生的心再次翻腾起来：前番只是被她的容貌所吸引，没想到她的内心竟也如此玲珑剔透，假若两人就这么“隔墙儿酬和到天明”，那才是“惺惺的自古惜惺惺”的一段佳话呢。

一对年轻人正沉浸在“口不言心自省”的神交之中，却被红娘的一句“姐姐，有人！咱家去来，怕夫人嗔着”惊醒了梦中人。梦醒人归，只留下了个“怨不能、恨不成、坐不安、睡不宁”的“志诚种”。

有了晚间的灵犀相通，就更加期待来日追荐先人的道场。做法事这天，张生早早地就来到了佛殿。趁夫人小姐尚未到来，张生先为父母拈香。他一边跪拜一边念念有词：

【沈醉东风】惟愿存在的人间寿高，亡化的天上逍遥。为曾、祖、父先灵，礼佛、法、僧三宝。焚名香暗中祷告：则愿得红娘休劣，夫人休焦，犬儿休恶！佛啰，早成就了幽期密约！

——《西厢记》第一本第四折

前两句还一本正经，后两句可就离题万里，居然赤裸裸地恳求佛祖保佑他们“早成就了幽期密约”。可倘非如此，就不能显出张生的痴情和真诚。这是一个不会伪装自己的坦荡君子。也唯其如此，他在佛前的狂妄疯癫，才不那么让人反感生厌。

天仙般的莺莺终于出场了：

【得胜令】恰便似檀口点樱桃，粉鼻儿倚琼瑶，淡白梨花面，轻盈杨柳腰。妖娆，满面儿扑堆着俏；苗条，一团儿衠是娇。

——《西厢记》第一本第四折

真是“情人眼里出西施”啊！所有的文字在莺莺面前都显得那么苍白无力，又岂是一个“娇”字了得?

再看看向来以清心寡欲著称的佛家子弟的反常举止吧：

【乔牌儿】大师年纪老，法座上也凝眺；举名的班首真呆傍，觑着法聪头做金磬敲。

【折桂令】……击磬的头陀懊恼，添香的行者心焦。烛影风摇，香霭云飘；贪看莺莺，烛灭香消。

——《西厢记》第一本第四折

端坐在高高的法座上的年迈长老，也禁不住凝神眺望；主持法事的和尚，竟然把法聪的光头当作金磬来敲击；添香的僧人，因为贪看莺莺而忘了续香，以致烛灭香消——莺莺的美征服了在场的所有人。

这，竟让张生兴起了莫名的嫉妒，不由得埋怨这“老的小的，村的俏的，没颠没倒，胜似闹元宵”。可莺莺眼中的张生，又何尝不如是：

【锦上花】……扭捏着身子儿百般做作，来往向人前卖弄俊俏。

——《西厢记》第一本第四折

在世俗之人看来，这是一场人来人往、喧闹无比的法事，可在张生和莺莺眼中，却只有对方的身影在忙碌、在穿梭。折腾了一宿，身心俱疲的人们渐渐散去，莺莺也只得随着母亲怏怏而去。看着玉人归去的倩影，张生再次被推进了无边的苦海：

【鸳鸯煞】有心争似无心好，多情却被无情恼。

——《西厢记》第一本第四折

两条平行线，貌似再无交汇的可能……

2. 白马解围

天有不测风云。对莺莺的美貌早已垂涎三尺的河桥守将孙飞虎，得知孤儿寡母困居普救寺，立即带着五千贼兵，把寺门团团围住，摇旗呐喊，要抢夺莺莺。

自从见过张生，就“坐又不安，睡又不稳，欲待登临又不快，闲行又闷，每日价情思睡昏昏”的莺莺，陡然闻此凶信，也没了分寸。慌乱中只得与母亲商议：

孩儿有一计，想来只是将我与贼汉为妻，庶可免一家儿性命。

【后庭花】第一来免摧残老太君；第二来免堂殿作灰烬；第三来诸僧无事得安存；第四来先君灵柩稳；第五来欢郎虽是未成人，（欢云）俺呵，打甚么不紧。（旦唱）须是崔家后代孙。莺莺为惜己身，不行从着乱军：诸僧众污血痕，将伽蓝火内焚，先灵为细尘，断绝了爱弟亲，割开了慈母恩。

——《西厢记》第二本第一折

把相国家谱看得高于一切的老夫人，岂肯将女儿拱手让与贼汉？那样如何对得起崔家的列祖列宗？此计不通，还有下策：

【柳叶儿】呀，将俺一家儿不留一个龆龀，待从军又怕辱没了家门。我不如白练套头儿寻个自尽，将我尸榇，献与贼人，也须得个远害全身。

——《西厢记》第二本第一折

要老夫人眼睁睁地看着亲生女惨死在白发娘的面前，又如何忍心？左也不行，右也不是，莺莺这才说出了早已想好的第三计：

【青歌儿】母亲，都做了莺莺生忿，对傍人一言难尽。母亲，休爱惜莺莺这一身。您孩儿别有一计：不拣何人，建立功勋，杀退贼军，扫荡妖氛；倒陪家门，情愿与英雄结婚姻，成秦晋。

——《西厢记》第二本第一折

老夫人这才勉强点头：

此计较可，虽然不是门当户对，也强如陷于贼中。

——《西厢记》第二本第一折

于是，长老在法堂上高叫：

两廊僧俗，但有退兵之策的，倒陪房奁，断送莺莺与他为妻。

——《西厢记》第二本第一折

重赏之下，必有勇夫。更何况，莺莺与张生早已心心相印。所以，长老话音刚落，就听有人高喊："我有退兵之策，何不问我？"老夫人见状大喜，再次当面允诺，若退得贼兵，定将小姐许与英雄为妻。而张狂的书生竟然也毫不客气地坦然接受：

既是恁的，休唬了我浑家，请入卧房里去，俺自有退兵之策。

——《西厢记》第二本第一折

接下来，就是张生挥毫向好友"白马将军"杜确求救，和尚惠明自告奋勇前去送信，"白马将军"如约而至，孙飞虎贼军不攻自破。就这样，崔家老小和举寺僧众的性命，被张生以四两拨千斤之势，轻而易举地解救了下来。

有了这样的"灭寇功，举将能"，张生信心满满地以为自己肯定坐稳了崔家女婿的头把交椅，他把自己打扮得整整齐齐："皂角也使过两个也，水也换了两桶也，乌纱帽擦得光挣挣的。"专等着红娘来相请赴宴。见了红娘，还怕自己衣冠不整，竟要烦请她先看上一看，惹得小丫环又是一阵奚落：

【满庭芳】来回顾影，文魔秀士，风欠酸丁。下工夫将额颅十分挣，迟和疾擦倒苍蝇，光油油耀花人眼睛，酸溜溜螫得人牙疼。

——《西厢记》第二本第三折

张生则不以为意，未来女婿见丈母娘，可不得事事小心嘛，更何况素闻老夫人“治家严肃，有冰霜之操”，细节上自然马虎不得。

而莺莺这边，一开始听到红娘呼唤赴宴，还想借身子不爽推脱，但一听是张生来了，态度马上转变：“若请张生，扶病也索走一遭。”

就这样，兴冲冲的两个年轻人终于有了再度相见的机会。可没想到，母亲劈头吩咐的第一句话竟是：

小姐近前，拜了哥哥者！

——《西厢记》第二本第四折

短短几个字，像一道霹雳从天而降，莺莺的内心瞬间掀起了狂风巨浪：

【得胜令】谁承望这即即世世老婆婆，着莺莺做妹妹拜哥哥。白茫茫溢起蓝桥水，不邓邓点着袄庙火。碧澄澄清波，扑刺刺将比目鱼分破；急攘攘因何，抡搭地把双眉锁纳合。

——《西厢记》第二本第四折

看着一言不发、像只没头鹅的张生，莺莺把盏的手也在阵阵发抖：

【折桂令】他其实咽不下玉液金波。谁承望月底西厢，变做了梦里南柯。泪眼偷淹，酩子里揾湿香罗。他那里眼倦开软瘫做一垛；我这里手难抬称不起肩窝。病染沈疴，断然难活。则被你送了人呵，当甚么喽啰。

——《西厢记》第二本第四折

此时的莺莺，心里充盈的尽是对母亲的埋怨和不满：

俺娘好口不应心也呵！

【乔牌儿】老夫人转关儿没定夺，哑谜儿怎猜破；黑阁落甜话儿将人和，请将来着人不快活。

【殿前欢】恰才个笑呵呵，都做了江州司马泪痕多。若不是一封书将半万贼兵破，俺一家儿怎得存活。他不想结姻缘想甚么？到如今难着莫。老夫人谎到天来大；当日成也是您个母亲，今日败也是您个萧何。

【离亭宴带歇指煞】从今后玉容寂寞梨花朵，胭脂浅淡樱桃颗，这相思何时是可？昏邓邓黑海来深，白茫茫陆地来厚，碧悠悠青天来阔；太行山般高仰望，东洋海般深思渴。毒害的恁么。俺娘呵，将颤巍巍双头花蕊搓，香馥馥同心缕带割，长搀搀连理琼枝挫。白头娘不负荷，青春女成担搁，将俺那锦片也似前程蹬脱。俺娘把甜句儿落空了他，虚名儿误赚了我。

——《西厢记》第二本第四折

说什么“口不应心”，说什么“谎到天来大”，说什么“当日成也是恁个母亲，今日败也是恁个萧何”，都终归是埋怨。大水可以淹没桃源道，大火可以烧毁袄庙，可埋怨的怒火再强烈，也冲不破老夫人在二人之间横亘的这道“兄妹”屏障。

老夫人的突然赖婚，竟让张生产生了要“解下腰间之带，寻个自尽”的念头。这，又招来了红娘的一顿讽刺：

街上好贱柴，烧你个傻角！

——《西厢记》第二本第四折

听到红娘说小姐一向喜欢听琴，而且每夜都会到花园烧香，擅长抚琴的张生马上转悲为喜，眼前仿佛又是一片光明。

是夜，“云敛晴空，冰轮乍涌”，在红娘的撺掇下，莺莺拖着沉重的步伐来到了花园内。朗月的清辉让宁静的园子愈显清雅怡人，可这些丝毫激不起莺莺赏月的雅兴，反而让她不由自主地感叹：“风月天边有，人间好事无。”就连天上的月晕，都让她觉得大概是担心寂寞的嫦娥动情，才化作这重重罗帏似的云彩，团团围住了广寒宫。

突然，一串悠扬的乐音划破了寂静的长空：

【天净沙】莫不是步摇得宝髻玲珑？莫不是裙拖得环珮玎珰？莫不是铁马儿檐前骤风？莫不是金钩双控，吉丁当敲响帘栊？

【调笑令】莫不是梵王宫夜撞钟？莫不是疏竹潇潇曲槛中？莫不是牙尺剪刀声相送？莫不是漏声长滴响壶铜？潜身再听在墙角东，原来是近西厢理结丝桐。

——《西厢记》第二本第五折

仿佛是发髻上的簪钗相碰，又像是衣袂上的环佩玎珰，又像是檐前的铃铛作响，又像是卷挂竹帘的金钩相撞。抑或是深夜的钟声？竹叶的沙沙声？牙尺剪刀的撞击声？铜壶的滴漏声？潜身细听，又都不像。直到贴近东墙，才发现原来有人正在抚琴：

【秃厮儿】其声壮，似铁骑刀枪冗冗；其声幽，似落花流水溶溶；其声高，似风清月朗鹤唳空；其声低，似听儿女语，小窗中，喁喁。

——《西厢记》第二本第五折

那时而如刀枪铁骑、时而像流水落花、时而如鹤唳长空、时而像儿女呢喃的琴音，让莺莺听得如痴如醉，情不自禁地靠近了书窗。心有灵犀的张生大概也感觉到了隔墙有耳，忍不住高歌一曲：

有美人兮，见之不忘。一日不见兮，思之如狂。凤飞翩翩兮，四海求凰。无奈佳人兮，不在东墙。张弦代语兮，欲诉衷肠。何时见许兮，慰我彷徨？愿言配德兮，携手相将！不得于飞兮，使我沦亡。

——《西厢记》第二本第五折

听完这首《凤求凰》，莺莺早已是泪如雨下，这样的张生啊，怎不教人知重！突然，耳边厢又响起了张生那又像是自言自语又像是专对她讲的声音："夫人且做忘恩，小姐，你也说谎也呵！"

闻听此言，莺莺的心真是委屈到了极致：

【东原乐】这的是俺娘的机变，非干是妾身脱空；若由得我呵，乞求得效鸾凤。俺娘无夜无明并女工；我若得些儿闲空，张生呵，怎教你无人处把妾身作诵。

——《西厢记》第二本第五折

这都是做娘的狡诈，哪里会由我分说！千言万语，虽然无法对张生直接言明，但莺莺已暗暗下定决心：绝不肯别离了"志诚种"，"好共歹不着你落空"！

只是，这场相思何日才是尽头？

3. 相思成疾

近在咫尺却又相隔万里的张生和莺莺，从此没了往日的神采：一个面色无光、废寝忘餐；一个懒拈针线、寂寞泪阑干。只有像离不开针儿的细线一样穿来穿去的红娘，整日里忙忙碌碌、来来往往。

这天，在莺莺的百般央求下，红娘悄悄地来到了张生的书房外：

【村里迓鼓】我将这纸窗儿润破，悄声儿窥视。多管是和衣儿睡起，罗衫上前襟褶衽。孤眠况味，凄凉情绪，无人伏侍。觑了他涩滞气色，听了他微弱声息，看了他黄瘦脸儿。张生呵，你若不闷死，多应是害死。

——《西厢记》第三本第一折

一个衣冠不整、面黄肌瘦、无情无绪的书生闷声无言地呆坐房内，乍然响起的敲门声和紧接着熟悉的声音让他立刻为之一振，知道来者正是他的“擎天柱”：

既然小娘子来，小姐必有言语。

小姐既有见怜之心，小生有一简，敢烦小娘子达知肺腑咱。

——《西厢记》第三本第一折

感觉到红娘的迟疑，他立刻许诺：

小生久后多以金帛拜酬小娘子。

——《西厢记》第三本第一折

不想此话一出，立刻就“点燃了火药桶”：

【胜葫芦】哎，你个馋穷酸俫没意儿，卖弄你有家私，莫不图谋你的东西来到此？先生的钱物，与红娘做赏赐，是我爱你的金资？

【幺篇】你看人似桃李春风墙外枝，卖俏倚门儿。我虽是个婆娘有志气。则说道：“可怜见小子，只身独自！”恁的呵，颠倒有个寻思。

——《西厢记》第三本第一折

我好意前来，岂是为了图谋你的钱财？只不过可怜你形单影只罢了。一片冰心的红娘“骂”够了穷书生，又热心地催促他快写信笺，并信誓旦旦地保证：

【煞尾】沈约病多般，宋玉愁无二，清减了相思样子。只你那眉眼传情未了时，中心日夜藏之。怎敢因而，“有美玉于斯”，我须教有发落归着这张纸。凭着我舌尖儿上说词，更和这简帖儿里心事，管教那人儿来探你一遭儿。

——《西厢记》第三本第一折

看着红娘远去的背影，张生的眼神再次变得光彩熠熠……

可张生这道“会亲的符箓”，竟成了红娘的“公案”。

原来，深知“小姐有许多假处”的红娘，把简帖悄悄地放在了梳妆盒上。果不其然，莺莺“将简帖儿拈，把妆盒儿按，开拆封皮孜孜看，颠来倒去不害心烦”。突然，意识到机灵的小红娘正立在身旁，于是，“忽的波低垂了粉颈，氲的呵改变了朱颜”，小姐的派头再次高扬：

小贱人，这东西那里将来的？我是相国的小姐，谁敢将这简帖来戏弄我，我几曾惯看这等东西？告过夫人，打下你个小贱人下截来。

——《西厢记》第三本第二折

万般委屈的红娘只得先下手为强：“姐姐休闹，比及你对夫人说呵，我将这简帖儿去夫人行出首去来。”这下，反轮到莺莺着慌了，千金的架子早放在了一边，只有低声下气地恳求“红娘姐”快告诉她张生的近况。红娘这才添油加醋地讲起那个被相思病折磨得七荤八素的“傻角”来：

【朝天子】张生近间、面颜，瘦得来实难看。不思量茶饭，怕待动弹；晓夜将佳期盼，废寝忘餐。黄昏清旦，望东墙淹泪眼。

——《西厢记》第三本第二折

莺莺听说，心里虽着急上火，口头上却还想瞒着红娘：“将描笔儿过来，我写将去回他，著他下次休是这般。”写毕，还不忘嘱咐红娘：

红娘，你将去说："小姐看望先生，相待兄妹之礼如此，非有他意。再一遭儿是这般呵，必告夫人知道。"和你个小贱人都有话说。

——《西厢记》第三本第二折

早已看穿小姐心事的红娘，一边俯身捡起莺莺故意扔在地上的简帖，一边不由得满腹怨言：

【脱布衫】小孩儿家口没遮拦，一迷的将言语摧残。把似你使性子，休思量秀才，做多少好人家风范。

——《西厢记》第三本第二折

然而，千金小姐可以随意使性子，热心肠的婢女还是得做那"缝了口的撮合山"，即使去送信的路上满腹牢骚：

【石榴花】当日个晚妆楼上杏花残，犹自怯衣单，那一片听琴心清露月明间。昨日个向晚，不怕春寒，几乎险被"先生馔"，那其间岂不胡颜？为一个不酸不醋风魔汉，隔墙儿险化做了望夫山。

【斗鹌鹑】你用心儿拨雨撩云，我好意儿传书寄简。不肯搜自己狂为，则待要觅别人破绽。受艾焙权时忍这番，畅好是奸！"张生是兄妹之礼，焉敢如此！"对人前巧语花言；——没人处便想张生，——背地里愁眉泪眼。

——《西厢记》第三本第二折

平日里在绣楼上梳个晚妆还老说冷啊冷的，可那天听琴到深夜，险些儿化作了望夫山，也没说半个"冷"字。这其间，就不怕丢脸了？今天又在我面前花言巧语，转过身却又愁眉苦脸！这个惯会"假意儿"的小姐，真是让红娘又生气又同情。

正像热锅上的蚂蚁般焦急地等着红娘的张生，一见自己的"擎天柱"来了，忙上前询问事体如何，待听说“不济事了”，竟埋怨起红娘来：“小生简帖儿是一道会亲的符箓，则是小娘子不用心，故意如此。”不提“简帖”还好，一听这两个字，红娘可是火冒三丈：

我不用心？有天理，你那简帖儿好听！

【上小楼】这的是先生命悭，须不是红娘违慢。那简帖儿倒做了你的招状，他的勾头，我的公案。若不是觑面颜，厮顾盼，担饶轻慢，先生受罪，礼之当然。贱妾何辜？争些儿把你娘拖犯。

【幺篇】从今后相会少，见面难。月暗西厢，凤去秦楼，云敛巫山。你也赸，我也赸；请先生休讪，早寻个酒阑人散。

——《西厢记》第三本第二折

这一切都是你那简帖惹的祸！这里的“赸”，是“走开、散伙”的意思，“讪”，是“埋怨、毁谤”的意思。劝你个张先生识相点，还是早早放手为妙，我还要回夫人话去呢。

张生见状，又是“扑通”一声跪在了红娘面前。红娘素知莺莺“小姐性儿撮盐入火，消息儿踏着泛”，又禁不住张生的苦苦哀求，正左右为难间，突然想起，莺莺的回信还没拿出来呢。张生迫不及待地接过来信，转眼间竟又高兴得手舞足蹈起来。红娘看得一头雾水，张生急忙解释，莺莺信中的四句诗“待月西厢下，迎风户半开。隔墙花影动，疑是玉人来”，就是要他晚上赴约的意思。

恍然大悟的红娘不由得一阵无名火起：

【耍孩儿】几曾见寄书的颠倒瞒着鱼雁，小则小心肠儿转关。写着道西厢待月等得更阑，着你跳东墙“女”字边“干”。原来那诗句儿里包笼着三更枣，简帖儿里埋伏着九里山。他着紧处将人慢，您会云雨闹中取静，我寄音书忙里偷闲。

【三煞】他人行别样的亲，俺跟前取次看，更做道孟光接了梁鸿案。别人行甜言美语三冬暖，我跟前恶语伤人六月寒。我为头儿看：看你个离魂倩女，怎发付掷果潘安。

——《西厢记》第三本第二折

“举案齐眉”的典故本来说的是，劳动回家的梁鸿高高兴兴地接过了妻子孟光恭恭敬敬、高高举起到与眉毛那样高的食盘。红娘这里反说是“孟光接了梁鸿案”，实则是讽刺莺莺的主动约会。自己忙里偷闲地为二人奔波，结果反遭莺莺如此猜忌，怎不让红娘心生怨气？虽然如此，她还是力劝张生务必准时赴约：

【二煞】隔墙花又低，迎风户半拴，偷香手段今番按。怕墙高怎把龙门跳，嫌花密难将仙桂攀。放心去，休辞惮；你若不去呵，望穿他盈盈秋水，蹙损他淡淡春山。

【煞尾】你虽是去了两遭，我敢道不如这番。你那隔墙酬和都胡侃，证果的是今番这一简。

——《西厢记》第三本第二折

是夜，手无缚鸡之力的张生“勇敢”地跳进了花园。可想不到，等待他的竟是这戏剧性的一幕：

（旦云）红娘，有贼！

（红云）是谁？

（末云）是小生。

（红云）张生，你来这里有甚么勾当？

（旦云）扯到夫人那里去！

（红云）到夫人那里，怕坏了他行止。我与姐姐处分他一场。张生，你过来，跪着！你既读孔圣之书，必达周公之礼，夤夜来此何干？

——《西厢记》第三本第三折

自诩为猜谜行家的张生受到这意外的当头棒击，一时间竟哑口无言，一边听着主仆俩你一言我一语的娇声呵斥，一边呆呆地看着小姐“愤愤然”拂袖而去。最后，只剩了一句梦呓般的自言自语：

你着我来，却怎么有偌多说话！

——《西厢记》第三本第三折

平白无故地受了这么一场“怨气”，张生的病体愈发沉重。于心不忍的老夫人听说后一边急忙派人去请医生，一边差遣红娘前去探望。懊悔不迭的莺莺也趁机写了封信央求红娘顺便带去。想到上次“教训”的红娘将信将疑：

又来也！娘呵，休送了他人！

——《西厢记》第三本第四折

莺莺只得苦苦哀求：

好姐姐，救人一命，将去咱！

——《西厢记》第三本第四折

看着这一对被折磨得“死去活来”的有情人如此备受煎熬，热心的红娘再次爽快地应承了下来：

不是你，一世也救他不得。如今老夫人使我去哩，我就与你将去走一遭。

——《西厢记》第三本第四折

但是这一路上，心里还是打鼓似的七上八下：

【越调·斗鹌鹑】则为你彩笔题诗，回文织锦，送得人卧枕着床，忘餐废寝；折倒得鬓似愁潘，腰如病沈。恨已深，病已沉，昨夜个热脸儿对面抢白，今日个冷句儿将人厮侵。昨夜这般抢白他呵！

【紫花儿序】把似你休倚着栊门儿待月，依着韵脚儿联诗，侧着耳朵儿听琴。见了他撇假偌多话："张生，我与你兄妹之礼，甚么勾当！"怒时节，把一个书生来跌窨；欢时节，"红娘，好姐姐，去望他一遭！"将一个侍妾来逼临。难禁，好着我似线脚儿般殷勤不离了针。从今后教他一任，这的是俺老夫人的不是：将人的义海恩山，都做了远水遥岑。

——《西厢记》第三本第四折

小姐反复无常的举止，着实让人难以捉摸，思量这一切，都是老夫人的不是啊！不知莺莺这次的"药方"，是否对症？

红娘的疑虑很快被"聪明"的张生解开了。他兴高采烈地为红娘念诵着莺莺信中的诗句：

休将闲事苦萦怀，取次摧残天赋才。不意当时完妾命，岂防今日作君灾？仰图厚德难从礼，谨奉新诗可当媒。寄语高唐休咏赋，今宵端的雨云来。

——《西厢记》第三本第四折

一向自比为"风流隋何、浪子陆贾"的张生，坚信"此韵非前日之比，小姐必来"。红娘还是半信半疑：

【圣药王】果若你有心，他有心，昨日秋千院宇夜深沉；花有阴，月有阴，"春宵一刻抵千金"，何须"诗对会家吟"？

——《西厢记》第三本第四折

既然你俩是“郎有情妾有意”，前番花好月圆为何不成其好事，还要像现在这般煞费心机地吟诗递简呢？小姐的心思真不好猜！

这一回，莺莺还会变卦吗？

4. 长亭送别

如水的夜色，在普救寺渐渐氤氲开来。满腹心事的莺莺，口不应心地吩咐着红娘：“红娘，收拾卧房，我睡去。”看着又要耍小姐脾气的莺莺，红娘不免单刀直入：“姐姐，你又来也！送了人性命不是要处。你若又反悔，我出首与夫人，你著我将简帖儿约下他来。”终于，在红娘的一再催促下，“羞人答答”的莺莺“语言虽是强，脚步儿早先行”。

书房里的张生早已是望穿秋水、情思昏昏：

【混江龙】彩云何在，月明如水浸楼台。僧归禅室，鸦噪庭槐。风弄竹声，则道金珮响；月移花影，疑是玉人来。意悬悬业眼，急攘攘情怀，身心一片，无处安排；则索呆答孩倚定门儿待。越越的青鸾信杳，黄犬音乖。

【天下乐】我则索倚定门儿手托腮，好着我难猜：来也那不来？夫人行料应难离侧。望得人眼欲穿，想得人心越窄，多管是冤家不自在。

【那吒令】他若是肯来，早身离贵宅；他若是到来，便春生敝斋；他若是不来，似石沉大海。数着他脚步儿行，倚定窗棂儿待。

——《西厢记》第四本第一折

晚风穿过竹林发出的窸窣声，竟好似莺莺衣服上的金珮在叮当作响；月光下晃动的花影，也怀疑是玉人驾到的讯息。就这样，从“倚定门儿手托腮”，到“倚定窗棂儿待”，度日如年的张生终于等来了“神仙”的降临：

【村里迓鼓】猛见他可憎模样，——小生那里得病来——早医可九分不快。

先前见责，谁承望今宵欢爱！着小姐这般用心，不才张珙，合当跪拜。小生无宋玉般容，潘安般貌，子建般才。姐姐，你则是可怜见为人在客！

——《西厢记》第四本第一折

恍惚间，仿佛祥云瑞霭一下子充盈了清冷孤寂的书斋，幸福来得那么突然！小生何幸，得此佳偶！张生不由得翻身跪拜：

谢小姐不弃，张珙今夕得就枕席，异日犬马之报。

——《西厢记》第四本第一折

听着膝下这个“志诚种”的肺腑之言，莺莺的内心一样翻江倒海：

妾千金之躯，一旦弃之。此身皆托于足下，勿以他日见弃，使妾有白头之叹。

——《西厢记》第四本第一折

莺莺对自己的“玉精神，花模样”，有着充分的自信，但对张生能否“从一而终”，却有着如普天下所有女子一样的顾虑。果然，好景不长，这个“白头之叹”就受到了第一次考验。

一天晚上，弟弟欢郎无意中瞥见姐姐和红娘一同去后花园烧香，久久不见回来，便把此事告知了母亲。一场暴风雨来势汹汹！

先是红娘受到了严厉的拷打和责问。起初，红娘还想遮掩，但老夫人马上亮出了欢郎的证词。乖觉的红娘见状，只得和盘托出。老夫人心惊胆战地听完红娘的讲述，不由得把满腔怒火都烧在了可怜的婢女身上：

这端事，都是你个贱人！

——《西厢记》第四本第二折

伶牙俐齿的小红娘也毫不示弱："非是张生、小姐、红娘之罪，乃夫人之过也。"紧接着又侃侃而谈：

信者人之根本，"人而无信，不知其可也。大车无輗，小车无軏，其何以行之哉？"当日军围普救，夫人所许退军者，以女妻之。张生非慕小姐颜色，岂肯区区建退军之策？兵退身安，夫人悔却前言，岂得不为失信乎？既然不肯成就其事，只合酬之以金帛，令张生舍此而去。却不当留请张生于书院，使怨女旷夫，各相早晚窥视，所以夫人有此一端。目下老夫人若不息其事，一来辱没相国家谱；二来张生日后名重天下，施恩于人，忍令反受其辱哉？使至官司，夫人亦得治家不严之罪。官司若推其详，亦知老夫人背义而忘恩，岂得为贤哉？红娘不敢自专，乞望夫人台鉴：莫若恕其小过，成就大事，㨪之以去其污，岂不为长便乎？

——《西厢记》第四本第二折

一番话，矛头直指老夫人，历数其"三不该"：一不该失信悔婚，二不该留请张生于书院，三不该辱没相国家谱。错，本来是小儿女犯下的，罪过，倒都落在了老母亲身上。看似不合情理，但红娘言之凿凿，句句在理，连老夫人也不得不点头称是："这小贱人也道得是。我不合养了这个不肖之女。"

第一轮风波就这样被红娘轻描淡写地按了下去。可老夫人毕竟是饱经风霜的相国遗孀，严酷的生存法则迫使她对张生抛下了这段"狠话"：

好秀才呵！岂不闻"非先王之德行不敢行"？我待送你去官司里去来，恐辱没了俺家谱。我如今将莺莺与你为妻，则是俺三辈儿不招白衣女婿，你明日便上朝取应去，我与你养着媳妇。得官呵，来见我；驳落呵，休来见我。

——《西厢记》第四本第二折

于是，"白头之叹"受到了更为严峻的考验。

一个西风渐紧、北雁南飞、菊花凋零的暮秋天气，老夫人在十里长亭摆下了宴席，要送张生赴京赶考。

送行的路上，坐在车里的莺莺，看着车外马背上那个孤孤单单的背影，心里只有默默地祈祷："马儿迍迍的行，车儿快快的随。"多么希望就这样一直走到地老天荒！千秋万岁，永如此时！多么希望长长的柳丝能够挂住斜阳，让它永不落下！可长亭就在眼前，分别就在顷刻。哪里还有心思打扮自己，哪里还有心情饮酒吃饭？

【叨叨令】见安排着车儿、马儿，不由人熬熬煎煎的气；有甚么心情花儿、靥儿，打扮得娇娇滴滴的媚；准备着被儿、枕儿，则索昏昏沉沉的睡；从今后衫儿、袖儿，都搵做重重叠叠的泪。兀的不闷杀人也么哥！兀的不闷杀人也么哥！久已后书儿、信儿，索与我凄凄惶惶的寄。

【快活三】将来的酒共食，尝着似土和泥。假若便是土和泥，也有些土气息，泥滋味。

——《西厢记》第四本第三折

闷杀人的离愁，不仅让莺莺食不下咽，还使她不由得埋怨起了对面那同样无精打采的情郎：

【幺篇】年少呵轻远别，情薄呵易弃掷。全不想腿儿相挨，脸儿相偎，手儿相携。你与俺崔相国做女婿，妻荣夫贵，但得一个并头莲，煞强如状元及第。

——《西厢记》第四本第三折

明知都是母亲的一手安排，却还是忍不住迁怒于张生：都是你年少轻别离，可知在我心中，"一个并头莲"岂是"状元及第"所能比得的！不管你得官与否，疾便回来！

听到张生信誓旦旦地表白："小生这一去，白夺一个状元。正是：青霄有路终须到，金榜无名誓不归。"莺莺不由得更为担忧，连声叮嘱：

【二煞】你休忧"文齐福不齐"，我则怕你"停妻再娶妻"。休要"一春鱼雁无消息"！我这里青鸾有信频须寄，你却休"金榜无名誓不归"。此一节君须记，若见了那异乡花草，再休似此处栖迟。

——《西厢记》第四本第三折

其实，在张生眼中，哪有什么"异乡花草"比得过莺莺！他日里夜里、心心念念的不都是莺莺吗？独自赴考的路上，脑海里反复出现的全是莺莺的娇容笑靥：

【步步娇】昨夜个翠被香浓薰兰麝，欹珊枕把身躯儿趄。脸儿厮揾者，仔细端详，可憎的别。铺云鬓玉梳斜，恰便似半吐初生月。

——《西厢记》第四本第四折

就连睡梦里惊现的，也是莺莺的倩影。恍惚间，但见莺莺孤身一人，深夜独行：

【乔木查】走荒郊旷野，把不住心娇怯，喘吁吁难将两气接。疾忙赶上者，打草惊蛇。

【搅筝琶】他把我心肠扯，因此不避路途赊。瞒过俺能拘管的夫人，稳住俺厮齐攒的侍妾。想着他临上马痛伤嗟，哭得我也似痴呆。不是我心邪，自别离已后，到西日初斜，愁得来陡峻，瘦得来呻嗻。则离得半个日头，却早又宽掩过翠裙三四褶，谁曾经这般磨灭？

【折桂令】想人生最苦离别，可怜见千里关山，独自跋涉。似这般割肚牵肠，倒不如义断恩绝。虽然是一时间花残月缺，休猜做瓶坠簪折。不恋豪杰，不羡骄奢；自愿的生则同衾，死则同穴。

——《西厢记》第四本第四折

刚刚分别半日，就被折磨得人瘦衣肥。话虽夸张，心意昭昭。为了追随心上人，这个香闺女子竟然冒着被追捕的风险独自夜闯津渡。前面是娇喘吁吁，后面是追兵甚急！就这样，慌不择路，终于赶到了张生寄住的旅店。

来不及细聊，又听得门外敲门声，一声紧似一声。张生一时竟慌了手脚，不知如何是好。还是莺莺镇定，她坦然地走到门前，朗声呵斥：

休言语，靠后些！杜将军你知道他是英杰，觑一觑着你为了醯酱，指一指教你化做䏎血。骑着匹白马来也。

——《西厢记》第四本第四折

爱情竟有如此神奇的魔力，看那平日里连说话都不敢高声的纤纤弱质，此刻竟然挺身而出，独当一面！

可一眨眼的工夫，莺莺和众兵卒又都消失得无影无踪。一觉惊醒，方知是梦！但见眼前霜华铺地，晓星初上，残月犹明。张生忍不住一片唏嘘：

【得胜令】惊觉我的是颤巍巍竹影走龙蛇，虚飘飘庄周梦蝴蝶，絮叨叨促织儿无休歇，韵悠悠砧声儿不断绝。痛煞煞伤别，急煎煎好梦儿应难舍；冷清清的咨嗟，娇滴滴玉人儿何处也？

【鸳鸯煞】柳丝长咫尺情牵惹，水声幽仿佛人呜咽。斜月残灯，半明不灭。畅道是旧恨连绵，新愁郁结；别恨离愁，满肺腑难淘泻。除纸笔代喉舌，千种相思对谁说。

——《西厢记》第四本第四折

眼前、耳畔，只有竹影轻摇、促织絮絮、砧声悠悠。娇滴滴的玉人儿，何处去也？这新愁旧恨、千种相思、万种别情，更对何人说？

别后的第一夜，竟这样备受煎熬。

5. 争亲团圆

苍天不负有心人。苦尽甘来的日子终于露出了一半笑脸。

半载之后，头名状元的桂冠如期落在了张生的头上。因为还要等候圣旨拜官授职，张生暂时羁留在了客馆。想到小姐还在家中翘首企盼，便命琴童带着写好的家书，火速赶往河中府，先去报信，等接了回书，再立刻折返。一路上，琴童牢记着主人的嘱托，日夜兼程，马不停蹄。即便如此，等莺莺接到书信，也已是一个多月以后了。

这半年多离别的日子，真不知莺莺是怎么熬过来的：

【商调·集贤宾】虽离了我眼前，却在心上有；不甫能离了心上，又早眉头。忘了时依然还又，恶思量无了无休。大都来一寸眉峰，怎当他许多颦皱。新愁近来接着旧愁，厮混了难分新旧。旧愁似太行山隐隐，新愁似天堑水悠悠。

——《西厢记》第五本第一折

人，早已离去多日，却还时时涌上心头，心里刚刚停止了思念，却又眉峰颦皱，新愁压着旧愁，何日是个尽头？

连红娘都为小姐隐隐地担忧："姐姐往常针尖不倒，其实不曾闲了一个绣床，如今百般的闷倦。往常也曾不快，将息便可，不似这一场清减得十分厉害。"红娘千方百计地想为小姐散心解闷，可莺莺放眼望去：

空目断山明水秀；见苍烟迷树，衰草连天，野渡横舟。

——《西厢记》第五本第一折

眼前一片迷离，苍茫的天际，只有无边的衰草和孤零零的小舟，让我魂牵梦绕的心上人啊，你在哪里栖迟？

突然间，门外传来了几声咳嗽。原来，携带家书的琴童不期而至。莺莺颤抖着双手打开了来信，还未看清字迹，双眼已被泪水模糊了视线：

【醋葫芦】我这里开时和泪开，他那些修时和泪修。多管阁着笔尖儿未写早泪先流，寄来的书泪点儿兀自有。我将这新痕把旧痕湮透，正是一重愁翻做两重愁。

——《西厢记》第五本第一折

谁承想当日跳东墙的偷香客，竟成了今天占鳌头的状元郎。张生果然是不负我莺莺的厚爱啊！只是状元郎啊状元郎，你何时才能返故乡？就让琴童捎去我的一片心意吧：汗衫一领，裹肚一条，袜儿一双，瑶琴一张，玉簪一枚，斑管一枝。

红娘不解，姐夫都得官了，这些东西还有什么稀罕的？莺莺却自有道理：

（旦云）你不知道，这汗衫儿呀，

【梧叶儿】他若是和衣卧，便是和我一处宿；但贴着他皮肉，不信不想我温柔。

（红云）这裹肚要怎么？

（旦唱）常则不要离了前后，守着他左右，紧紧的系在心头。

（红云）这袜儿如何？

（旦唱）拘管他胡行乱走。

（红云）这琴他那里自有，又将去怎么？（旦唱）

【后庭花】当日五言诗紧趁逐，后来因七弦琴成配偶。他怎肯冷落了诗中意，我则怕生疏了弦上手。

（红云）玉簪呵，有甚主意？

（旦唱）我须有个缘由，他如今功名成就，则怕他撇人在脑背后。

（红云）斑管要怎的？

（旦唱）湘江两岸秋，当日娥皇因虞舜愁，今日莺莺为君瑞忧。这九嶷山下竹，共香罗衫袖口——

【青哥儿】都一般啼痕湮透。似这等泪斑斑宛然依旧，万古情缘一样愁。涕泪交流，怨慕难收。对学士叮咛说缘由，是必休忘旧！

——《西厢记》第五本第一折

汗衫，是要他常想起我的温柔；裹肚，是要他常记在心头；袜儿，是让他不要胡行乱走；瑶琴，是提醒他别冷落了诗中意；玉簪，是警醒他别忘了糟糠妇；斑管，是要他明白莺莺的满腔忧思就像娥皇思念虞舜一样深广。要有多少灵心蕙质，才能搜集起这几件"奇葩"的物事啊？这样的莺莺，怎不让人怜爱？张生何幸，得女如此？

果然，看到莺莺捎来的几件东西，正卧病馆驿的张生爱不释手，睹物思人：

【满庭芳】怎不教张生爱尔，堪针工出色，女教为师。几千般用意针针是，可索寻思。长共短又没个样子，窄和宽想像著腰肢，好共歹无人试。想当初做时，用煞那小心儿。

【白鹤子】这琴，他教我闭门学禁指，留意谱声诗，调养圣贤心，洗荡巢由耳。

【二煞】这玉簪，纤长如竹笋，细白似葱枝，温润有清香，莹洁无瑕玼。

【三煞】这斑管，霜枝曾栖凤凰，泪点渍胭脂。当时舜帝恸娥皇，今日淑女思君子。

【四煞】这裹肚，手中一叶绵，灯下几回丝；表出腹中愁，果称心间事。

【五煞】这鞋袜儿，针脚儿细似虮子，绢帛儿腻似鹅脂。既知礼不胡行，愿足下当如此。

——《西厢记》第五本第二折

千里之外的莺莺，倘能听到张生的这番深情告白，当高枕无忧矣。不仅如此，张生还反复叮咛琴童务必把这些“宝贝”一一收好：

【耍孩儿】则在书房中倾倒个藤箱子，向箱子里面铺几张纸。放时节须索用心思，休教藤刺儿抓住绵丝。高抬在衣架上怕吹了颜色，乱裹在包袱中恐剉了褶儿。当如此，切须爱护，勿得因而。

——《西厢记》第五本第二折

张生小心翼翼呵护的岂止是几件平常的衣物，那可是爱人比天高比地厚、直到海枯石烂也不会融化的一片深情啊！连日来卧床不起、茶饭不思的阴云，也仿佛一扫而光：

【尾】忧则忧我在病中，喜则喜你来到此。投至得引人魂卓氏音书至，险将这害鬼病的相如盼望死。

——《西厢记》第五本第二折

可前途果真就一片光明了吗？

这天，崔相国在世时为莺莺定下的未婚夫——郑恒，来到了河中府。早听说姑妈又将莺莺许配给了一个叫张君瑞的人，郑恒想着不便直接相见，便唤来红娘一探虚实：为何“父丧之后，母倒悔亲”？“半万贼兵，他一个人济甚么事？”

不料想，一提起张君瑞，小红娘就口若悬河、滔滔不绝：

当日孙飞虎将半万贼兵来时，哥哥你在那里？若不是那生呵，那里得俺一家儿来？今日太平无事，却来争亲；倘被贼人掳去呵，哥哥如何去争？

【小桃红】洛阳才子善属文，火急修书信。白马将军到时分，灭了烟尘。夫人小姐都心顺，则为他威而不猛，言而有信，因此上不敢慢于人。

【金蕉叶】他凭着讲性理齐论鲁论，作词赋韩文柳文，他识道理为人敬人，俺家里有信行知恩报恩。

【调笑令】你值一分，他值百十分，萤火焉能比月轮？高低远近都休论，我拆白道字辨与你个清浑。……君瑞是个“肖”字这壁着“立人”，你是个“木寸”“马户”“尸巾”。

【秃厮儿】他凭师友君子务本，你倚父兄仗势欺人。齑盐日月不嫌贫，博得个姓名新、堪闻。

——《西厢记》第五本第三折

你郑恒有什么资格和张生比？当日危急关头，笔尖儿横扫千军的是张生。现在太平了，你倒有脸来争亲？论诗文辞赋、论为人根本、论人情事理，你哪样比得了张生？你不过是仗着“身里出身的根脚”、依着父兄的权势作威作福罢了，说什么“穷民到老是穷民”，却不道“将相出寒门”！在红娘眼中，张生就像朗月散发的光明，郑恒不过是一星弱小的萤火微光罢了。

本来郑恒还想请红娘在中间做个说客，没想到“偷鸡不成反蚀一把米”，这下，就只能施展起他欺良压善的放刁手段了。但见他来到老夫人面前，一句无中生有的“张生赘在卫尚书家，做了女婿”，就让原本偏袒侄儿的老姑母一怒之下，又把女儿许给了郑恒。于是，得意扬扬的郑恒马上准备着宴席花红，单等着迎娶千娇百媚的新娘了。

而这边的张生，正兴冲冲地捧着御赐的金冠霞帔，来拜见未来的岳母。孰料见面后，老夫人的第一句话却让张生丈二和尚摸不着头脑：

休拜，休拜！你是奉圣旨的女婿，我怎消受得你拜！

——《西厢记》第五本第四折

张生想到十里长亭老夫人为自己饯行时，是何等慈颜悦色，而今自己衣锦还乡，老夫人反倒怒容满面，一定是另有缘故。当问清原因竟是误以为自己入赘了卫尚书家，张生真是叫屈不迭：

【雁儿落】若说著丝鞭仕女图，端的是塞满章台路。小生呵此间怀旧恩，怎肯别处寻亲去？

【得胜令】岂不闻"君子断其初"，我怎肯忘得有恩处？那一个贼畜生行嫉妒，走将来老夫人行厮间阻？不能够娇姝，早共晚施心数；说来的无徒，迟和疾上木驴。

——《西厢记》第五本第四折

尽管张生拍着胸脯指天发誓，老夫人却咬定了郑恒说的是实话，还让红娘出来对证。红娘正巴不得要问个水落石出，一见面，劈头就是一句："为你别做了女婿，俺小姐依旧嫁了郑恒也。"向来温厚儒雅的张生这下也被激得火冒三丈：

【庆东原】那里有粪堆上长出连枝树，淤泥中生出比目鱼？不明白展污了姻缘簿？莺莺呵，你嫁个油炸猢狲的丈夫；红娘呵，你伏侍个烟熏猫儿的姐夫；张生呵，你撞着个水浸老鼠的姨夫。这厮坏了风俗，伤了时务。

——《西厢记》第五本第四折

"油炸猢狲"，是说郑恒生性轻狂；"烟熏猫儿"，是说郑恒面貌污秽；"水浸老鼠"，是说郑恒鄙俗猥琐。总之，莺莺要是嫁给他，不啻是"一朵鲜花插在牛粪上"。

红娘听说，心里其实早已经是明镜似的了，可为了让老夫人看清张生的真正"面目"，她口头上还是不依不饶：

【乔木查】妾前来拜覆，省可里心头怒！间别来安乐否？你那新夫人何处居？比俺姐姐是何如？

——《西厢记》第五本第四折

张生闻听此言，直觉得浑身百口莫辩，竟着急得发起了毒誓：

【搅筝琶】小生若求了媳妇，则目下便身殂。怎肯忘得待月回廊，难撇下吹箫伴侣。受了些活地狱，下了些死工夫。不甫能得做妻夫，现将着夫人诰敕，县君名称，怎生待欢天喜地，两只手儿分付与。你划地倒把人赃诬。

——《西厢记》第五本第四折

看着张生急赤白脸的神态，红娘肯定是背着身子偷着乐呢，老夫人这下总该分清是非曲直了吧。不信，再让小姐出来与他对质："姐姐有的言语，和他说破。"

可莺莺还能说什么呢？

【沈醉东风】不见时准备着千言万语，得相逢都变做短叹长吁。他急攘攘却才来，我羞答答怎生觑。将腹中愁恰待申诉，及至相逢一句也无，只道个"先生万福"。

——《西厢记》第五本第四折

真是千言万语尽在翩翩一拜中！四目相望，竟无语凝噎！难不成先前的"白头之叹"，竟一语成谶？好不容易，莺莺才挤出了胸中的疑问：

张生，俺家何负足下？足下见弃妾身，去卫尚书家为婿，此理安在？

——《西厢记》第五本第四折

连心心相印的人儿都这样质问，这要张生如何剖白自己呢？

小姐如何听这厮？张珙之心，惟天可表！

【落梅风】从离了蒲东路，来到京兆府，见个佳人世不曾回顾。硬揣个卫尚书家女孩儿为了眷属，曾见他影儿的也教灭门绝户。

——《西厢记》第五本第四折

连“灭门绝户”这样恶毒的咒言都说出了口，还有什么可怀疑的呢？莺莺悬着的心应该是放了下来，可老夫人还要等郑恒来了再作理会。

不料，法本长老和杜确将军却先郑恒而来，一来是为张生接风，二来是为促其完婚。听说老夫人又要悔亲，将女儿许于侄儿郑恒，杜将军也忍不住埋怨老夫人：

此事夫人差矣。君瑞也是礼部尚书之子，况兼又得一举。夫人世不招白衣秀士，今日反欲罢亲，莫非理上不顺？

——《西厢记》第五本第四折

老夫人还试图为侄儿辩护，打扮得整整齐齐的郑恒已经牵着羊、担着酒，来到了门首。但迎接他的不是笑容满面的姑母，而是杜将军的一声棒喝：

你这厮！怎么要诳骗良人的妻子，行不仁之事，我跟前有甚么话说？我奏闻朝廷，诛此贼子。

——《西厢记》第五本第四折

这个自小惯会“寻章摘句”的纨绔子弟一听此言，立即吓得伏地求饶：“不必拿，小人自退亲事与张生罢。”老夫人见状，也忙为侄儿求情：“相公息怒，赶出去便罢。”

可就在这时，意想不到的一幕发生了：争亲无果的郑恒竟然趁人不备，触树而亡！在这个轻舞飞扬的爱情喜剧里，这大概是最为沉重的一笔了。但作家对理想的坚定护持，也由此可窥。

接下来的一切水到渠成：张生和莺莺在热闹的鼓乐声中，如愿以偿地走上了红地毯。故事最终在“愿普天下有情的都成了眷属”的美好祝福中，拉上了帷幕。

正是这个“有情”，而非“有权”“有势”“有财”“有车”“有房”的标准，才让后人永远记住了崔莺莺和张君瑞的名字，也永远记住了王实甫的名字。七百多年前的王实甫，虽然无缘跻身于“治国平天下”的宏伟行列，却用他如椽的大笔勾勒了一幅光辉灿烂的理想图景。直到今天，它还在激励和感召着一代又一代的人们，为了自由和理想而不懈奋斗！

第四节　人鬼情未了

元杂剧中，把常人幽微隐秘的内心情感，以最形象、最立体的方式，挺立于戏曲舞台之上的，要首推中后期元曲作家郑光祖的杰作《倩女离魂》。

《倩女离魂》选择了一种让人匪夷所思的方式——灵魂出窍，来结构全篇。这种构思当然不是郑光祖的首创，因为早在唐代，一位名叫陈玄祐的文人就写了一部短篇小说《离魂记》，讲述了一位痴情女子的灵魂离开肉身，追求所爱、终获圆满的故事。郑光祖正是在此基础上创作了元代版的“人鬼情未了”——《倩女离魂》，用极其浪漫、具象的方式回答了他对天理与人欲关系的思考，为那些深陷于情与理的矛盾旋涡中而难以自拔的青年男女们指出了一条前进的道路。

1. 劳燕分飞

故事从父母双亡的书生王文举到张公弼家的一次探访开始。这不是一次普通的拜访，因为张、王两家早已指腹为婚，所以，王文举是抱着问亲的急迫心情来参拜未来的岳母的。但寒暄之后，准岳母不仅矢口不提婚事，还让女儿张倩女前来拜见“哥哥”。不明所以的倩女拜见完毕，才从丫环梅香口中得知，这个从天而降的“哥哥”，就是自己指腹为亲的未婚夫。敏感的倩女立刻意识到：“俺娘向阳台路上，高筑起一堵雨云墙。”但这堵“墙”不仅没有起到张母预料的作用，反而激起了女儿强烈的叛逆之心：

不争你左使着一片黑心肠，你不拘箝，我可倒不想；你把我越间阻，越思量。

——《倩女离魂》楔子

母亲的态度虽令倩女无比反感，可乖巧孝顺的她，起初也只是私下里对着小梅香略诉一二：

【混江龙】可正是暮秋天道，尽收拾心事上眉梢。镜台儿何曾览照，绣针儿不待拈着。常恨夜坐窗前烛影昏，一任晚妆楼上月儿高。俺本是乘鸾艳质，他须有中雀丰标。苦被煞尊堂间阻，争把俺情义轻抛。空误了幽期密约，虚过了月夕花朝。无缘配合，有分煎熬。情默默难解自无聊，病恹恹则怕娘知道。窥之远，天宽地窄；染之重，梦断魂劳！

——《倩女离魂》第一折

自己为何懒于梳妆、荒废女工、夜坐窗前、苦苦煎熬？就是因为“尊堂间阻”，不顾年少人情深义重，才使得自己“梦断魂劳”，空辜负了良辰美景、花朝月夕。少女的悠悠心事，被郑光祖摹写得惟妙惟肖。

但让倩女陷入前所未有的焦虑和感伤之中的，不仅仅是来自母亲的门第观念。她更大的担忧是来自未婚夫一旦高中是否会别接丝鞭的顾虑。所以，不懂事的小梅香越是在她面前赞美王生“一表人物，聪明浪子”“内才外才相称”，就越是加剧了她的这种忧虑。所以，在王文举即将动身赶考之前，她才终于不顾女儿家的羞涩，反复叮嘱：

（正旦云）哥哥，你若得了官时，是必休别接了丝鞭者！

【元和令】杯中酒，和泪酌；心间事，对伊道。似长亭折柳赠柔条，哥哥，你休有上梢没下梢。从今虚度可怜宵，奈离愁不了！

【胜葫芦】你是必休做了冥鸿惜羽毛。常言道：好事不坚牢。你身去休教心去了。对郎君低告，恰梅香报道，恐怕母亲焦。

——《倩女离魂》第一折

“休别接了丝鞭”“休有上梢没下梢”“身去休教心去了”，一连串的“休”“休”“休”，一声声的细叮咛，真真写尽了一个多情少女的百转柔肠、万千忧思。

即便听到王文举信誓旦旦的保证：“小生得了官，便来取你”，似乎也并未减轻倩女心头的顾虑，反之，她却预感到：

【赚煞】从今后只合题恨写芭蕉，不索占梦揲蓍草。有甚心肠，更珠围翠绕。我这一点真情魂缥缈，他去后，不离了前后周遭。厮随着司马题桥，也不指望驷马高车显荣耀。不争把琼姬弃却，比及盼子高来到，早辜负了碧桃花下凤鸾交。

——《倩女离魂》第一折

没有你的日子，我哪还有什么心情打扮得“娇娇滴滴的媚”。我仅剩的这点真情魂，只会飘飘荡荡、随你而去。什么“驷马高车”“满门荣耀”，哪里会放在我的眼里！这就是理想中的倩女，一个视爱情高于一切的敢于做梦的女孩。

2. 灵魂出窍

正因为母亲的“俺家三辈儿不招白衣秀士”，以及对王文举高中后是否会变心的担忧，倩女的灵魂才终于离开了绣榻，毅然决然地踏上了寻“情”之路。

尽管这条路充满未知和艰险，一路行来，“汗溶溶琼珠莹脸，乱松松云髻堆鸦，走的我筋力疲乏”，却丝毫没有减损倩女的决心。相反，在紧张和慌乱之余，她却感受到了生命中从未有过的欣喜和美好：

【小桃红】我蓦听得马嘶人语闹喧哗，掩映在垂杨下，唬的我心头丕丕那惊怕，原来是响珰珰鸣榔板捕鱼虾。我这里顺西风悄悄听沉罢，趁着这厌厌露华，对着这澄澄月下，惊的那呀、呀、呀寒雁起平沙。

【调笑令】向沙堤款踏，莎草带霜滑；掠湿湘裙翡翠纱，抵多少苍苔露冷凌波袜。看江上晚来堪画，玩冰壶潋滟天上下，似一片碧玉无瑕。

——《倩女离魂》第二折

偶尔一声马嘶、一阵人语，甚至远处渔船上珰珰的榔板声、寒雁受惊后呀呀的鸣叫声，都会让倩女的心紧张得怦怦直跳。慌不择路的急行中，裙袜不知何时已被露水浸湿，猛一抬头，竟意外地发现夜色中的江面在月光下波光闪烁、清莹秀澈，一路的惶恐、疑虑，一瞬间仿佛都融化在了这碧玉似的江水中。原来，闺房以外的世界竟这般美好！这些，似乎更坚定了从未独自出过远门的倩女要“和伊同走天涯”的决心。

不过，让倩女没有料到的是，自己千辛万苦地舍身相投，换来的却是王文举“聘则为妻，奔则为妾”“私自赶来，有玷风化”的无情责难。但此时的倩女（由魂旦饰演）已下定决心，绝不退缩：

【雪里梅】你振色怒增加，我凝睇不归家。我本真情，非为相唬，已主定心猿意马。

——《倩女离魂》第二折

她要用自己的真心付出来换取爱人的真情回报。于是，她把在折柳亭分别时，当着众人不便明言的心腹话儿，尽数道出：

【东原乐】你若是赴御宴琼林罢，媒人每拦住马，高挑起染渲佳人丹青画，卖弄他生长在王侯宰相家。你恋着那奢华，你敢新婚燕尔在他门下。

【绵搭絮】你做了贵门娇客，一样矜夸。那相府荣华，锦绣堆压，你还想飞入寻常百姓家？那时节似鱼跃龙门播海涯，饮御酒，插宫花。那其间占鳌头，占鳌头登上甲。

——《倩女离魂》第二折

这些话看似“老调重弹”，但王侯宰相的奢华富贵，岂是一般人能抗拒得了的诱惑？所以，一想到琼林宴的风光无限、美人图的风姿绰约、王侯家的金碧辉煌、饮御酒插宫花的得意扬扬、占鳌头登上甲的趾高气扬……莫不让倩女忧思重重。她的疑虑，绝不是一般热恋中人的小气、排他，也绝不只是对王文举本人品性的怀疑，而是对整个社会风气、对封建科举制度的无可奈何。

也许，倩女也深知，要以自己微弱的一己之力，对那个压迫重重的时代说“不”，无异于蚍蜉撼大树，但，她还是要大声地表白：

（魂旦云）你若不中呵，妾身荆钗裙布，愿同甘苦。（唱）

【拙鲁速】你若是似贾谊困在长沙，我敢似孟光般显贤达。休想我半星儿意差，一分儿抹搭。我情愿举案齐眉傍书榻，任粗粝淡薄生涯，遮莫戴荆钗、穿布麻。

——《倩女离魂》第二折

中与不中，都不是问题；变不变心，才是关键所在。不管怎样，我都会用自己的红袖来抚慰你的忧伤。人生能得此红颜知己，复有何憾？所以，原来显得有些冷漠的王文举，此时也被打动了：“小姐既如此真诚志意，就与小生同上京去，如何？”

自此，一对理想的玉人，终于可以暂时地同宿同栖、比翼双飞了。

3. 体病卧床

然而，另一方面，倩女的真身却卧床不起、茶饭不思、奄奄一息：

【中吕 · 粉蝶儿】自执手临岐，空留下这场憔悴，想人生最苦别离。说话处少精神，睡卧处无颠倒，茶饭上不知滋味。似这般废寝忘食，折挫得一日瘦如一日。

【醉春风】空服遍暝眩药不能痊，知他这腌臜病何日起？要好时直等的见他时，也只为这症候因他上得、得。一会家缥缈呵忘了魂灵，一会家精细呵使着躯壳，一会家混沌呵不知天地。

——《倩女离魂》第三折

为何“一日瘦如一日”？只因“为伊消得人憔悴”，竟至于神魂颠倒、无药可医，一会儿神思昏昏，仿佛与王生比翼双飞，一会儿稍稍清醒，才明白还是孤鸾寡凤。这才是真实的、有着血肉之躯的倩女。如果说，上文那个大胆执着的“离魂倩女”，代表了郑光祖虚幻的人生追求和坚定的理想信念的话，那么，这个魂牵梦萦、愁肠百结、被封建礼教和科举制度折磨得病入膏肓的倩女，才是郑光祖对现实社会处境的真实写照。

倩女在家中度日如年的光景被作家写得婉转淋漓：

【迎仙客】日长也愁更长，红稀也信尤稀。（带云）王生，你好下的也！

（唱）春归也奄然人未归。（梅香云）姐姐，俺姐夫去了未及一年，你如何这等想他？（正旦唱）我则道相别也数十年，我则道相隔着几万里。为数归期，则那竹院里刻遍琅玕翠。

——《倩女离魂》第三折

日长信稀，春归人杳，为数归期，竹园里刻满了相思的印痕。一年不见，却好似相别了几十年，这种物理时间和心理时间的巨大差异，让我们看到了倩女的相思有多么绵长，倩女的思念有多么幽深。

深入骨髓的思恋，甚至使一向温顺的倩女对母亲讲话的语气都变了味道：

我每日眼界只见王生，那曾见母亲来？

若是他来到这里，煞强如请扁鹊卢医。

把似请他时，便许做东床婿。到如今悔后应迟。

母亲，若肯成就了燕尔新婚，强如吃龙肝凤髓。

——《倩女离魂》第三折

而今的局面，都是母亲您当初的一意孤行种下的苦果，现在就是华佗转世、扁鹊重生，也无济于事了。为人子女，竟这样当面指责长辈，在奉行“温良恭俭让”的时代，听起来总不那么顺耳。但对于一个“来日不多”的人，谁又会去较真？

尽管，倩女无论醒着、梦着，都只见王生一人，可该来的还是来了。她盼望已久的信笺姗姗而至，她最不想看到的消息也扑面而来：“待授官之后，文举同小姐一时回家。”倩女内心压抑良久的愤懑和悔恨，终于排山倒海似的汩汩而出：

【四煞】都做了一春鱼雁无消息，不甫能一纸音书盼得。我则道春心满纸墨淋漓，原来比休书多了个封皮。气的我痛如泪血流难尽，争些魂逐东风吹不回。秀才每心肠黑，一个个贫儿乍富，一个个饱病难医。

【尾煞】并不闻琴边续断弦，倒做了山间滚磨旗。划地接丝鞭别娶了新妻室。这是我弃死忘生落来的！

——《倩女离魂》第三折

声音在颤抖，心儿在滴血，感情在激荡，这是一个在矛盾旋涡中垂死挣扎的生命，也是久卧病床的倩女所遭受的最沉重的打击。郑光祖的笔，把它演绎得绝美酣畅、跌宕起伏。

4. 还魂团圆

误会总会消释。当王文举带着倩女的灵魂衣锦还乡、登门请罪时，发生了戏剧性的一幕：

（正末云）早来到家中也。小姐，我先过去。（做见跪云）母亲，望饶恕你孩儿罪犯则个！

（夫人云）你有何罪？

（正末云）小生不合私带小姐上京，不曾告知。

（夫人云）小姐现今染病在床，何曾出门？你说小姐在那里？（魂旦见科）

（夫人云）这必是鬼魅！

——《倩女离魂》第四折

一听说有鬼，我们勇敢无畏的男主人公，不由分说，挥剑便要砍向这“小鬼头”。眼见三年来同行同伴的恩情，眨眼间就要付之东流水，还是疼女心切的老夫人在紧要关头制止了这行将落下的无情剑锋：“王秀才，且留人，他道不是妖精，着他到房中，看那个是伏侍他的梅香？”

见证奇迹的时刻到了！呈现在我们眼前的是这幅画面：

【挂金索】蓦入门庭，则教我立不稳，行不正；望见首饰妆奁，志不宁，心不定。见几个年少丫鬟，口不住，手不停；拥着个半死佳人，唤不醒，呼不应。

【尾声】猛地回身来合并，床儿畔一盏孤灯。兀良，早则照不见伴人清瘦影。

——《倩女离魂》第四折

在外漂泊、流浪了三个春秋的灵魂终于回到了温软的血肉之躯里，病恹恹的倩女在梅香的轻声呼唤中翩然坐起，一语道破谜底：

【水仙子】想当日暂停征棹饮离尊，生恐怕千里关山劳梦频。没揣的灵犀一点潜相引，便一似生个身外身，一般般两个佳人：那一个跟他取应，这一个淹煎病损。母亲，则这是倩女离魂。

——《倩女离魂》第四折

至此，郑光祖用他的生花妙笔成功地创造了两个动人的倩女形象：一个离魂飞扬，似幻却真、似虚却实，看似荒诞，却让人心甘情愿地随她一起出生入死、追寻梦想；一个疾病缠身，神思恍惚，在沉闷的礼教束缚下，上天无路，入地无门。这两个倩女，构成了理想与现实的两极，再现了人欲与天理的交锋。

借助倩女一人身心两方面的对比刻画，郑光祖为那些挣扎于情与理的苦海中的人们指明了方向。尤其是离魂的倩女，既让我们看到了人物内心翻江倒海的狂澜，也让作家孜孜不倦的探索精神和追求意志，永远地嵌入了人类宝贵的精神财富之中。

这，就是《倩女离魂》超越千古的“人鬼”不了情。

第七章
公平与正义

小引　难得的清官不忽木

元代官场的昏暗与险恶是众所周知的。一部《窦娥冤》几乎让“窦娥”成了汉语词汇中“冤枉、冤屈”的代名词。时至今日，人们在闲聊时，还会时不时地以“我比窦娥还冤”来自嘲。优秀的艺术一定是扎根于深厚的现实土壤中的。看看下边这组数据，就知道类似窦娥这样的冤狱，在元代并不罕见：

元成宗大德七年（1303 年），七道（河南江北、燕南山东、河东陕西、两浙江东、江南湖广、江西福建、山北辽东）奉使宣抚所，一共罢黜赃官污吏 18473 人，收缴赃银 45865 锭，审理冤狱 5176 件。(《元史・成宗本纪四》)

仅仅一年之内，就处理了这么多贪官污吏！这组数据反映了元代中后期，统治者已然意识到了官昏吏恶的严重性，并下决心采取强力进行整治。“奉使宣抚”就是中央政府专门派往地方问民疾苦、惩处贪官污吏的钦差大臣。这组数据之庞大确实让人触目惊心，但元代的官吏中也不乏清廉正直之士。元世祖、元成宗时期的色目人不忽木（1255—1301）就是一个刚正无私的典型。

不忽木的父亲是元世祖忽必烈的侍从，不忽木从小就跟随忽必烈最喜欢的儿子——真金太子的老师王恂、国子祭酒许衡学习儒学，汉化较深，后来他官至中书平章政事、昭文馆大学士、御史中丞等。王恂、许衡都是当时有名的大儒，不忽木受业于他们门下，自然也受到了儒家纲常观念的濡染，性格也逐渐变得刚毅沉稳。在后来二十多年的履职生涯中，他一直以公正无私、廉洁自律著称。

早在他 23 岁出任燕南河北道的提刑按察副使时，有个飞扬跋扈的西域僧人无故鞭打驿站的胥吏，几至将死。当时的按察使不敢过问此事，不忽木毅然接下此案，将恶僧逮捕入狱。奉命护送这个恶僧的翻译官脱虎脱，暗中向元世祖忽必烈求情。皇帝却说："不忽木素来刚正无私，一定是你们触犯了法律吧。"

又有一次，河东守臣专门来京，献上生长奇异的禾苗，大臣们认为这是祥瑞之兆，想上奏给皇帝。不忽木却问来人道："你们境内所产的都是这样的禾苗吗？还是只有这几根？"来人答曰："只有这几根。"不忽木说："既然这样，何益于人民？又称得上什么祥瑞！"于是遣散了众人。

这就是历仕元世祖、元成宗两朝，深受皇帝器重的老臣不忽木。他的心里时刻装着老百姓，却唯独没有自己。他虽然位居高位，家中却一贫如洗，皇帝的赏赐大多被他施舍给了穷人。他不仅自己经常亲自下厨做饭，还让妻子每天织布来奉养母亲。他平常的穿着也很朴素，就像普通的儒生一样。他死后，家里居然穷得无法安葬，还是元成宗御赐了五百锭钞，才解了燃眉之急。

这样一位不畏权臣、廉正守职的封建官吏，还有着深厚的文学修养。套曲【仙吕·点绛唇】《辞朝》就是他写的影响很大的一首散曲：

宁可身卧糟丘，赛强如命悬君手。寻几个知心友，乐以忘忧，愿作林泉叟。

【混江龙】布袍宽袖，乐然何处谒王侯。但樽中有酒，身外无愁。数着残棋江月晓，一声长啸海门秋。山间深住，林下隐居，清泉濯足，强如闲事萦心。淡生涯一味谁参透，草衣木食，胜如肥马轻裘。

【油葫芦】虽住在洗耳溪边不饮牛，贫自守，乐闲身翻作抱官囚。布袍宽褪拿云手，玉箫占断谈天口。吹箫仿伍员，弃瓢学许由。野云不断深山岫，谁肯官路里半途休。

【天下乐】明放着伏事君王不到头，休、休，难措手。游鱼儿见食不见钩。都只为半纸功名一笔勾，急回头两鬓秋。

【那吒令】谁待似落花般莺朋燕友，谁待似转灯般龙争虎斗。你看这迅指间乌飞兔走，假若名利成，至如田园就，都是些去马来牛。

【鹊踏枝】臣则待醉江楼，卧山丘，一任教谈笑虚名，小子封侯。臣向这仕路上为官倦首，枉尘埋了锦带吴钩。

【寄生草】但得黄鸡嫩，白酒熟，一任教疏篱墙缺茅庵漏。则要窗明炕暖蒲团厚，问甚身寒腹饱麻衣旧。饮仙家水酒两三瓯，强如看翰林风月三千首。

【村里迓鼓】臣离了九重宫阙，来到这八方宇宙。寻几个诗朋酒友，向尘世外消磨白昼。臣则待领着紫猿，携白鹿，跨苍虬。观着山色，听着水声，饮着玉瓯，倒大来省气力如诚惶顿首。

【元和令】臣向山林得自由，比朝市内不生受。玉堂金马间琼楼，控珠帘十二钩。臣向草庵门外见瀛洲，看白云天尽头。

【上马娇】但得个月满舟，酒满瓯，则待雄饮醉时休。紫箫吹断三更后，畅好是休，孤鹤唳一声秋。

【游四门】世间闲事挂心头，唯酒可忘忧。非是微臣常恋酒，叹古今荣辱，看兴亡成败，则待一醉解千愁。

【后庭花】拣溪山好处游，向仙家酒旋篘。会三岛十洲客，强如宴公卿万户侯。不索你问缘由，把玄关泄漏。这箫声世间无，天上有，非微臣说强口。酒葫芦挂树头，打鱼船缆渡口。

【柳叶儿】则待看山明水秀，不恋您市曹中物穰人稠，想高官重职难消受。

学耕耨，种田畴，倒大来无虑无忧。

【赚尾】既把世情疏，感谢君恩厚，臣怕饮的是黄封御酒。竹杖芒鞋任意留，拣溪山好处追游。就着这晓云收，冷落了深秋，饮遍金山月满舟。那其间潮来的正悠，船开在当溜，卧吹箫管到扬州。

无论为官或在野，元代文人都特别喜欢在散曲中讴歌萧疏散淡的隐居生活。特别是那些终身在社会底层流浪的落魄文人，更是常常借此明志，浇我块垒。但不忽木这首散曲却与众不同，他不是感叹现实的是非颠倒、有才者沉抑下僚，而是感叹仕宦的险恶，“臣怕饮的是黄封御酒”，因此“宁可身卧糟丘，赛强如命悬君手”。

近臣的身份，使得不忽木较之一般的汉族书生，拥有了更多晋升的机会，元世祖、元成宗对他都青睐有加。但刚烈耿直的个性，也为他的从政生涯招致了不少仇敌，一度也影响了他与皇帝的亲密关系。

在 30 岁到 40 岁之间，不忽木有过三次短暂的停官居家时期：一次是 1284 年，因为极力反对卢世荣、桑哥之徒敛财，而元世祖不仅不听，还坚持拜卢世荣为右丞，于是不忽木坚决地辞掉了参议之职；第二次是 1287 年到 1290 年桑哥主政期间，桑哥千方百计罗织罪名，欲陷害不忽木，于是不忽木借口生病，辞职居家；第三次是 1294 年，元成宗当政后欲将不忽木派到陕西为官，后经太后求情，才免于外放，但终因同僚“多异议”，于是不忽木再次借病退居在家。

这三次辞官的时间虽不算长，却不难看出，不忽木深受儒家仕与不仕的为官原则的影响：达则兼济天下，穷则独善其身。多年的伴君生涯，使不忽木对“命悬君手”有着深刻的体验。因此，他才在曲中反复对比着尽日被“闲事萦心”的官场生活和草衣木食的林泉生涯的种种不同：

一边是“伏事君王不到头”“游鱼儿见食不见钩”的惶恐担忧，一边是

“山间深住，林下隐居，清泉濯足”的怡然自得；一边是“龙争虎斗”、尔虞我诈的激烈斗争，一边是“莺朋燕友”、谈笑自若的风光无限；一边是“乌飞兔走”“去马来牛”的虚无缥缈，一边是“黄鸡嫩，白酒熟”的乐以忘忧。

两相对比，所以才决定“离了九重宫阙，来到这八方宇宙”，且看我——一手领着紫猿，一手牵着白鹿，胯下骑着苍虬，眼观山色，耳听水声，口饮美酒，逍遥自在，啸傲山林，再也不用诚惶诚恐、顿首又顿首了。

这样自由自在的生活果真就从此无忧无虑了吗？非也，还是有“世间闲事挂心头”。那么何以解忧？唯有杜康。因此，“则待雄饮醉时休”“则待一醉解千愁”，更“强如宴公卿万户侯”。为什么“强如”呢？作者却欲言又止了：“不索你问缘由，把玄关泄漏。”

最后表达了对皇帝允准“辞朝”的感激之情，再次强调竹杖芒鞋的隐居时光远胜身不由己的仕宦生涯。这样，就像面对着多年的老朋友，不忽木用一个臣僚的口吻向皇帝娓娓表达着自己的诉求，坚定而不激烈，旷达而又沉郁，在众多歌咏隐居乐道的元曲中，给人以别样的审美感受。而借由这首散曲，对元代朝堂上这位特立独行、秉性刚介的清廉之臣的苦衷，我们也有了更多的理解。

不忽木就像一阵清新刚健的凉风，给元代污浊的官场带来了一抹亮色。

第一节　救灾前线的亡灵

身为色目人，却笃信儒学，正道直行，虽九死而不悔的一代名臣不忽木，不仅在维系朝纲、修身养性方面，一以贯之地秉持着孔孟之道，在举荐人才方面，他也表现出处处以国事为重、礼推后贤的儒者风范。

那是元世祖至元二十九年（1292 年）的一天，38 岁的不忽木，看到了一篇一位青年才俊的文章，不由得大为称奇，拍案叫绝。

这位“青年才俊”，就是后来大名鼎鼎的散曲家和政治家张养浩（1270—1329）。张养浩出生于山东济南的一个儒商之家，小时候读书非常勤奋，很早就才名远播，父母对他寄予了很大的期望。23 岁那年（1292 年），他遵从父命，来到大都（今北京）求仕。在别人的引荐下，拜见了时任中书平章政事的不忽木。不忽木看了张养浩的文章，大为欣赏，力荐他做了礼部令史，后来又推举他先后做了御史台掾和丞相掾。

据说在供职御史台期间，有一次张养浩生了病，身为贵亲的不忽木还专程前去探望，关怀备至。备受感动的张养浩后来果然不负厚望，一路官至监察御史、礼部尚书、参议中书省事等。在元代的汉族知识分子中，像张养浩这样官运亨通的文人也算是凤毛麟角了。可张养浩似乎并不珍惜上天如此的“厚爱”，他在任期间，不仅屡屡进言“犯上”，最终还因“不识时务”地向元英宗进谏，说英宗不该在宫禁之内张挂花灯做成鳌山，奢侈享乐，而惹得龙颜大怒。英宗表面上虽赏赐给他许多金帛财物，以示褒奖，骨子里却恨透了这个爱管闲事的文臣。深明就里的张养浩也于不久以后，毅然弃官归乡。此后，朝廷虽曾先后以吏部尚书、太子詹事丞兼经筵说书、淮东廉访使、翰林学士等职征召张养浩进京，都被他一一谢绝。

但在元文宗天历二年（1329 年），花甲之年的张养浩却又欣然“出山”了。原来，这一年关中大旱，民不聊生，灾情极其严重。所谓“关中大旱，饥民相食”，是毫不夸张的，民间甚至出现了“杀子以奉母”的惨剧。那是陕西户县（今陕西省鄠邑区）一个叫贾海的穷民，为了奉养年迈的母亲，而忍痛杀死了自己年幼的儿子。张养浩闻听此事，还专门写了一首长诗《长安孝子贾海诗》，以示哀悼。诗歌写得伤心惨目，让人不忍卒读。但张养浩的本意并非宣扬孝道，而是“怒诘官失治，使民至如此”。所以，当朝廷要拜他为陕西行台中丞，出赈灾民时，他竟不顾年迈体衰，毅然决然地领命前行，而且在出发前，还把家里的财产都分给了村里的穷苦百姓。

在赶赴救灾前线的途中，有一天，张养浩一行人来到了潼关古塞。这里山势险峻，东北据黄河天堑，西南依华山险阻，是历来的东西交通要塞、兵家必争之地。张养浩登临古塞，西望长安，不由得感慨万千，挥笔写下了传唱千古的名篇：

中吕·山坡羊

潼关怀古

峰峦如聚，波涛如怒，山河表里潼关路。望西都，意踌躇。伤心秦汉经行处，宫阙万间都做了土。兴，百姓苦；亡，百姓苦！

脚下是雄关耸峙、河水奔腾，前方是古都旧地、繁华依稀，而今却是赤地千里、饿殍满地，这就是我行将赴任的秦川大地啊！当年那富丽堂皇的阿房宫呢？那气势恢宏的汉唐宫苑呢？任谁都经不起大火和战乱的考验啊！可无论是王朝的兴盛还是败亡，遭罪的却都是百姓：兴盛时期，大兴土木，遍举徭役，被奴役和盘剥的是黎民百姓；衰败时期，流离失所，家破人亡，陷于水深火热、无法自拔的还是四海苍生。张养浩在这里既没有抒发沧海桑田的思古之幽情，也没有对富贵无常、人生如梦的感慨，有的只是心系天下苍生的“伤今”之叹。

此行的目的地——陕西已经连续四年大旱，颗粒无收，放眼望去，遍地都是饥民号泣的惨象。这一切，无不让张养浩忧心如焚。一路之上，他不停地祷拜上苍，祈望早降甘霖，而久违的大雨也果然“如期而至”。张养浩用激动万分的笔墨，描绘了这幕让人欣喜若狂的“人间喜剧”：

南吕·一枝花

咏喜雨

用尽我为民为国心，祈下些值玉值金雨。数年空盼望，一旦遂沾濡，唤省焦枯。喜万象春如故，恨流民尚在途。留不住都弃业抛家，当不的也离乡背土。

【梁州】恨不的把野草翻腾做菽粟，澄河沙都变化做金珠。直使千门万户家豪富，我也不枉了受天禄。眼觑着灾伤教我没是处，只落的雪满头颅。

【尾声】青天多谢相扶助，赤子从今罢叹吁。只愿的三日霖霪不停住，便下当街上似五湖，都淹了九衢，犹自洗不尽从前受过的苦。

这场来之不易的“值玉值金”的大雨，是我“用尽”“为民为国”的赤胆忠诚“换来”的。数年悬望，望眼欲穿，一朝如愿，万象更新。我怎能不高兴得像个小孩子，在雨中欢呼跳跃？大雨你下吧下吧，就是把大街小巷都变成了五湖四海，也洗不掉百姓们从前受过的苦楚啊！真恨不得野草都变做庄稼，河沙都变成珍珠，千家万户都菽粟满仓，那样才不枉了我领取朝廷的俸禄啊！

“直使千门万户家豪富”，很容易使人想起杜甫“安得广厦千万间，大庇天下寒士俱欢颜”的名句。虽是一样的忧国忧民，而张养浩想民之所想、急民之所急、恨民之所恨、喜民之所喜的诚爱之心，似乎来得更为真切、更为感人。

再看看他的另一首咏雨的小令：

双调·得胜令

四月一日喜雨

万象欲焦枯，一雨足沾濡。天地回生意，风云起壮图。农夫，舞破蓑衣绿；和余，欢喜的无是处。

看到万象焦枯，他与农夫们一样焦灼不安；一旦甘霖突降，他也和大家一样高兴得手舞足蹈。在他的眼中，连破旧的蓑衣也好像因为大雨而重获新生，进而返青变绿了。透过茫茫雨雾，似乎依稀看见久旱逢雨的禾苗也焕发了生机，一派绿意盎然的欣欣景象。在杜甫的诗歌《春夜喜雨》中，也不乏同样的惊喜。但这里，张养浩与百姓同呼吸共命运、休戚与共、发自内心的素朴深情，显然要更进一层。

在陕西赈灾的四个月中，这位年届花甲的老人从没有回过自己临时的家，而是一直住在办公的衙署。每天晚上，他都会虔诚地祷告上天，保民安康；白天，他则外出赈济灾民，从不懈怠。长期的超负荷运转，终于压垮了张养浩像高山一样挺拔的身躯，他把自己的生命永远留在了救灾第一线。听闻噩耗的关中民众不禁放声痛哭，就如同失去了生身父母一样。

这位封建时代的官僚，以自己的身体力行，践行了儒家关心民瘼、薄己厚民、约己奉公的人生理念，堪称元代士林中的"第一品人"。

第二节　包龙图的智慧与幽默

不忽木和张养浩，可以说是元代官僚中一股难得的清流，是民众头顶的湛湛青天。但这样的"青天"，对元代成千上万的普通民众来说，却是那样的难得一见。他们在现实生活中司空见惯的，是这一类有权有势、嚣张跋扈的权豪势要：

诸人言告豪霸之家，内有曾充官吏者，亦有曾充军役杂职者，亦有泼皮凶顽者，皆非良善。以强凌弱，以群害寡，妄兴横事，罗织平民，骗其家私，夺占妻女，甚则害伤性命，不可胜言。

——（元）拜住等《通制条格》

这些无法无天、恃强凌弱、草菅人命的“豪霸”之徒，倚势仗权、横行霸道，就像阴魂不散的雾霾，悬浮在大元的天空。现实中的百姓，对他们大多是敢怒而不敢言。但人类追求公平与正义的天性却从来不会泯灭，于是，在戏曲的天地里，这些人就成了被无情嘲笑、被严厉鞭惩的对象。

戏曲舞台上惩治这帮恶徒的，多是被后人广为传颂的包青天。不过，元杂剧里的包龙图，却并非后人想象中的威严无比、面孔铁青。他既没有“日断阳夜断阴”的超能力，也没有如王朝、马汉、张龙、赵虎般的跟班，有的只是妙趣横生的诙谐与幽默以及同恶霸周旋的精明与智慧。元代无名氏的杂剧《陈州粜米》中的包待制，就是这样一个很接地气、与民同心的清官形象。

《陈州粜米》中包待制的陈州之行和张养浩的陕西赈灾颇有几分相似。两人一样地为民为国、亲力亲为，但不同的是，张养浩积劳成疾，牺牲在了抗灾第一线，包待制却快刀斩乱麻，严惩了仗势欺人的赃官，成就了一段脍炙人口的佳话。下面，就让我们一起走近这位“不一样”的包青天。

1. 祸从天降

话说北宋年间，陈州（今河南淮阳县）地区大旱三年，颗粒不收，饥民几乎到了相互食人的地步。于是，朝廷决定派官去陈州开仓粜米，刘衙内见有利可图，乘机保举自己的儿子小衙内刘得中和女婿杨金吾前往。

可这两位钦差又是怎样的“清忠廉干”呢？看看小衙内的自白就略知一二了：

俺是刘衙内的孩儿，叫做刘得中；这个是我妹夫杨金吾。俺两个全仗俺父亲的虎威，拿粗挟细，揣歪捏怪，帮闲钻懒，放刁撒泼。那一个不知我的名儿！见了人家的好玩器、好古董，不论金银宝贝，但是值钱的，我和俺父亲的性儿一般，就白拿白要，白抢白夺。若不与我呵，就踢就打，就挦毛，一交别番倒，剁上几脚，拣着好东西揣着就跑。随他在那衙门内兴词告状，我若怕他，我就是癞虾蟆养的。

——《陈州粜米》楔子

这种"白拿白要，白抢白夺"成习惯的官二代，如何能"分得帝王忧"呢？户部尚书范仲淹虽心存疑虑，却也并未阻拦。于是，刘得中、杨金吾就这么趾高气扬地来到了陈州地界。

小衙内牢记着父亲大人的教导，将官价五两银子一石细米，擅自改作十两银子一石细米，还在米里掺进泥土糠秕，又使八升小斗出，加三大秤入。百姓明知他们假公济私，但因无处买米，也只好干吃了哑巴亏。

偏偏就有一个"性儿古檄的人"——因为性子不好而被大家唤作张檄古的张老汉。这天，张老汉带着儿子张仁一起去买米。路上，他就暗暗打定了主意：

【仙吕·点绛唇】则这官吏知情，外合里应，将穷民并。点纸连名，我可便直告到中书省。

【混江龙】做的个上梁不正，只待要损人利己惹人憎。他若是将咱刁蹬，休道我不敢掀腾。柔软莫过溪涧水，到了不平地上也高声。他也故违了皇宣命，都是些吃仓廒的鼠耗，咂脓血的苍蝇。

——《陈州粜米》第一折

那些放赈的官吏，在老汉眼中，就是些"吃仓廒的鼠耗，咂脓血的苍蝇"，他发誓谁要是惹了他，他一定会闹个天翻地覆。没看见那柔软的小溪水，遇到凹凸不平之处，也会“哗哗哗”地放大嗓门吗？

果不其然，当自己辛苦积攒的十二两银子被仓官只“秤做八两”，好不容易兑换来的一点白米还被百般克扣，张老汉再也忍无可忍，禁不住破口大骂：

【金盏儿】你道你奉官行，我道你奉私行。俺看承的一合米，关着八九个人的命，又不比山麋野鹿众人争。你正是饿狼口里夺脆骨，乞儿碗底觅残羹。我能可折升不折斗，你怎也图利不图名？

——《陈州粜米》第一折

他痛斥这些“吃仓廒的鼠耗，咂脓血的苍蝇”，就像是“饿狼口里夺脆骨，乞儿碗底觅残羹”，打着朝廷救民的幌子，中饱私囊。

蛮横的小衙内不听则已，一听就是“砰”的一锤，砸在老汉的头上。可怜的老汉冷不丁吃了这一金锤，好一会儿才缓过神来：

【村里迓鼓】只见他金锤落处，恰便似轰雷着顶。打的来满身血迸，教我呵怎生扎挣。也不知打着的是脊梁，是脑袋，是肩井，但觉的刺牙般酸，剜心般痛，剔骨般疼。哎哟，天那！兀的不送了我也这条老命！

——《陈州粜米》第一折

这一锤，打得老汉是脑浆迸裂，鲜血淋淋，眼看着命不久矣。

此时，小衙内口里还在不断地叫嚣：

把你那性命则当根草，打甚么不紧！是我打你来，随你那里告我去。

我见了那穷汉似眼中疔，肉中刺，我要害他，只当捏烂柿一般，值个甚的？

——《陈州粜米》第一折

但倔强的老汉还是硬拼着最后一丝微弱的气息，谨谨叮嘱着儿子，要他务必去告官：

【青哥儿】虽然是输赢、输赢无定，也须知报应，报应分明。难道紫金锤就好活打杀人性命？我便死在幽冥，决不忘情，待告神灵，拿到阶庭，取下招承，偿俺残生，苦恨才平。若不沙则我这双儿鹘鸰也似眼中睛，应不瞑。

——《陈州粜米》第一折

如果就这么白白地去见阎王，那我可真就死不瞑目了。这里连用七个四字句，语气越来越急促，情感愈来愈激越，好似一腔热血瞬间喷涌而出。

这冲天的怨气，谁才能化解得开呢？看来，是非“他”莫属了：

【赚煞尾】……则今日便登程，直到王京，常言道“厮杀无如父子兵”。拣一个清耿耿明朗朗官人每告整，和那害民的贼徒折证……（正末叹云）若要与我陈州百姓除了这害呵，（唱）则除是包龙图那个铁面没人情。

——《陈州粜米》第一折

“千呼万唤始出来”的包龙图就要登场了。

2. 陈州赴任

此时的包龙图，刚刚从五南（对江南、湖南、岭南、海南和云南的合称，或谓五岭之南）采访返京。年近八十的他，正琢磨着退休养老呢：

【滚绣球】待不要钱呵，怕违了众情；待要钱呵，又不是咱本谋。只这月俸钱做咱每人情不彀……我和那权豪每结下些山海也似冤仇，曾把个鲁斋郎斩市曹，曾把个葛监军下狱囚，剩吃了些众人每毒咒……到今日一笔都勾。从今后，不干己事休开口，我则索会尽人间只点头，倒大来优游。

——《陈州粜米》第二折

这里提到的“鲁斋郎”在关汉卿的杂剧《包待制智斩鲁斋郎》里出现过。回忆起以往和这些权豪势要势不两立的博弈，至今还让这位饱经风霜的老人不寒而栗，他不由得对事不关己、高高挂起的“优游”生活充满了向往，下决心辞职闲居：

【倘秀才】我从那及第时三十五六，我如今做官到七十也那八九。岂不闻“人到中年万事休”？我也曾观唐汉、看春秋，都是俺为官的上手。

【滚绣球】有一个楚屈原在江上死，有一个关龙逢刀下休，有一个纣比干曾将心剖，有一个未央宫屈斩了韩侯……那张良呵，若不是疾归去……那范蠡呵，若不是暗奔走，这两个都落不的完全尸首。我是个漏网鱼，怎再敢吞钩？不如及早归山去。我则怕为官不到头，枉了也干求。

——《陈州粜米》第二折

想想屈原、关龙逢、比干、韩信这些历史上未能善终的忠臣良将，再看看张良、范蠡等贤达之士急流勇退的明智之举，我这个漏网之鱼，哪还敢再张嘴吞钩？不如归去！不如归去！

可就在包待制转身要走的时候，又碰到了跪在门口苦苦哀求他“与孩儿做主”的张仁。向来是“不劣方头”、刚正无私的老包，再次燃起了誓与豪霸周旋到底的熊熊烈火：

【小梁州】我一点心怀社稷愁……则今日便上陈州，既然心去意难留。他每都穿连透，我则怕关节儿枉生受。

【幺篇】谢圣人肯把黎民救。这剑也，到陈州怎肯干休，敢着你吃一会家生人肉。哎！看那个无知禽兽，我只待先斩了逆臣头。

——《陈州粜米》第二折

任凭你上下打点、串通一气，到了我老包这儿，可全都是瞎子点灯——白费蜡。我手里的势剑金牌向来是只认奸臣不识脸面。耄耋之年的包待制就这样再次义无反顾地踏上了与强贼角逐的艰辛历程。

3. 包公笼驴

一路走来，所到之处，官绅乡老们无不早早地列队备宴，热烈欢迎，但包待制都是不闻不问，一日三餐，只喝稀粥，把一个跟班张千饿得前胸贴后背，有苦不敢言。这天，眼看着不远处就是陈州地界了，包待制却突然停了下来，要张千骑着马先悄悄地进城去，他自己则在后面慢慢地“溜达”。这一“溜达”不要紧，还真遇上了与小衙内和杨金吾来往密切的妓女王粉莲。

那时，王粉莲正骑着头毛驴去赴小衙内和杨金吾的酒宴。不想这驴子一点都不怜香惜玉，猛地一弹后腿，竟把俏女郎从驴背上掀到了地面上，自己却径直往前跑去，迎面就碰上了包待制。包待制见状，一把拢住了毛驴。气喘吁吁跑过来的王粉莲千恩万谢。包待制冷眼旁观，心知此人必非良人家的妇女。确认了对方身份后，他有意隐瞒了自己的本来面目，自称是个孤苦无依的庄稼老儿。善良的王粉莲慷慨许诺，只要老人跟着自己走，就保管他有吃有喝。于是，这滑稽的一幕就出现在了人们眼前：娇艳动人的妙龄女郎稳稳地端坐在驴背上，一旁走着的时而吆喝、时而挥鞭的却是堂堂的开封府尹包待制。想着这可笑的情景，老包也不由得自我解嘲：

【牧羊关】当日离豹尾班多时分，今日在狗腿湾行近远，避甚的马后驴前。我则怕按察司迎着，御史台撞见。本是个显要龙图职，怎伴着烟月鬼狐缠。可不先犯了个风流罪，落的价葫芦提罢俸钱。

——《陈州粜米》第三折

谁能想到普天下有名的包待制，竟会在狗腿湾这个小地方为一个妓女笼驴？还好，此行收获颇丰。攀谈中，得知小衙内和杨金吾经常“照顾”王粉莲，可谓挥金如土。不久前，两人还将御赐的紫金锤也“当”在了王家。闻听此言，包待制直气得怒火中烧：

【隔尾】听说罢气的我心头颤，好着我半晌家气堵住口内言，直将那仓库里皇粮痛作践。他便也不怜，我须为百姓每可怜，似肥汉相搏，我着他只落的一声儿喘。

——《陈州粜米》第三折

百姓缺衣少食，度日如年，这些寄生虫却罔顾法纪，肆意挥霍，怎不让人气愤盈胸？所以，当来到接官厅，接过王粉莲给他要来的酒肉，他一股脑都倒给了驴子吃。这下，可是捋了老虎的胡须，小衙内正要发作，但想到老包同志马上就要光临，只得暂且忍耐，吩咐手下把这个不知好歹的老东西先“吊在那槐树上”。

被吊在半空里的老人思前想后，却还是不明白：

【哭皇天】那刘衙内把孩儿荐，范学士怎也就将敕命宣？只今个贼仓官享富贵，全不管穷百姓受熬煎，一划的在青楼缠恋。那厮每不依钦定，私自加添，盗粜了仓米，干没了官钱，都送与泼烟花、泼烟花王粉莲。早被俺亲身儿撞见，可便肯将他来轻轻的放免。

——《陈州粜米》第三折

眼见得刘衙内助纣为虐，范学士却还顺水推船。幸好今天被我亲自撞见，绝不将他轻松放过！正想着，只见张千也赶到了接官厅。没接到包大人，却迎来了跟班张千。小衙内和杨金吾照样忙不迭地递酒赔笑，张千居然就大言不惭地抛出了空头支票：

你家的事，我满耳朵儿都打听着。你则放心，我与你周旋便了。包待制是坐的包待制，我是立的包待制，都在我身上。

——《陈州粜米》第三折

听着张千的满口狂言，包待制不禁又好气又想笑。

正唾沫横飞的张千，无意间瞥见被吊在一旁的老汉，顿时吓得大气都不敢出了。多年的伴当经验，使他灵机一动，借故支走了小衙内和杨金吾，赶紧“救”下了老主人。

这次微服私访，虽然代价不菲，却也有惊无险，还收获了重要的断案信息。果然是不虚此行！

接下来真正出场的，就是铁面无私的“包青天”了。

4. 以锤还锤

这天，陈州知州寥花听说包待制要升厅坐衙，考察官吏，早早地就把公堂打扫干净，静候一旁。今天的包待制可不同前番为王粉莲笼驴的小老汉，但见他宽袍束带，不怒而威，手执势剑金牌，端坐在几案之后。一声令下，小衙内、杨金吾、仓官等一干人犯，迅速被带至堂前。

小衙内起初还百般抵赖，坚持说自己并未擅改米价。包大人气愤地斥责道：

钦定的价原是五两一石，你私自改做十两，又使八升小斗，加三大秤，你怎做的不知罪那？（唱）

【驻马听】你只要钱财，全不顾百姓每贫穷，一味的刻。今遭杻械，也是你五行福谢做了半生灾。只见他向前呵，如上吓魂台；往后呵，似入东洋海。投至的分尸在市街，我着你一灵儿先飞在青霄外。

——《陈州粜米》第四折

如此胆大包天、欺上瞒下，还敢矢口否认，这般不顾百姓死活、一味敛财，还想逍遥法外。包待制真恨不得一剑就把这个作威作福的小衙内送上望乡台。但不急于这一时，他还另有打算。

包大人又吩咐把王粉莲和紫金锤一起拿来。他手指紫金锤质问跪在地上的杨金吾，为何把印有“御书图号”的紫金锤私自给了妓女王粉莲？杨金吾还想辩解，可人证、物证俱在，包大人不由分说，就下达了斩首的命令：

【得胜令】呀，你只待钱眼里狠差排，今日个刀口上送尸骸。你犯了萧何律，难宽纵；便自有蒯通谋，怎救解？你死也休捱，则俺那势剑如风快；你死也应该，谁着你金锤当酒来。

——《陈州粜米》第四折

结果了杨金吾，包大人这才吩咐拿过张仁来，询问他是谁打死了他的父亲，并特许他用金锤为亡父雪冤：

【沽美酒】小衙内做事歹，小懒古且宁奈，也是他自结下冤仇怎得开？非咱忒煞，须偿还你这亲爷债。

【太平令】从来个人命事关连天大，怎容他杀生灵似虎如豺？紫金锤依然还在，也将来敲他脑袋。登时间肉折血洒，受这般罪责。呀！才平定陈州一带。

——《陈州粜米》第四折

看到小衙内在大堂之上脑浆迸裂，包大人又立刻下令，逮捕“杀人凶手”——小懒古张仁。而就在此时，手持皇帝赦书的刘衙内，也慌里慌张地赶到了大堂之上，但见他边跑边喊：“左右，留人者！有赦书在此，则赦活的，不赦死的。”

于是，又有了这大快人心的一幕：

（正末云）张千，死了的是谁？

（张千云）死了的是杨金吾、小衙内。

（正末云）活的是谁？

（张千云）是小㧐古。

（刘衙内云）呸！恰好赦别人也。

（正末云）张千，放了小㧐古者。

——《陈州粜米》第四折

要说此时的老包，那可真是心花怒放：

【殿前欢】猛听的叫赦书来，不由我不临风回首笑哈哈。想他父子每倚势挟权大，到今日也运蹇时衰。他指望着赦来时有处栽，怎知道赦未来先杀坏，这一番颠倒把别人贷。也非是他人谋不善，总见的个天理明白。

——《陈州粜米》第四折

刘衙内一伙机关算尽，还是竹篮打水一场空，可见得法网恢恢，疏而不漏！这才是人间自有天理在啊！如果按照正常的司法程序，杀了人的小㧐古应该不会被轻易放过。但在元代的广大人民眼中，包大人的“有意纵容”也好，小㧐古的“以锤还锤”也罢，都是民心所向、情理所在，非如此，则不足以平民愤、快人心。

这就是戏曲舞台的神奇功能：生活中不是谁都可以碰上不忽木和张养浩那样的清官，但艺术的世界里却从不缺乏包公这样秉持正义、横眉冷对的刚介之士，他们让芸芸众生不再怀疑“人间自有清气存，世间还有公理在”！现实中遭受的委屈和不公、萦绕于心挥之不去的创伤等，似乎都可以借此一浇块垒、一舒愁眉。

第三节　替天行道的梁山好汉

在元曲的世界里，不仅有衙门公堂这样体制内的断案场所，还有一个逍遥法外的人间天堂，不断地散发着公平、公正的耀眼光芒，为长期处于阴霾笼罩下的人们带来了光明与希望。这个“天堂”，就是江湖义士们心向往之的胜地——梁山泊。

梁山好汉的故事，借助小说《水浒传》的广泛传播，在今天早已是家喻户晓。但在元杂剧盛行的时代，小说《水浒传》尚未出世，当然更谈不上风行，可这并不能阻挡民众对梁山好汉的仰慕和厚爱，他们以自己丰富、独特的想象，结撰了一个又一个灵动鲜活的水浒故事。宋江、李逵、鲁智深等好汉就这样不断地从舞台上鱼贯而过，并深深地留在了世人的心目中。但与后世不同的是，在元代，最为大众熟知并津津乐道的并非宋江、林冲、武松等豪杰，而是李逵这个在后人眼中动不动就绰起板斧大喊大叫的草莽英雄。在现存的十种水浒杂剧中，就有五种是以李逵为主角的，分别是:《梁山泊李逵负荆》《黑旋风双献功》《大妇小妻还牢末》《鲁智深喜赏黄花峪》《宋公明排九宫八卦阵》。

不过，元曲中的李逵却与后世迥然不同。元人心目中的李逵是这样的：疾恶如仇兼滑稽多智、慷慨激昂又天真烂漫，不仅见义勇为，而且善于体察他人疾苦，既不脱莽夫本色，又小心精细，是个既可畏可敬，又可亲可近的纯真仗义的侠士。康进之的杂剧《梁山泊李逵负荆》（简称《李逵负荆》）中的李逵就是这样的典型。

康进之是山东人，与关汉卿、王实甫、白朴、杨显之等著名剧作家同时，他和老乡高文秀一样，都是当时擅写水浒戏的高手。康进之的《李逵负荆》与高文秀的《黑旋风双献功》被誉为元代“黑旋风杂剧双璧”。康进之还经常在才人和歌妓聚集的“莺花市”流连忘返，对戏曲舞台和下层人民的生活都非常熟悉，积累了许多杂剧创作的经验。

康进之生活的元代前期，正值元朝贵族的铁蹄刚刚踏入中原大地，权豪势要和流氓地痞肆意横行，人民饱受摧残，许多人被迫揭竿而起，反抗元朝统治者。根据记载，仅元世祖至元二十年（1283 年），江南就有两百多处农民起义；至元二十六年（1289 年），有多达四百多处。康进之的老家山东，是北宋末年宋江领导的农民起义活动的主要地带，这里盛传着许多梁山好汉的故事。生于斯长于斯的康进之，一定是从小就耳濡目染，所以才满怀着对英雄的崇敬和对百姓的同情，在梁山一带流播的民间传说基础上，创作了不朽的杂剧《李逵负荆》。《李逵负荆》不仅塑造了一个光彩夺目的李逵形象，还铸造了一个超然世外、公正清明的理想天堂。下面，就让我们一起到这个理想的“乌托邦”游历一番吧。

1. 带醉闹店

故事从某年的清明小长假开始。清明节是宋江大哥最看重的两个节日（另一个是重阳节）之一，因此特给众兄弟放假三天，让大家下山上坟祭扫。眼看着黄金假期已接近尾声，李逵就盘算着要再次下山一醉方休：

【仙吕·点绛唇】饮兴难酬，醉魂依旧。寻村酒，恰问罢王留。（云）俺问王留道，那里有酒？那厮不说便走。俺喝道：走那里去？被俺赶上一把揪住张口毛，恰待要打。那王留道：休打，休打，爹爹，有。（唱）王留道兀那里人家有。

——《李逵负荆》第一折

醉意阑珊的李逵，在半道上拦住一个山民王留，问他哪里有卖酒的。可王留一看见李逵黑塔似的身躯，阎王般的面相，就吓得夺路欲逃。李逵见状，一只手揪住他的胡须，另一只手就高高地扬了起来。王留被吓得一边连声求饶，一边指着远处的酒店给李逵看。

顺着王留的手势，李逵踉踉跄跄地一路前行。沿途如画的景致，让这个粗莽的大汉也忍不住驻足流连：

【混江龙】可正是清明时候，却言风雨替花愁。和风渐起，暮雨初收。俺则见杨柳半藏沽酒市，桃花深映钓鱼舟。更和这碧粼粼春水波纹绉，有往来社燕，远近沙鸥。

——《李逵负荆》第一折

乍一看，这个莽李逵还挺爱“附庸风雅”的，可紧接着的念白，就露出了“英雄本色”：“人道我梁山泊无有景致，俺打那厮的嘴。”多么淳朴的口吻！像极了孩子对妈妈的无条件维护。

接下来，这个童心大发的黑旋风可就一发而不可收了，只见他追赶着流水落花一路狂奔而下：

【醉中天】俺这里雾锁着青山秀，烟罩定绿杨洲。（云）那桃树上一个黄莺儿，将那桃花瓣儿啗阿啗阿，啗的下来，落在水中，是好看也。我曾听的谁说来？我试想咱。哦！想起来了也，俺学究哥哥道来，（唱）他道是轻薄桃花逐水流。（云）俺绰起这桃花瓣儿来，我试看咱，好红红的桃花瓣儿。（做笑科，云）你看我好黑指头也！（唱）恰便是粉衬的这胭脂透。（云）可惜了你这瓣儿，俺放你趁那一般的瓣儿去。我与你赶，与你赶，贪赶桃花瓣儿，（唱）早来到这草桥店垂杨的渡口。（云）不中，则怕误了俺哥哥的将令，我索回去也。（唱）待不吃呵，又被这酒旗儿将我来相迤逗，他、他、他，舞东风在曲律杆头。

——《李逵负荆》第一折

莽大汉生起了惜花心，黑指头映衬着红花瓣，居然还想起了“轻薄桃花逐水流”的诗句。这一切让人忍俊不禁。可李逵却全然不觉，抬头一看，不知何时已来到了草桥渡口。猛然间，又想起了哥哥的严令，正要掉头回山，却看见酒馆门口的酒旗迎风飘扬，仿佛正向他招手示意呢。这下，肚里的“馋虫”再也按捺不住了：

【油葫芦】往常时酒债寻常行处有，十欠着九。（带云）老王也，（唱）则你这杏花庄压尽他谢家楼。你与我便熟油般造下春醅酒，你与我花羔般煮下肥羊肉。一壁厢肉又熟，一壁厢酒正篘。抵多少锦封未折香先透，我则待乘兴饮两三瓯。

——《李逵负荆》第一折

他大步跨进店门，吩咐店家一边筛酒一边煮肉，直待要大醉一场。可往日里都是笑脸相迎的店老板王林，今天却是满脸愁云，还不时地哽咽抹泪。等到问清是因为女儿出嫁的事，李逵不觉笑了，还安慰王林道“女大不中留”。没想到王林没好气地说自己女儿“被一个贼汉夺将去了”。生性暴躁的李逵不听则已，一听“贼汉”二字，立马跳了起来：

你道是贼汉，是我夺了你女孩儿来？（唱）

【金盏儿】我这里猛睁眸，他那里巧舌头，是非只为多开口。但半星儿虚谬，恼翻我怎干休！一把火将你那草团瓢烧成为腐炭，盛酒瓮摔做碎瓷瓯。（带云）绰起俺两把板斧来，（唱）砍折你那蟠根桑枣树，活杀您那阔角水黄牛。

——《李逵负荆》第一折

对自己的“强盗”身份，李逵还是介意的。醉醺醺的他误以为老王林在骂自己，于是，无名火起，嚷嚷着要烧草房，摔酒瓮，砍桑枣，杀黄牛。老王林早已被吓得瑟瑟发抖，一面请求李逵息怒，一面道出了事情的原委。

原来，就在李逵进店之前，有两个自称是梁山上的宋江、鲁智深的食客来店喝酒，见王林的女儿满堂娇貌美如花，便强迫其做了压寨夫人，带回了“梁山泊”。

李逵一开始还不敢相信自己的耳朵，可等到王林拿出“宋江”留下的“红绢褡膊”，他也不由得埋怨起“宋大哥”来，并对王林保证，要他挺直了腰板，自己一定会还他个公道：

【赚煞】管着你目下见仇人，则不要口似无梁斗，一句句言如劈竹。（带云）宋江咪，（唱）不争你这一度风流，倒出了一度丑。誓今番泼水难收，到那里问缘由，怎敢便信口胡诌？则要你肚囊里揣着状本熟，不要你将无来作有，则要你依前来依后。（云）我如今回去见俺宋公明，数说他这罪过，就着他辞了三十六大伙，七十二小伙，半垓来小偻儸，同着鲁智深一径离了山寨，到你庄上。那时节我若叫你出来，你可休似乌龟一般，缩了头再也不肯出来。

（王林云）老汉若不见他，万事休论。我若见了他，我认的他两个，恨不的咬掉他一块肉来。我怎么肯不出见他！

（正末云）老王，兀的不是俺宋江哥哥？他道没也。老儿，俺斗你耍哩。（唱）你可也休翻做了镴枪头。

——《李逵负荆》第一折

他向王林信誓旦旦地保证，回去后一定让宋江和鲁智深乖乖地来认罪，并提前给王林打了一剂预防针：到时候可不要像个缩头乌龟似的不敢出来。

一场暴风雨，眼看着马上就要来临。

2. 李逵闹山

回山路上，怒气未消的李逵慢慢冷静了下来。回想起这些年和宋大哥的生死情谊，他百思不得其解，难道昔日的刎颈交从此就成了陌路人？

【滚绣球】宋江哝，这是甚所为？甚道理？不知他主着何意？激的我怒气如雷。可不道他是谁，我是谁，俺两个半生来岂有些嫌隙？到今日，却做了日月交食。不争几句闲言语，我则怕恶识多年旧面皮，展转猜疑。

——《李逵负荆》第二折

他越思越烦，越想越气，及至见了宋江，更是一通冷嘲热讽：

【倘秀才】哎！你个刎颈的知交庆喜。（宋江云）庆甚么喜？（正末唱）则你那压寨的夫人在那里？（指鲁智深科，云）秃驴，你做的好事来。（唱）打干净球儿不道的走了你。（宋江云）怎么？智深兄弟，也有你那？（正末唱）强赌当，硬支持，要见个到底。

——《李逵负荆》第二折

一番没来由的质问，说得宋江和鲁智深丈二和尚摸不着头脑。深知李逵脾性的宋江温言相劝道，有什么事不便说的，就对着学究哥哥说吧。气愤盈胸的李逵再也憋不住了，他大声喝道：

【滚绣球】俺哥哥要娶妻，这秃厮会做媒。

（宋江云）智深兄弟，说你曾做甚么媒来？

（鲁智深云）你看这厮，到山下去噇了多少酒？醉的来似踹不杀的老鼠一般，知他支支的说甚么哩？

（正末唱）元来个梁山泊有天无日！（做拔斧斫旗科）（唱）就恨不斫倒这一面黄旗。（众做夺斧科）

（宋江云）你这铁牛，有甚么事也不查个明白，就提起板斧来，要斫倒我杏黄旗，是何道理？

（学究云）山儿，你也忒口快心直哩。

（正末唱）你道我忒口快，忒心直，还待要献勤出力。（做喊科，云）众兄弟们都来。

（宋江云）都来做甚么？

（正末唱）则不如做个会六亲庆喜的筵席。

（宋江云）做甚么筵席？

（正末唱）走不了你个撮合山师父唐三藏，更和这新女婿郎君。哎！你个柳盗跖，看那个便宜。

——《李逵负荆》第二折

这下，聚义堂上可就炸开了锅：一边是山儿高声嚷着“梁山泊有天无日”，挥舞着板斧，要砍倒杏黄旗；一边是众人纷纷苦劝，要铁牛放下板斧，慢慢道来。不提则已，一想起老王林在女儿被抢后失魂落魄的样子，李逵简直是心急如焚：

【叨叨令】那老儿，一会家便哭啼啼在那茅店里，（带云）觑着山寨，宋江，好恨也！（唱）他这般急张拘诸的立。那老儿，一会家便怒吽吽在那柴门外，（带云）哭道，我那满堂娇儿也！（唱）他这般乞留曲律的气。

（宋江云）他怎生烦恼那？

（正末唱）那老儿，一会家便闷沉沉在那酒瓮边，（带云）那老儿拿起瓢来，揭开蒲墩，舀一瓢冷酒来，汩汩的咽了。（唱）他这般迷留没乱的醉。那老儿，托着一片席头便慢腾腾放在土坑上，（带云）他出的门来，看一看，又不见来，哭道，我那满堂娇儿也！（唱）他这般壹留兀渌的睡。似这般过不的也么哥，似这般过不的也么哥。

（宋江云）这厮怎的？

（正末唱）他道俺梁山泊水不甜，人不义。

——《李逵负荆》第二折

唯一的女儿就这么被人硬生生地抢走，而且是自己素来敬重的“梁山好汉”，这样的“生命之重”，让一个势单力孤的小老儿如何承受？只能徒发一句“梁山泊水不甜，人不义”的抱怨罢了。可这句话在李逵听来，却那么刺耳！在他的心目中，梁山泊绝对不允许有一丁点的污点。为了维护神圣的梁山事业，他甚至可以拿自己的生命来做赌注：

【黄钟尾】那怕你指天画地能瞒鬼，步线行针待哄谁？又不是不精细，又不是不伶俐。

（宋江云）我和你就下山去。

（正末唱）下山寨，到那里，李山儿，共质对。认的真，觑的实，割你头，塞你嘴。

（宋江云）这铁牛怎敢无礼？

（正末唱）非铁牛，敢无礼，既赌赛，怎翻悔？莫说这三十六英雄，一个个都是弟兄辈。（云）众兄弟每都来听着。

（宋江云）你着他听甚么？

（正末云）俺如今和宋江、鲁智深同到那杏花庄上，只等那老王林道出一个“是”字儿，你那做媒的花和尚，休要怪我一斧分开两个瓢，谁着你拐了一十八岁满堂娇？单把宋江一个留将下，等我亲手伏侍哥哥这一遭。

（宋江云）你怎生伏侍我？

（正末云）我伏侍你，我伏侍你，一只手揪住衣领，一只手撵住腰带，滴留扑摔个一字，阔脚板踏住胸脯，举起我那板斧来，觑着脖子上，可叉！（唱）便跳出你那七代先灵，也将我来劝不得。

——《李逵负荆》第二折

见不得平民百姓任人欺负，更见不得梁山好汉为非作歹，不是我铁牛六亲不认、皂白不分，这把板斧只认得一个“义”字。任你是谁，只要做了不义之事，就休怪我铁牛不客气！这样的铁牛着实可爱，可也叫人为他捏了把汗！

那么，真相到底如何？

3. 下山对质

为了证明自己的清白，也为了解开兄弟的疑团，宋江和鲁智深只得“乖乖地”随着李逵前往杏花庄一探究竟。

一开始，两个人走在了前面。李逵见状，忙喊道：

你也等我一等波，听见到丈人家去，你好喜欢也。

——《李逵负荆》第三折

没奈何，那就放慢脚步吧。可刚落在后面，李逵又嚷开了：

花和尚，你也小脚儿，这般走不动，多则是做媒的心虚，不敢走哩。

宋公明，你也行动些儿。你只是拐了人家女孩儿，害羞也，不敢走哩。

——《李逵负荆》第三折

平日里大哥长大哥短的，今天居然公然地指名道姓、百般挑剔。看来，山儿是动真格的了。宋大哥倒也并不和他一般见识，只是不经意地提醒道：

山儿，你不记得上山时，认俺做哥哥，也曾有八拜之交哩。

——《李逵负荆》第三折

不说结拜还好，一提起这个话头，又引来了李逵的一番冷嘲热讽：

【逍遥乐】……哥也，你只说在先时，有八拜之交。原来是花木瓜儿外看好，不由咱不回头儿暗笑。待和你争甚么头角，辩甚的衷肠，惜甚的皮毛。

——《李逵负荆》第三折

咱们弟兄昔日的结拜可是冲着“替天行道救生民”而来的，你们既然违背了这一信条，那就别怪铁牛的板斧不长眼睛了。

说话间，已来到了老王林的酒店门口。李逵大声叫了好几遍“开门”，也没人应。他灵机一动，改口道：

老王！开门来，我将你那女孩儿送来了也。

——《李逵负荆》第三折

正打盹的王林一下子被惊醒了，他急忙打开门，张开双臂一下子抱住门口的“女儿”，就放声大哭：

我那满堂娇儿也！呸！原来不是。

——《李逵负荆》第三折

这滑稽的一幕，却让人笑不起来。王林抹掉眼泪，将众人让进了屋内。担心王林胆小不敢讲真话，李逵反复叮嘱宋江和鲁智深，千万不要吓唬着老人家。没想到王林擦亮了眼睛，一再辨认，都是不停地摇头。

这下，轮到李逵着急了，他一会儿责怪宋公明：

【幺篇】你则合低头就坐来，谁着你睁睛先去瞧？则你个宋公明威势怎生豪，刚一瞅，早将他魂灵吓掉了。这便是你替天行道，则俺那无情板斧肯担饶？

——《李逵负荆》第三折

一会儿又埋怨鲁智深：

【幺篇】谁不知你是镇关西鲁智深，离五台山才落草。便在黑影中摸索也应着，只被你爆雷似一声先唬倒。那呆老子怕不知名号，（带云）适才间他也待认来。（唱）只见他摇头侧脑费量度。

——《李逵负荆》第三折

一会儿又气得去打王林：

【后庭花】打这老子没肚皮揽泻药，偏不的我敦葫芦摔马杓。

——《李逵负荆》第三折

真相已然大白，自己没来由赌什么人头！又气又急的李逵恨不得一把火烧了这个茅草屋，只见他：

【后庭花】……恰便似牵驴上板桥。恼的我怒难消，踹匾了盛浆铁落，辘轳上截井索，芭棚下蹇副槽，掷碎了舀酒瓢，砍折了切菜刀。

——《李逵负荆》第三折

一番激烈的风浪之后，李逵陷入了冷静的反思：

【浪里来煞】方信道人心未易知，灯台不自照。从今后开眼见个低高。没来由共哥哥赌赛着，使不的三家来便厮靠，则这三寸舌是俺斩身刀。

——《李逵负荆》第三折

悔只悔自己不该一时莽撞，以头赌赛，而今只好任凭宋大哥的发落了！也不知这颗人头还能在项上待多久？

4. 负荆请罪

想到前番闹山的荒唐和对质的尴尬，李逵的内心充满了愧疚，他想起古人负荆请罪的典故，索性也砍了一束荆杖，负在背上，去给哥哥赔礼认错：

【搅筝琶】我来到辕门外，见小校雁行排。（带云）往常时我来呵，（唱）

他这般退后趋前，（带云）怎么今日的，（唱）他将我佯呆不睬。（做偷瞧科，云）哦！原来是俺宋公明哥哥和众兄弟都升堂了也。（唱）他对着那有期会的众英才，一个个稳坐抬颏。我说的明白，道莽撞的廉颇请罪来，死也应该。

——《李逵负荆》第四折

往日里，小喽啰见了我，都点头哈腰，今天见了我，却佯装不睬。偷眼一瞧，才知是宋大哥和众兄弟早已升堂，专候着这个“莽撞的廉颇”前来请罪呢。

寒暄几句之后，李逵还试图耍一下滑头以逃过此劫：

【沉醉东风】呼保义哥哥见责，我李山儿情愿餐柴。第一来看着咱兄弟情，第二来少欠他脓血债。休道您兄弟不伏烧埋，由你便直打到梨花月上来。若不打，这顽皮不改。

——《李逵负荆》第四折

不料，宋大哥毫不含糊：

我原与你赌头，不曾赌打。小偻㑩，将李山儿踹下聚义堂，斩首报来。

——《李逵负荆》第四折

看到大哥如此坚决，李逵只得求助于众家兄弟。可不管众人如何求情，宋江仍坚持要那“六阳会首”。李逵无奈，只得横下心来：

罢、罢、罢，他杀不如自杀。借哥哥剑来，待我自刎而亡。

——《李逵负荆》第四折

拿着小喽啰递过来的宝剑，李逵思绪万千：

这剑可不原是我的？想当日跟着哥哥打围猎射，在那官道旁边，众人都看见一条大蟒蛇拦路。我走到根前，并无蟒蛇，可是一口太阿宝剑。我得了这剑，献与俺哥哥悬带。数日前我曾听得支楞楞的剑响，想杀别人，不想道杀害自己也。（唱）

【步步娇】则听得宝剑声鸣，使我心惊骇，端的个风团快。似这般好器械，一柞来铜钱，恰便似砍麻秸。（带云）想您兄弟十载相依，那般恩义，都也不消说了。（唱）还说甚旧情怀，早砍取我半壁天灵盖。

——《李逵负荆》第四折

这里的斩蛇开路，化用了汉高祖醉斩白蛇的故事，俨然有把义军领袖宋江与开国帝王刘邦等量齐观之意。但想不到的是，自己意外得到的宝剑竟然会反过来杀害自己！

就在这千钧一发的时刻，一句“刀下留人”的高喊声划破了山寨的上空。原来是老王林及时赶来报信，那两个抢他女儿的“贼汉”已被他灌醉在家里，特请宋江来做主。这下，可搔着了李逵的痒处，他自告奋勇，要前去“瓮中捉鳖”。鲁智深也被吩咐前去相助。

一觉醒来的两个“贼汉”——宋刚和鲁智恩，打开门来，没有见到“泰山”，却见到了两个凶神恶煞的“真命强盗”。三下两下，两个贼汉就被收拾得服服帖帖。李逵这下才真正地觉得扬眉吐气：

【殿前欢】我打你这吃敲材，直著你皮残骨断肉都开。那怕你会飞腾，就透出青霄外，早则是手到拿来。你、你、你，好一个鲁智深不吃斋！好一个呼保义能贪色！如今去亲身对证休嗔怪，须不是我倚强凌弱，还是你自揽祸招灾。

——《李逵负荆》第四折

一场误会，至此烟消云散。“梁山泊水不甜人不义”的谬言也不攻自破。

王林和女儿又能一起开开心心地经营他们的小酒馆了。也许，现实中的他们还会遇到无数的麻烦，但只要“替天行道”的梁山好汉还在，只要主持公平和正义的侠义精神长存，日子就算再艰难，他们也会觉得生活还有盼头，未来还有希望。

这正是水浒戏在元代风靡的原因，也是悲天悯人的康进之们，为善良的被压迫者开的一剂药方。

尾　声

南北合套永流传

南宋与金、元一百多年（1127—1276）的南北对峙，形成了南北两地各具地域特色的声腔系统：南曲和北曲。但自从1276年1月，一位头发花白的老妇人怀抱年仅五岁的孙儿，走出临安城，把国玺交给攻城的元军统帅伯颜开始，这种划地分据的格局就渐渐被打破了。来自河朔的土风民谣逐渐南下，与江南的俚曲俗歌不断交融互渗，形成了南北调合腔的新局面。

在元曲创作中较早熟练运用“南北调合腔”的，是元代中后期一位叫沈和甫的杭州人。

这位杭州人和元代的戏剧大家关汉卿大概也有过交往。关汉卿在南北统一后，曾到南方游历过一段时间。从关汉卿传世的散曲【南吕·一枝花】《杭州景》可知，这位驰名北方剧坛的大作家，在“普天下锦绣乡，寰海内风流地”的人间天堂——杭州，应该是逗留了不少时日的。这期间，天性风流、幽默豁达，且一向崇拜关汉卿杂剧创作的杭州人沈和甫，大概不会错过这难得的一睹当代剧坛领军人物的风采的机会吧。沈和甫是否直接受过关汉卿的指点，我们不得而知，但从他被称为“蛮子关汉卿”，至少可以推测，来自大都（今北京）的关汉卿对这位南方人的影响一定不小。请看沈和甫传世的唯一套曲：

【仙吕·赏花时（北）】

潇湘八景

休说功名皆是浪语，得失荣枯总是虚，便做道三公位待何如？如今得时务，尽荆棘是迷途。便是握雾拿云志已疏，咏月嘲风心愿足，我则待离尘世访江湖，寻几个知音伴侣，我则待林泉下共樵夫。

【排哥（南）】远害全身，清风万古，堪羡范蠡归湖。不求玉带挂金鱼，甘分向烟波做钓徒。绝尘世，远世俗，扁舟独驾水云居。嗟尘世，人斗取，蜗名蝇利待何如？

【那吒令（北）】弃朝中俸禄，避风波仕途；身边引着小仆，玩云山景物；杖头挑酒壶，访烟霞伴侣。近着红蓼滩，靠着白蘋渡，潜身向草舍、得这茅庐。

【排歌（南）】我则将这小舟撑，兰棹举，蓑笠为活计。一任他紫朝服，我不愿画堂居。往来交游，逍遥散诞，几年无事傍江湖。旋篘新酒钓鲜鱼，终日酶酶乐有余，杯中浅，瓶内无，邻家有酒也宜沽。吟魂醉，饮兴足，满身花影倩人扶。

【鹊踏枝（北）】见芳草映萍芜，听松风响寒芦。我则见落照渔村，水接天隅。见一簇、帆归远浦，他每都是些不识字的慵懒渔夫。

【桂枝香（南）】扁舟湾住。在垂杨深处。齁齁似鼻息如雷，睡足了江南烟雨。听山寺晚钟，声声凄楚。西沉玉兔，梦回初。本待要扶头去，清闲倒大福。

【寄生草（北）】春景看山色晴岚翠，夏天听潇湘夜雨疏。九秋玩洞庭明月生南浦，见平沙落雁迷芳渚。三冬赏江天暮雪飘飞絮，一任教乱纷纷柳絮舞空中，争如俺侬家鹦鹉洲边住。

【乐安神（南）】闲来思虑，自从那日赋归欤，山河日月几盈虚，风光渐觉催寒暑。欲求生富贵，须下死工夫，且常教两眉舒。

【六幺序（北）】园塘外三丘地，篷窗下几卷书，他每傲人间驷马高车。每日家相伴陶朱，吊问三闾。我将这《离骚》和这《楚辞》，来便收续，觉来时满眼青山暮，抖擞着绿蓑归去。看花开花落流年度，一任教春风桃李，更和这暮景桑榆。

【尾声（南）】悟乾坤清幽趣，但将无事老村夫，写入在潇湘八景图。

这首套曲的结构便是用了南北合套的形式：

【仙吕·赏花时（北）】——【排歌（南）】——【那吒令（北）】——【排歌（南）】——【鹊踏枝（北）】——【桂枝香（南）】——【寄生草（北）】——【乐安神（南）】——【六幺序（北）】——【尾声（南）】

一北一南，交替循环，井然有序。不难看出，沈和甫对这种南北合套的创作是颇为娴熟的。身为杭州人的沈和甫精通南曲自不待言，加之他受到北方曲家如关汉卿等人的影响，故而又能将北曲的刚健遒劲和南曲的流丽婉转结合起来，形成音乐风格上的诡谲多变和旋律节奏上的抑扬顿挫，创造出以往单一的北曲或南曲所无法产生的新人耳目的艺术效果，从而借对“潇湘八景”和隐居之乐的反复渲染，淋漓尽致地抒发了自己“远害全身”、高蹈出世的人生信念。

南北曲交融产生的新奇效果，很快就震动了当时的曲坛，并逐渐成为一种流行的创作风尚。元代中后期著名剧作家郑光祖的散曲【南吕·梧桐树（南）】《题情》，元代中期出身于维吾尔贵族、隐居于杭州的北曲名家贯云石的【中吕·粉蝶儿（北）】等，都是南北曲交替、连缀而成的套曲。

此外，与沈和甫大约同时的另一位杭州人范居中，也是一位远近闻名、擅长创作南北调合腔作品的曲家。他有一首套曲《秋思》，对南北曲的运用更加灵活：

只是，北曲杂剧因其体制过于稳固，未能大胆吸收南曲和其他艺术形式的优长，而逐渐走向末路。而长期被北杂剧的光环所遮蔽的南戏，却因为善于和敢于否定自身的缺点，不断尝试着将北曲引入自己的创作中，从单纯引用北曲的支曲组成“合腔”形式，到有规律地运用南北曲相间组成的“合套”形式，对南戏旧有的体制大胆革新，从而，不仅迎来了元代南戏的大发展，如《荆钗记》《白兔记》《拜月亭记》《琵琶记》等佳作的出现，还催生了南杂剧和中国戏曲史上耀眼的明珠之一——明清传奇。此后，《牡丹亭》《桃花扇》《长生殿》等一大批戏曲杰作层出不穷、传唱至今，极大地丰富了人类的艺术宝库和精神世界。而这些，莫不是南北曲“合流”的伟大功绩。